苗疆道事

第一卷 饥饿年代

南无袈裟理科佛 著

MIAOJIANG DAOSHI

上海文艺出版社

第一卷 饥饿年代

目录 contents

第 ① 章 十八劫和小白狐……………1
第 ② 章 龙家岭第一密子王………5
第 ③ 章 五姑娘山的老道士………9
第 ④ 章 麻栗山里的捉猴人………13
第 ⑤ 章 哭声能招狼………………17
第 ⑥ 章 命里十八劫难……………21
第 ⑦ 章 山鬼老魅聚邪纹…………25
第 ⑧ 章 黄芽白雪神仙府…………29
第 ⑨ 章 净手摸骨言转世…………33
第 ⑩ 章 道门三戒血咒生…………37
第 ⑪ 章 神仙洞府一打杂…………41
第 ⑫ 章 如若有缘江湖再见………45
第 ⑬ 章 阔别三年又返家…………49
第 ⑭ 章 学成归家把名装…………53
第 ⑮ 章 半夜枕边鬼唱歌…………57
第 ⑯ 章 婴灵不散…………………61
第 ⑰ 章 小妮中邪…………………65
第 ⑱ 章 哑巴努尔…………………69
第 ⑲ 章 巫门除灵…………………73
第 ⑳ 章 通家之谊…………………77
第 ㉑ 章 林中吊尸…………………81
第 ㉒ 章 茅山养鬼术………………85
第 ㉓ 章 暗夜惊变…………………89
第 ㉔ 章 老鼠会与茅山宗…………93
第 ㉕ 章 勇闯尸屋…………………97
第 ㉖ 章 杨小懒……………………101
第 ㉗ 章 胖妞噩耗…………………105
第 ㉘ 章 受尽屈辱…………………109
第 ㉙ 章 女神和女神经病…………113
第 ㉚ 章 被逼拜师…………………117
第 ㉛ 章 换魂之期…………………121
第 ㉜ 章 自由,以及林中小屋……125

第33章 燃魂点灯……………129
第34章 逃亡被抓……………133
第35章 化茧成蝶……………137
第36章 地包天………………141
第37章 勾心斗角……………145
第38章 南明古墓阴阳灯……149
第39章 棺中有梯……………153
第40章 呼啸迷魂梯…………157
第41章 我弄死你……………161
第42章 斩草除根……………165
第43章 黄雀在后……………169
第44章 银牌子………………173
第45章 归根溯源……………177
第46章 老友重逢……………181
第47章 胖妞出事了…………185
第48章 大闹天宫……………189

第49章 重返观音洞…………193
第50章 危机进行时…………197
第51章 杨二丑遇凶…………201
第52章 恶枭殒命……………205
第53章 尘埃落定，各处离散……209
第54章 巫山后备培训学校……213
第55章 十天禁闭……………217
第56章 静室修行……………221
第57章 李道子的威名………225
第58章 我要一直活着………229
第59章 跪与不跪，事关尊严……233
第60章 坎坷毕业路…………237
第61章 逐梦少年……………241

主要人物表

主人公：陈志程

称号：黑手双城，陈老魔，陈老大，大师兄

简介：原名陈二蛋，男，来自麻栗山，身负十八劫，会克制亲近之人，魔尊蚩尤转世，善良、腹黑，有谋略，是天生的领导者。

兵器/法术

小宝剑	《登真隐决》《清微丹决》《太上三洞神卷》	
持咒了的童子尿	道心种魔	饮血寒光剑
《圆灵掌心雷秘解》	茅山掌心雷法	茅山神打术
炼妖观壶术	真武八卦剑	清池宫十三剑招
深渊三法——风眼，土遁，魔威		《神池大六壬》
八卦异兽旗	遁世环	洗髓小还金丹
广陵金丹	羽麒麟母佩	

七剑人物介绍

天枢星：张励耘

天枢星，道家称贪狼星，乃是足智多谋之星曜，主祸福、欲望。北斗七星的主星。

简介：七剑中的带头大哥，男，性格沉稳冷静，深谋远虑，是大师兄的智囊之一。特勤一组创始人员之一。是北疆王（天下十大之一）的外甥子。外号"小七"。喜好收藏银器。其独门法器是藏于腰间、看似腰带的软剑，上有龙虎符箓。并另有一把天枢剑，随身佩戴"羽麒麟"玉佩。

天璇星：尹悦

天璇星，道家称巨门星。五行属阴土，化暗，主是非。北斗第二星。

简介：七剑的二号人物，女，为人个性强悍，爱恨分明。特勤一组创始人员之一。幻术高手。曾拥有法器"银箫"，现有"八宝囊"，另有一把天璇剑，随身佩戴"羽麒麟"玉佩。

天玑星：白合

天玑星，道家称禄存星。五行属己土，主福禄。北斗第三星。

简介：性格天真活泼，冰雪聪明，开心果一枚。男女不知。青城山酒陵大师的徒弟。精通符法，捉鬼能力超强。有一把天玑剑，随身佩戴"羽麒麟"玉佩。

天权星：余佳源

天权星，道家称文曲星。五行属癸阴水，天权伐星。主文采。北斗第四星。

简介：男，性格憨厚，擅长水战。曾在安南边境救过大师兄，后加入特勤一组。其人文采斐然，下笔千言。平时协助大师兄处理文件，负责撰写出任务后的项目报告。有一把天权剑，随身佩戴"羽麒麟"玉佩。

玉衡星：林齐鸣

玉衡星，道家称廉贞星。五行属木、火，主复杂、平衡，北斗第五星。

简介：林齐鸣，男，为人八面玲珑，善于调解矛盾关系。平时协助大师兄处理各门各派矛盾，以促进正道名门的统一团结。外号"小胖"，原本实力在七剑中靠后，但无意间获得了明末清初六大师之一傅青主的传承，实力突飞猛进。有一把玉衡剑，随身佩戴"羽麒麟"玉佩。

开阳星：董仲明

开阳星，道家称武曲星。五行属阴金，主财运，北斗第六星。

简介：董仲明，男，大师兄的秘书，人际关系好。原本天资平平，但服用了大师兄从天山神池宫带来的洗髓小还金丹，天资有所改善，但实力在七剑中仍旧是垫底。他的父亲死了，当初被寄养到亲戚家时是带着一条床单来的，因此得名"小床单"。有一把开阳剑，随身佩戴"羽麒麟"玉佩。

摇光星：朱雪婷

摇光星，道家称破军星。五行属水，司夫妻、子女。北斗第七星。

简介：朱雪婷，女，聪慧非常，心直口快。与白合感情甚笃，被其戏称"小婷婷"。天生美貌。有一把摇光剑，随身佩戴"羽麒麟"玉佩。

第一章 十八劫和小白狐

我生于六十年代，身负十八劫，是一个早就不应该存在于世的男人……

我是一个自出生起便有可能夭折的人，那个时候的我还没有大名。听人说，我刚刚生下来的时候，隔壁村的接生婆将我高高地举起来，扯着那能够吓死人的嗓子大声喊道："嘿，是个娃崽！哎哟喂，看这两个蛋，忒大了咧，我这辈子都没有见过这么大的蛋呢！"

这位姓王的接生婆是这麻栗山十几个村和自然组的送子娘娘，这话一出口，就奠定了我"陈二蛋"的这个诨号。早先的时候，卫生条件不好，小儿容易夭折，所以乡下人在给自家孩儿起名的时候，讲究贱名穷养，越不像是人名越好，能避过阴神野鬼的耳目，免得被鬼神嫉妒，让老天收了去。

龙根子、罗大根、王狗子……听听，乡人的眼界普遍不高，通常也就只是这样的见识了。相比之下，我这陈二蛋的名字其实也还算是高雅，对不对？

我生下来就与别人不同。村子里别人家的孩子一生下来就哇啦哇啦地哭，那个欢畅劲儿听着就喜庆，而我却是一言不发，一双漆黑的眼珠子骨碌碌地转，好奇地打量这个世界。王稳婆接生的经验足得很，不过看到我这副模样却有点儿吓坏了，用指甲掐了一下我的屁股，结果我愣是一点音都没有，所以她又说了一句话："这娃儿，怕不是来讨债的吧？"

说到讨债，这其实说的是一个在麻栗山传了很久的故事。讲的是民国年间，田家坝有一户人家，被自家儿子害得家破人亡。后来县上枪决那小子的时候，他突然说自己以前是那户人家的仇人，转世投胎到了他家，就是专门过来讨债的。

山里面消息闭塞，不过山鬼野物的传说却数不胜数，每个在村子前晒太阳的老头都能够跟你讲一箩筐的鬼故事。那户人家早就绝了种，故事也不晓得是真是假，不过却一直流传了下来。不过听我爹，也就是龙家岭的赤脚医生陈知礼陈医师说，小孩儿在妈妈肚子里吸的气都是那脐带输入的，临盆之后脐带剪断，就要靠自己的肺来吸气，如果不哭，说明体质忒弱。

但是后来村子里面的人说，我娘分娩之前，龙家岭突然刮起了一阵黑风，大中午的突然一下就好似黑夜，整个天地变得一片漆黑，狗吠牛哞，吓得村里人抄起家里面带响的盆啊碗儿的使劲敲，以为是那天狗食日呢。可是当我一声不吭地生下来后，那黑风就没了，好像一点儿出现过的迹象都没有。后来村里人晓得了这件事情，结合我生下来不哭的情形，都传言说陈医师家的这个崽子邪性。

村里人还说我娘为了生我，生了一场大病，虽然后来不晓得是咋好了，但是仍有人说我不祥，是个讨债鬼。山里人迷信，时至如今，我还能够记得童年时总是被村子的老人在背后指指点点的情形。

当然，这些都是后来我听我爹我娘零零散散说起来的，印象也不深。不过好在小时候的我特别顽皮，也没有太强的自尊心，大人虽然也会说，但是也不会做得太出格，毕竟我爹是这大山里面的赤脚医生，在道路不通的七十年代初，十里八乡的人家都是要靠他看病的。

我出生便有一劫，那个只有我爹娘晓得，不过八岁那年碰到的劫难，却是记得清清楚楚。

俗话说，男娃七八岁，狗都嫌得很。那个时候正好赶上了风潮，虽说大山里面的影响并不算大，但是学校也停了课，当时的我才上二年级，本来就没有什么上进心，闲下来就跟着几个小伙伴漫山遍野地胡跑。我有一个儿时的玩伴叫做罗大根，他爹是猎户，以前还没有收枪，他家有一把装铁砂子的猎枪，那是解放前留下来的，塞满火药和铁砂子，一搂火，砰地一声巨响，啥都拿下了。

那个时候罗大根他爹外号叫做撵山狗，缠着头巾，扎着腰带，背上一杆枪，简直就是所有孩童心中的偶像人物。我眼馋得很，磨了罗大根好几回，他终于

第一卷　饥饿年代

找了个机会，偷了他爹的枪，带着我和龙根子一起进了山。

麻栗山地处湘黔川三省交界，靠近湘西的土家族苗族自治州，已经属于十万大山的范围，到处都是深山老林子，那个时候很多地方都没有被开发，人迹罕至，到处都是野物，更有猛兽，说起来十分危险。不过既然是那狗都嫌的年纪，所以我们也没有多少担心，傻乎乎的三个人扛着一把枪、两把柴刀，就兴冲冲地四处逛。

我们出了龙家岭，过了田家坝子，又过了螺蛳林，于是就进了深山。小孩子好动，一进山就没得边界地疯跑。那个时候正好是夏天，山里面有好多好吃的野果子，不过我更加在乎的是罗大根背上的枪，眼珠子一直都盯在那铁管子上。

"大根，给我搂一火？"我和龙根子不停地磨他，不过罗大根就是不肯。他爹是猎户，他也晓得装药开枪，不过舍不得，说一枪要有一块肉，要不然就亏了，肯定不能给我们拿来玩的。

不晓得过了多久，我们来到了一处山弯子，旁边有一条小溪，龙根子指着前面的一丛草，说："哎，大根、大根，那里有一个东西，好像是狐狸摆子咧。"

听到龙根子的轻喊，我们低下身子，眯着眼睛去看。果然，在那绿色的草丛子里，有一抹白色的绒毛，微微一动，突然露出了一个拳头大的狐狸脑袋来，白乎乎的，眼睛黑黝黝的像玻璃珠子一样，漂亮极了。山里的猎人对于狐狸这种东西很忌讳，说它能通灵，一般是不会惹的，不过我们这几个小子哪里懂这个，罗大根一边装着铁砂，一边去瞄那只小狐狸。

山里的孩子莫看着土里土气，不过有灵性，罗大根那年才九岁，跟着他爹打过不少兔子，这一回说不定能够打一只狐狸回去呢。

罗大根在那儿装枪，我也在旁边看，不过不晓得为何，我看着那只小狐狸的脸，尖尖小小，柔柔弱弱的，总感觉像是人一样。等到罗大根把猎枪装好的时候，那小狐狸好像是感应到了一样，把头扭过来，一对眼睛朝着我们这里看来。

我看着那小狐狸黑黝黝的眼睛，晶莹剔透，一下子就觉得我们这三个人实在是太缺德了，所以下意识地推了罗大根一把，喊道："莫打了，莫打了。"

罗大根正在瞄准呢，结果被我推了一把，莫名就扣动了扳机，轰地一声响，吓得我们几个都尿了裤子。

　　我和龙根子是被枪响吓到，罗大根是被打偏的猎枪吓到，结果等我们回过神来的时候，那小狐狸早就不见了踪影。

　　为了刚才那一下，罗大根跟我干了一架，不过打完之后，我们又和好了。一摸裤裆，尽是尿骚，这猎是打不了了，天气又闷热，于是我们就下溪去洗澡。

　　谁知道我这一番下水，却是差一点儿死掉。

第一卷 饥饿年代

第二章 龙家岭第一密子王

山里面的孩子，打小就是从烂泥巴里面滚出来的，爬得山也过得水。我那个时候虽然年纪小，不过水性却是一流，一口气闷在水里面，可以憋好久都不用起来，整个龙家岭没有一个人能够比得过我。

说起来好笑，我们偷了罗大根他爹的猎枪跑出来，是琢磨着来打猎的，结果这边一搂火，三个小鬼头都尿了裤子，不得已只能跑到小溪边，把衣服裤子一脱，甩在旁边的岩石上，就直接跳进了溪水里。六月天燥热，钻了大半天山林子的我们全身是汗，也管不得许多，扑通、扑通都跳了下去。这条溪水不宽，有点湍急，不过深不过半米，也难不倒我们这些天天在水潭子里泡着的山里娃。

因为刚才擦枪走火的事情，罗大根跟我打了一架，泡到水里面还打了两回水仗，接着又好得跟亲兄弟一样了。他过来搂我的肩膀，说："二蛋，你狗日的是不是看上那小狐狸，想要带回去做媳妇啊？"

山里的老人肚子里都有一箩筐的故事，其中也不乏商纣王和妲己娘娘的传说。罗大根刚才瞄准的时候看到了那小狐狸的脸，也觉得像小女孩儿一样，回想起来止不住地后怕。我不理他这嬉笑，说："我是为你好咧，打了小的招来老的，这狐狸最记仇了，要是它们家里的老狐狸晓得你杀了自家的崽子，到时候你家就别想养鸡了，也别想安宁。"

龙根子在旁边笑，他话不多，人老实又胆小，稍微洗了一会儿就上岸，又把尿湿的裤子拿来洗。我懒，又贪玩，求他帮着洗一下，我再去水里面耍一会儿。

第一卷 饥饿年代

我们那个时候穿的裤子都是自家土布做的，裆下面补了又补，还渗透着我刚才那一泡热尿，龙根子当然不肯。我数了数自己的家当，发现也没有啥可以交换的，于是就不管了，说放那里就是了，我先去潜两回，到时候再洗。罗大根也有玩心，说："好，我们两个一起比打密子，看谁打得久。"

这所谓的"打密子"，其实就是把头沉到水里面去，看谁潜得久。我历来就是龙家岭的潜水冠军，哪里会怕他的挑战，于是大声说："好，打就打，谁怕谁。"

罗大根让龙根子把我们的衣服、随身物品和他的猎枪看好，接着跟我齐声倒数三二一，然后就一起沉下了水。

两人一起沉水，我看到那家伙比我稍晚了一点，知道他是在耍巧，不过这点时间我也不怕他。我沉到溪水下面去的时候，那溪水往下游冲，人也跟着往下漂，下面是一个水潭子，我怕冲下去后罗大根耍赖，于是把两只脚盘在一起，像庙里面的菩萨老爷，观音坐了莲台，然后用手去抓住那溪水里面的一块很大的岩石，把身子固定住。

在水下憋过气的人应该晓得，这憋气分三个阶段，第一是下水的时候，胸口里有一股气，怎么着也能够坚持十多秒，然后气完了就开始要憋，难受得紧，忍、忍、忍，忍到过了那个劲儿，就差不多又能舒坦好一会儿了。

我在水里面憋气的功夫从来没有输过，最是自信，所以在第二个阶段的时候也还是蛮轻松的，偶尔还会睁开眼睛去看罗大根，瞧见他脸鼓鼓的，仿佛很难受。

看他难受，我的心里面就安慰了一点，一直鼓励自己坚持住、坚持住，过了那一个坎儿，我就赢了。

我在心里面数着数，那个时候的我能够从一数到一百，不费劲儿，一点一点地数，就等着赢呢。结果乐极生悲，我一直抱着的那块大石头终于承受不了我的重量，漂了起来，开始往下滑去。

这突如其来的变故让我有些惊慌，手往下面摸，想要抓到一个可以固定住自己的东西。没想到那岩石一浮起来，下面就好像有东西冒出来，我手掌就摸到了一块滑滑腻腻的东西，好像是烂泥，又好像是大鱼摆子。还没有等我反应过来，我就感觉到那东西滑到了我的脖子上，尾巴拍了一下，我脖子上一阵刺痛，半边身子如坠冰窟，于是使劲地挥了一下手，刺痛感没有了，心里面放松了一点，还想着继续蹲，结果一看前方，罗大根已经站起来了。

那家伙起来了，就代表我赢了，我陈二蛋龙家岭第一密子王的名号就还在，所以我也没有坚持，一下子就从水里面站了起来。结果不但没有得到小伙伴的欢呼，而且还看到罗大根发疯一样地爬上岸去。而在岸上面，我还看到几只野猴子在草地上又蹦又跳，一边龇牙咧嘴，一边朝我这边丢石头。

麻栗山靠近外面的世界，山里面虽然有猴子，不过不多，我看到那几只红脸猴子也觉得新鲜，一时间就愣了神。

等我看到罗大根爬上岸，朝我大喊大叫的时候，才晓得我耳朵里面有水，什么都听不清楚，只能瞧见他疯狂地挥手，于是一甩脑袋，这才听到了他的下半截话："……快上来，水里面有鬼啊！"

罗大根的表情好诡异，像见到鬼一样，我刚想笑，结果这个时候我的脚被什么东西猛地一拽，整个人就扑通一下被拖到了水里。

我感觉一对脚踝被像铁钩子一样的东西死死勾着，然后把我猛地往下游拽，我几次栽到水里面，又几次爬出来，结果每折腾一次，力气就少几分。

那是我这辈子都难以忘记的记忆，整个世界都是黑乎乎的水，我奋力挣扎的唯一目的，就是想多吸一口空气。

不晓得翻腾了多久，我感觉拽在我脚踝处的那铁钩子突然就松开了，然后下意识地往岸边扑腾了两下，接着就被几双温暖的手给硬拽上了河岸。

当时我灌了太多的水，整个人的记忆都是模糊的，等清醒过来的时候，耳边充斥着龙根子嚎啕大哭的声音，像号丧一样。

那个时候的小孩不懂得做人工呼吸，醒过来的我一阵恶心，吐了两回，肠子都打结了。一打听才晓得，罗大根和龙根子把我拖到林子里后，大根跑回村子里面去喊大人了，而我刚才之所以得救，是因为突然有几只林子里面的野猴子帮忙，把水下面的鬼打走了。

我问那鬼长什么模样，龙根子吓到了，结结巴巴地说像黄鳝，又有好多毛，后来又好像是一个小孩子……

"那些野猴子呢？"我又问，他说跑了，我们上岸之后，就跑到林子深处去了。

罗大根没多久就把大人叫了来，有他爹，也有我爹，还有村子里好几个管事的大人以及邻村的猎户，乌泱乌泱一大堆人。我们这一次出来，最主要是受了我的怂恿，我爹本来都准备好了大柳条子，结果看到我这脸色惨白的模样就心软了，没有多说什么，只是黑着脸朝着水里面骂了几句。反倒是罗大根回家后，被他爹吊在房梁上，用那根牛皮带抽了半宿。

在山里面，小孩子不能私自玩枪，这是犯了忌讳的。

这件事情算起来是我坑了罗大根，所以他被他爹锁在柴房里面挨饿的时候，我还去自家院子的鸡窝里摸了点鸡蛋，给他送了好几次。

本以为这事情差不多就结束了，毕竟是三个小屁孩子，那溪水里到底有没有水鬼，谁也说不准。不过没想到第三天我脖子就痒了起来，一开始还只以为是蚊子叮的，结果越抓越痒，足足抓了一晚上，到了第四天早上我起来的时候，才发现自己半边的脖子都是血淋淋的，手上满是沾着鲜血的鱼鳞片。

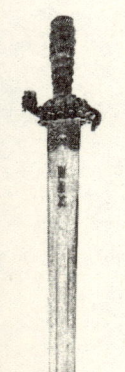

第三章 五姑娘山的老道士

小孩子瞌睡重,一夜翻来覆去地挠,却一点儿感觉都没有,等到早上醒过来的时候,看到这一枕头的血,就吓得哭了起来。

我爹在我之前还生了一个女孩儿,取名叫大凤。我姐大我三岁,那个时候还跟我睡一块儿,听到我哭,也醒了过来,看到我满脖子血肉模糊,也吓得半死,大声哭喊:"我弟弟要死了,我弟弟要死了,爹你快来看啊!"喊了好几声,我爹才从吊脚楼下的院子里"噔噔噔"地跑了上来,冲进房间里面一看,只瞧见我半边脖子都是血,那填着稻草的枕套子也都是血沫子,顿时吓得魂都飞了,拍拍我的脸,问我难受不。

我点头,说难受,脖子好痒,痒得要命,忍不住就想要抓。

我把右手举起来给我爹看,那手上也有好多干涸的血浆,一夜变长的指甲壳里尽是肉沫子,看着十分恐怖。我爹是山里面的赤脚医生,除了去县里面培训过之外,祖上也传了一些中医,看到我的瞳孔没有涣散,虽然身子虚弱,但精神头也还好,就松了一口气,让我姐去厨房端盆热水过来。

我姐乖巧,很快就去拿了布帕子和热水木盆来,我爹抱着我换了一边床,将双手洗净,然后小心翼翼地帮我将脖子上的鲜血给洗尽。

因为挠了一夜,好多伤口都结痂了,血迹也硬,所以很难弄,那水太烫了或者手上的劲儿重了,我就疼得直哆嗦。我爹表面上是个粗声粗气的大老爷们,不过却也心疼幺儿,我的每一声喊都仿佛戳在他的心窝子里一样,他眉头皱起,下手越发地轻了。

我爹足足给我擦洗了半个多小时,这才把我的脖子给洗干净。仔细一瞧,只见我的脖子右边有一大片火红色的嫩皮，表面有灰白色或灰褐色多角形、菱形的大片鳞屑，大部分呈圆形，前端斜斜插进真皮里，彼此作覆瓦状排列于表皮之下，边缘还有数排锯齿状的突起，看着好像那鲤鱼的鳞片一样。

　　昨天还只是红红的，结果一夜之间我的半边脖子竟然长出了鱼鳞来，而好多鱼鳞被我不知不觉地抓脱下来，洗净的伤口吐着清亮的黏液，散发出一股鱼腥的恶臭味。我爹闻得一阵恶心，不过到底是自家孩子，他也不能撒手不管，吩咐我姐帮我不断用布帕子敷水后，跑回房间里去找自己那本赤脚医生指南了。

　　当天我爹连早饭都没有吃上一口，跟我娘在堂屋里商量了好久，之后就匆匆下了山，跑到乡上面买药去了。

　　那一天我坐立难安，感觉脖子火辣辣的，想伸手去抓，我姐却在旁边看着，她坚决地遵守了我爹走前的吩咐，绝对不准我用那脏兮兮的手去抓，看我憋得难受，就用湿帕子帮我轻轻地擦一下。那个时候乡下还用不起柔软的毛巾，自家织出来的土布又硬又挺，刮得我哇哇直叫，我娘在旁边看得直掉眼泪，说这娃儿造孽，生下来就没消停过。

　　我之前听村子里的人说过，我生下来的时候发生过一件事情，差一点就活不了，不过这事情在我家里是禁忌，连提都不准提。当时的我疼得头昏脑涨，也没有心思打听这些，不过倒是能够忍得住疼，没有让过来找我玩的龙根子笑话。

　　中午，我娘罕见地做了一碗鸡蛋羹，用瓦罐蒸出来的，盛在白色的瓷碗里，水亮水亮、嫩呼呼的，看着就让人流口水。

　　山里的日子过得艰苦，家里面虽然养鸡，不过鸡蛋什么的都是拿下山去换盐的，这日子过得很紧巴，而这鸡蛋羹差不多是用三个鸡蛋做的，这对于好久没有见过荤腥的我家来说，简直太奢侈了，我姐看得只舔嘴唇，流了好多口水。

　　我当时人小，却和我姐很亲，用调羹舀了一大口吞进肚子里，鲜得舌头都要咽下去了，看到我姐在旁边眼巴巴地看着，就推给她吃一口。

　　我姐虽然馋，但那个时候已经懂事了，于是就看了我娘一眼，谁晓得平日里一碗水端得很平的娘这个时候却虎起脸来，训我姐道："吃吃吃，你吃什么啊，你弟总共也没几口！"

第一卷 饥饿年代

我娘平日里是很和善的一个女人，这个时候却显得十分严厉，一张脸绷得紧紧的，我姐受不住这个气，眼圈一红，扭着身子跑出去了。

当时的我就感觉气氛有些不对劲，不过小孩子扛不住饿，被我娘哄了两句，我就把那碗鸡蛋羹混着苞谷饭吃完了。瞌睡又上来了，迷迷糊糊睡到了太阳落山，我爹这才赶了回来。从麻栗山龙家岭到乡上，走路不用三个小时，我爹之所以这么晚回来，是因为乡卫生站里没有他要的药。按照我爹的说法，我这病叫做鱼鳞病，需要用西药，维甲酸和那个啥维生素D，那两年世道乱，药品难买，他也是求爷爷告奶奶，这才弄了一点回来。

我爹说得胸有成竹，不过我娘紧绷的脸色却一直都没有松下来，但还是招呼着我吃了点饭，然后把药服下了。

吃了药，我感觉好像舒服了一些，脖子上面的那一片鱼鳞也没有那么痒了，又昏昏沉沉地睡了过去。不过我没有睡多久，就感觉耳朵边有人朝我吹气，凉飕飕的，像有人往我脖子里面放了冰棱子一样，隐约间我还听到了小孩子哭的声音，是那种三两岁的毛孩子，呜呜、呜呜、呜呜……

我听得心烦，翻来覆去，声音一直还在，于是猛地睁开眼睛，正想要骂娘，突然看到一对白眼仁正死死地盯着我。

"啊……"

我使劲儿地大叫，一下子就从床上跳起来，朝着前面使劲儿地挥拳，接着眼角看到床边有一个白影子，更是吓得魂飞魄散，咬着牙朝那白影子使劲儿扑过去，又踢又打。

结果我还没有踢几下，那白影子就喊了起来："弟，弟，是我啊，我是你姐！"

我低头一看，瞧见这个白影子还真的是我姐，我脖子上面的病要不停地敷水，她手上还拿着帕子，这是在照顾我呢。瞧清楚了这些，我整个人都软了下来，这时我爹我娘又匆匆赶到房间里来，问清楚情况后，让我姐去他们房间睡觉，由他们守着。

我姐忙活了大半个晚上，困得要死，又挨了我的打，听到这话松了一口气，去隔壁房间睡觉了，而我爹娘则守在房间里头，哄我睡觉。

刚才那一下实在是吓坏我了，不过有爹娘陪在身边，倒是安了一点儿心，不过脖子火辣辣的，又麻又痒，也是翻来覆去好久才睡着。这会儿瞌睡浅了很多，不晓得过了多久，我听到我娘在旁边哭，就醒了一点儿，迷迷糊糊地听她说道："老陈，二蛋他这不是病，是中邪了啊。"

我爹在旁边闷不吭声，也不表态，过了有一会儿，我娘又说道："当初那个疯疯癫癫的老道士说二蛋的命太硬了，我们养不活，不如由他领了去，看来这话是应了啊。"

这时我爹才粗声粗气地回了一声，说："放狗屁，这是我儿子，凭什么要让他来养？"

我娘又哭了，说："他养你养，这不都是你儿子？难道说你就想这样眼睁睁地看着你家崽被那邪鬼子索了命去？你咋个就这么狠心哟？"

我爹沉默了好一会儿，最后叹气道："唉，晚咯，当初他生下来的时候，让那个疯道士抱走就好了，现在说这些，有个屁用？"

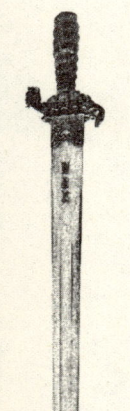

第四章 麻栗山里的捉猴人

"啷个没得用,啷个没得用?"我娘的情绪有点儿激动起来,声音也不由得高了,说,"我前几天听罗大根他老子讲了,说他最近在螺蛳林过去的五姑娘山那边还看到了那个老道士呢,说不定人家根本就没有走,连道观都设在了那边,我们去找一找,说不定就能够找到呢。"

我娘充满希望地说着,然而换来的却是我爹的沉默。这沉默的气氛一直持续了好久,我在床上都等得难受,睁开半边眼睛来,却看到我那从来没有抽过烟的老爹不晓得从哪里找来了一根烟杆子,弄了点干烟叶,正一口一口地抽着。他显然是没怎么抽过烟,而且这自家种的烟叶又呛,结果眼泪都给呛得滚落了下来。

自打我有印象以来,我就没有瞧见我娘跟我爹红过脸,不过这一回她显然是有些急了,一把抓住我爹的衣袖,激动地说道:"你自己也看清楚了,那溪里解放前就死过好几个孩子,二蛋他这分明就是被那些水鬼给缠住了,吃药根本就没得办法,如果不去找那个老道士,我家二蛋说不定就没有几天活头了。你咋个就这么狠心咧,我跟你讲,我家二蛋要是活不成了,我也不活了!"

我听到这话才琢磨过来,昨天中午我娘一反常态,原来是觉得我可能活不了多久了——不过,我真的就活不成了吗?

我从来都没有想过这种问题,一想到我像这些年死去的那些人一样,躺进一口薄皮棺材里,然后埋进土里去,吃不得、喝不得,没有父母,没有姐姐,也没有小伙伴们一起玩,那岂不是无聊死了?就在我胡思乱想的时候,听到了我娘以死相逼,我爹终于开了口,说:"我不是想我儿死,不过你是不晓得那

些出家的人，无父无母，心里面根本就没有祖宗长辈，要是养这么一个儿子，我宁愿白发人送黑发人，至少我晓得他晚上躺在哪里。"

我爹这心思一说出来，立刻被我娘一顿臭骂，骂完之后又开导他，说："人家未必就是像你想的一样，即使是，他总是比死了好吧？"

那天夜里，我爹和我娘商量了一整夜，有时候哭，有时候又闹，不过那个时候我只是感觉眼皮子重得很，脑袋也沉，迷迷糊糊地，不知不觉就又睡了过去。

第二天清早我醒过来的时候，我娘就已经开始张罗了，她去灶房的陶罐里掏出了一篮子的鸡蛋，梁上的两挂腊肉也带着，再拿上两只带毛的死兔子、一大袋子米，将这些礼物备齐了之后，跟我爹在楼下商量了半天，接着就上楼来让我起床，梳洗了一番。然后我娘把所有东西都放在一个竹背篓里背着，我爹则带着两把磨得锋利的柴刀，留我姐看家，而我们则趁着天蒙蒙亮，朝着五姑娘山那边走去。

第一卷 饥饿年代

五姑娘山是麻栗山一带的主峰，顾名思义，有五个山头。过了那儿再往里走，就进了老林子，听说那里有好多野兽，还有那些不交粮、不纳税的生苗子。

我虽然只是脖子上面染了病，不过这几天折腾下来，也没有了力气，身体虚弱得很，远没有先前进山玩耍时的那般轻松，不过我这个人好胜心比较强，又倔强，这么大的人了也不愿意让我爹我娘背着，咬着牙硬挺。

昨天夜里我爹和我娘的对话我已经听到了，晓得我身上的这病可能是那溪水里面的冤魂作怪，普通的药是治不了的，只有那山顶上的一个老道士才有可能治得好。不过那老道士也不是什么好人，想要跟我爹抢儿子——我是我娘身上掉下来的肉，是我爹一口饭一口饭喂大的，怎么可能又去给别人当儿子？

不知不觉间，我对那个还没有见面，不晓得找不找得到的老道士，就产生了一股子恶感。

我之前遇劫的那小溪在南边，而五姑娘山则在东边，不过都需要经过螺蛳林，这个村子是离深山最近的地方，过了这儿就进入莽莽林原了。我爹虽然采药的时候来过这里，但也不熟，反倒是我娘就在这麻栗山上长大，所以还能够辨别方向，没有走错路。

山间林密，人迹罕至，那路也不成路，都是一些猎户和采药的人踩出来的，有的甚至还是野兽走出来的。我们从清晨出发，一直走到了太阳正高，才将将看到五姑娘山最高的那一座，远远地耸立在云层中。说实在的，我们那儿山峰的海拔虽然都不高，但是密，放眼望去，哪儿哪儿都是山包子，连绵不绝，让人有一种绝望的感觉。

不晓得走了多久，大家都累得不行了，要不是我爹扶着，我恐怕就已经倒在了那山路上。磨刀不误砍柴工，走累了就要休息，我爹找了一块林间的空地，帮我娘把东西卸下来，然后摸了几块蒸过的红薯和盛水的竹筒出来，分给我们吃。

这红薯香甜却不扛饿，不过那个时候的条件就是这样，也没有啥子好抱怨的，半大小子吃穷老子，我三两口一个一下子吃了三个，噎得慌，正拿那竹筒喝水，突然听到远处有奇怪的声音。一开始我还不觉得，后来听到又是吱吱叫，又是公鸡吵，就晓得真的有事了，赶紧跟我爹娘说。

我爹本来不想管这事儿的，不过架不住我软磨硬泡，我娘也担心有啥子问题，去看看也好，这才同意了。不过这深山老林子里面，防人之心不可无，我们也没有沿着路走，而是从树林子这边缓慢地摸过去。走到跟前一瞧，只看到有四个膀大腰圆的男人挤在林子里，前面还有一个枯瘦老头儿，也不晓得他们弄了什么手段，在他们的四周竟然围满了整整一圈儿的野猴子。

我们麻栗山的猴子跟别地儿的猴子不一样，老人们讲这些猴子以前跟人是一个祖宗，有灵性，脾气也坏，一般都不怎么出现在人前，野性得很，现在却不晓得怎么都围到了这儿来。

我爹不是这儿的老住户，他是解放前逃荒过来的，也见过一些世面，瞧见这些人身边带着竹笼子和铁锁链，就低声跟我娘说："这些人是捉猴的，这些跑码头的人最是血勇，身上都带着家伙，小心一点，别出声。"我娘没说话，我却低声问："不出声，就让他们把猴子给捉走？"

我爹苦笑，说："这些猴子又不是你家的，你管那么多干嘛，要是惹急了那些人，这深山老林的，人家拿刀捅你怎么办？"

我没有说话了，不过总感觉这样是不对的，而那边林子已经闹了起来。我瞧见那个瘦老头子提着一只芦花大公鸡，一刀杀了，把血洒在那些猴子的面前，而那些猴子平常看着凶得很，这会儿却全部都被那煞气吓到了，动也不敢动，就低着头，结果一个一个地被捆了走，不多时，这些人搞完事离开了这里。

我爹看到那些人走远了，这才拉着我们小心地过去看，结果发现这伙人各啬得很，不但把十来只猴子带走了，连那只死了的芦花大公鸡也给带走了。

看到地上只剩下一摊子血，我爹直骂晦气，又不甘心地四处刨了一阵，这时旁边的草丛子突然一动，探出一个脑袋来。

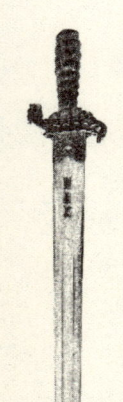

第一卷 饥饿年代

第五章 哭声能招狼

这小脑袋儿毛茸茸的，黄中带灰，往下看，却是一双溜溜直转的黑眼睛，直勾勾地看着我。我瞧见这皱皱巴巴的粉嫩猴脸儿，才晓得竟然是一只幸存的小猴子。刚才那些捉猴人不知道是怜悯，还是没有瞧见它，所以才留下了这一个漏网之鱼，此刻瞧见空空荡荡的林中平地，不由得发出了声来："吱吱、吱吱……"

这叫声短暂而急促，好似悲鸣，不知道怎么回事，我的心里面就好像被茅草塞住了一样。

跟这可怜的小猴子对视了两眼，我突然想起那天我淹到水里面的时候，往溪水里砸石头救我的猴子里面就有这么一只。如果是这样，那么刚才那些捉猴人抓走的，可不就是我的救命恩人？一想到这里我就无比地懊悔，悻悻地看了一眼我爹，又看了看我娘，想着那几个家伙的身板真硬，要是我回去喊龙家岭和田家坝的后生仔扛着锄头过来，不晓得能不能拦下他们？

不过我们家做主的可不是我，而是我老爹陈知礼，他原本期待着那只被宰的鸡没有被带走，拿回家又是一顿荤腥，结果发现只是只小猴子，就觉得有些扫兴。

猴子和人长得差不多，就算是再饿的人，都不会拿它们来当食物，而且我们麻栗山的猴子灵性得很，性子又暴躁，离得越远越好。

我爹没有管这小猴子，摸着腰后的柴刀就要离开，然而不晓得为什么，刚才还被人抓的那只小猴子，居然一下子蹿到了我的肩膀上，然后用粉嫩的舌头舔我脖子上的一片鱼鳞。我晓得这小猴子是我的救命恩人之后，也不怕它，反而觉得好玩，伸手去逗它，它朝我龇牙咧嘴，我就笑，然后觉得脖子上面的鱼鳞本来火辣辣地，结果它舔过之后，却有一股子丝丝滑滑的冰凉。

这小猴子一下子蹿过来，我没有吓到，我爹倒是吓了一大跳，他以为这猴子当我们是掳走它父母亲人的仇家，想要报复我们呢，于是扬起了柴刀，说："嘿，你别乱来啊，我的柴刀可是厉害得很咧，砍你了啊？"

我爹学过点中医，相信"万物有灵"，所以说这话吓猴子，不过他倒也没有真砍——他这辈子连只鸡都没有杀过，都是我娘弄的，善良得很。

那小猴子蹲在我的肩膀上，我从小身体也不太好，瘦瘦弱弱的，不过这小家伙更瘦，身子缩起来不比我的脑袋大多少，我看不到它的模样，但是听到它好像在向我爹咧嘴，又发出了刚才那短促的吱吱声。

我爹是太过紧张了，我娘倒是瞧出来这小猴子对我没有什么恶意，拦住我爹，说："老陈你紧张啥，你没看到那小猴子跟二蛋亲热着嘛？"

我也跟着喊道："爹，我上次在水里面被那水鬼拉，就是这小猴子和几只大猴子把那鬼东西赶走的。"

听到我和我娘的劝说，我爹这才放了心，把柴刀收起来。他是个实诚人，晓得这小猴子是自己儿子的救命恩人之后，从身后的竹背篓里摸出半块煮熟了的甜红薯，伸到小猴子的面前，蹲下身子，念叨说："你莫怪我们没管刚才的事情啊，那些人凶得很，一个就能够料理我们仨了，我们惹不起，对不起啊。"

我爹认认真真地跟这小猴子道歉，奇的是这小家伙好像是听懂了一样，直接跳下来，接过那半块红薯就吃了起来。

我看到这小猴子吃得好急，噎得直翻白眼，顿时就有点儿心酸——红薯是最没有油水的东西了，吃到肚子里没一会儿，放个屁就啥都没有了，偶尔吃一下还好，吃多了人都是飘的。我不爱吃，从小就不喜欢，不过家里穷没办法，没想到这猴子吃得倒是香。

我爹站了起来，因为要赶路，所以也没有久留，而是整理了一下肩上的竹背篓，然后带着我娘和我朝着五姑娘山那边走去。

我爹给的那半块红薯很大，那小猴子正吃着，也不管我们，让我们自行离开了。它不理我们，我却有点儿失落，总觉得那小猴子跟我好亲近，就像我的弟弟妹妹一样，于是忍不住老是回头，一直到它的身影消失在了林子的尽头，我都担心不已，问我娘："这小猴子没有了爹妈，它会不会饿死啊？"

我娘低头看了我一眼，抿着嘴巴想了一会儿还是告诉我，说有可能。

听到这话我就停住了脚步，转身就要回去，结果被我爹一把拉住，厉声骂我："你这个鬼崽子，自己的命都活不成了，还管那小猴子做什么？"

我爹是山里面的赤脚医生，又自诩文化人，颇受人尊敬，平日里说一不二，我也有点儿怕他，虽然心里面十二分地不乐意，也只有被他拽着朝前面的主峰爬去。我一边爬，还一边在心里面想：小猴子，你等着，等你二蛋哥治完病回来，我天天偷家里面的红薯给你吃。

我心里面这么想着，结果没走一两里地，便总感觉后面有东西跟着，一开始还只有我，后来连我爹我娘都感觉得出来了。我娘的文化程度低，最是迷信，说："哎，老陈，你感觉到没有，莫不是有山鬼在跟着我们啊？"

我爹虽然心里发虚，但是作为一家之主，他也只有鼓足勇气，紧紧握着柴刀说道："鬼扯，哪里来的山鬼，我来你们麻栗山十多年，也没有瞧见过……啊！"

这最后一句话，居然直接从肺里面喊了出来。我朝着后面看过去，见有一个小黑影子在我们的身后跟着，突然一下冒出来，确实把我爹给吓到了。我爹是文化人，有点儿近视，我却瞧得分明，这黑影子可不就是刚才被我们抛到后面的那小猴子吗？瞧见它，我满心欢喜地跑过去，而那小猴子也兴奋地吱吱叫，一下子又跳上了我的肩膀，帮我舔那块渗血的鱼鳞。

在小猴子上了我的肩膀时，我就下了一个影响我一生的决定——我要收养它。

我扛着这小猴子，兴冲冲地跑到我爹娘面前，将这个决定告诉他们，我爹立刻就虎起脸来，说不行，他不同意。这会儿我可不干了，当时也就跟我爹顶了牛——小孩子顶牛能有啥招呢？无非就是干嚎，于是我就哭了起来，哇啦哇啦，一开始还没觉得啥，瞧见肩膀上小猴儿那张皱巴巴的脸，越看越丑，于是就伤心了，泪水也哗啦啦地跟着流了出来。

我娘最受不了我这个，于是就劝我爹，说："他都这样子了，你就顺他一回心意会死啊？"

我爹表面上心硬,但耳根子是软的,劝两回就投降了,板着脸说:"好了好了,别哭了,再哭小心把狼给招来。你要是肯负责照顾它,就收留着吧,反正我是不管的。"我爹气呼呼地,我却欢喜得要炸了,猛地跳起来,使劲儿叫,那小猴子也跳到地上,跟我一起跳。我瞧见这瘦猴儿,高兴地对我娘说:"娘,它以后就叫胖妞,我一定把它喂得肥嘟嘟的!"

我娘见我这么开心,略有些发苦的脸上也有了笑容,然而我爹却仍旧气,往那小猴儿的胯下一看,一个小雀雀,气得扇了我一脑门儿,说这猴子是公的。

我说我不管,就胖妞啦,胖妞、胖妞、胖妞……

我爹拿我没办法,也只好笑,然后招呼着我们继续走,然而刚刚准备起身,突然从小猴儿胖妞刚才出现的那草丛中刺溜一下,又蹿出一头灰色的野兽来,舌头长长,眼睛绿油油。

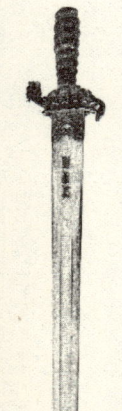

第一卷 饥饿年代

第六章 命里十八劫难

这野兽灰不溜丢，长得像大狗，不过身形矫健，一身油光水滑的皮毛，脖子上面的毛竖起来，嘴巴长又大，白森森的牙齿看着就瘆人，龙家岭村民家里养的那种土狗跟它根本就比不了。这东西一下子就冲到了距离我们十来米远的地方，整个身子朝下低伏，一双绿油油的眼睛子凝聚起来，有着骇人的凶光，我虽然看不出个所以然来，但是感觉整个人就好像掉进了冰窟窿里。

六月份的野林子里面又湿又热，但是被这野兽盯着，我们一家人止不住地就打起了摆子。

"我的娘唉，是狼！"瞧见这畜生，我爹的声音顿时就发颤了。他跟罗大根他爹撵山狗不一样，是个地地道道的赤脚医生，连家里的农活差不多都是我娘做的，像老人家摆古时说的那些书生一样，哪里能够应付得了这个？说来也奇怪，这五姑娘山虽然大，但是狼却真的少见，我爹来麻栗山这十多年都没有遇到过，哪里想得到随随便便一句话，竟然还真的把那东西招了过来。

这头灰狼停在我们前面不远，爪子刨着土，一脸凶相，喉咙里面发出可怕的声音，那身子好像绷起来的弹簧，随时都有可能扑过来。

我爹这人其实胆儿并不大，龙家岭稍微凶一点儿的狗都不敢惹，更何况是一头狼。不过老婆孩子在旁边，他也只有硬着头皮，拿着一把柴刀挡在我们面前，而我娘也拿着一把柴刀，带着哭腔喊道："老陈，老陈，这可咋办啊？要不然我们两个挡着，让二蛋跑开去啊？"

我娘六神无主，我也是被吓到了，搂着肩膀上的小猴子不知所措。就在这个时候，从我们的身后又传来了两声低沉的嘶吼，我们下意识地扭过头去看，却瞧见又有两头身形稍微小一点的灰狼从我们的后路窜了出来，直接将路给堵上了。

还没有等我们瞧清楚那两头刚出来的灰狼，便感觉身后一阵腥臭的风袭来，一扭头，却见前面那头大灰狼呼地一声，直接扑到了我爹面前。

我爹的精神本来就高度紧张，瞧见那一道黑影子扑来，下意识地就将柴刀挥去。不过这一刀根本就没有砍到那头灰狼，狼是一种十分狡猾的动物，虚张声势地一扑，结果提前落下，瞧见我爹这边甩了个空，立刻一个腾身朝着我这边咬来，猝不及防下，我一下子就被那狼给扑倒，一张腥臭的嘴巴几乎就凑到了我的面前。

我摔倒在地，只感觉整个世界都变得又腥又臭，连用手挡的工夫都没有，就瞧见那白森森的牙齿朝我脖子咬来。

就在这个时候，在我肩膀上的胖妞突然跳到了那头灰狼的脑袋上面，唰地一下，伸爪去挠它的眼睛。

这小猴子别看没多大，但是爪子却硬得很，也不知道是咋回事，一下子就挠到了这头狼的眼睛上，这畜生一甩脑袋，我也就暂时脱离了被咬死的危险。

这个时候的我也已经反应过来了，伸手去推它的身子，结果别看这头狼跟一条大狗般大小，但是却重得很，死沉死沉的，我还没有脱开，它就把那小猴子给甩开了，再次低头下来要咬我的脖子。

我整个人被熏得晕晕乎乎的，这时才真正感受到了死亡的可怕，也不晓得哭，心里头一百个念头，一千个念头，一万个念头，尽在想着我要死了、我要死了、我要死了……

一声尖利的叫声如洪水般爆发："啊、啊……救命啊！"

就在我心头全部被死亡的恐惧所占据，不知所措，无可选择，只能无助面对之际，突然间我整个身子只感觉一轻，原先压在我身上的灰狼竟然整个儿被凭空托起，接着"砰"地一声，栽倒在了地上。

而在遭受死亡威胁过后，稍微缓过神来的我眼珠子跟着瞧过去，却瞧见灰狼在地上翻滚了好几圈，又猛地爬了起来，整个身子绷得紧紧的，一张腥臭的大嘴使劲儿地张着，对着空中一张缓缓燃烧、凭空飞舞的黄纸片儿发出了一声

凄厉到了极点的嚎叫声："嗷——呜——"

而与之对应的,则是一道似远又似近,沧桑而空灵的声音在半空中响起,像是来自天际,又似是近在耳畔："……若在鬼庙之中,山林之下,大疫之地,冢墓之间,虎狼之薮,蛇蝮之处,守一不怠,众恶远迸……"

被吓得魂飞魄散的我本来被那灰狼嚎得浑身发麻,不过待听到那空灵之声时,不知为何,心中顿时竟变得一片安宁。

而那头狼也并没有再朝这边扑过来,就连另两头稍微小一点儿的野狼也灰溜溜地跑到了它的身边,嘴里低嚎着,瑟瑟发抖。

微风一动,我才发现我的身旁不知何时竟多出了一名脸色冷峻、仙风道骨的老道士,一身青色的袍子,头上挽着一个发髻,两鬓斑白,唇边有两缕规整的胡须垂落下来,一双手特别干净——我从来没有见过这么干净的手指,又长又白,比大姑娘的还要好看,像抽条儿的嫩芽苍子,玲珑剔透。

刚刚跟那野狼搏斗,我爹也是惊魂未定,待瞧见这青衣老道之时,我爹突然间变得无比激动:"道爷,道爷,您怎么会在这里?谢谢您救了我们全家的性命啊!"

那青衣老道一脸严肃,不过面对我爹的热情,还是勉强地挥了挥手,道:"我路过这里,搭一把手而已,小事一桩。"

我在旁边看着这青衣老道,心想这打扮,还有爹那态度,莫非我们这回进山来找的那个老道士就是他?

我小脑袋里面装不下太多的事情,不过很是好奇刚才他到底是使了什么法子,竟然把那么凶恶的畜生给弄得凭空托起,又是怎么突然一下就出现在了我们面前的呢?

他跑得有这么快吗,连声音都没有?

青衣老道此时又淡淡地瞥了一眼那三头瑟瑟发抖的野狼,随后道了一句:"走啊,还留在这里干嘛,等着吃肉呢?"

那几头野狼似是能听懂人话一般,顿时一声呜咽,夹着尾巴,跑得要多快有多快。

我看见那几头野狼跑开,脸上顿时一急,忙拉住青衣老道的衣角喊道:

"唉，别让它们跑啊，打死它们！"

青衣老道看了焦急的我一眼："上天有好生之德，每一条生命在这个世界上都是独一无二的，要懂得尊重，能不下死手，就不要下死手，这样子手才干净，心也干净。"

我看着他那一双干干净净的手，心里面不认可，说："要是像你说的那样，那狼怎么又要吃我呢？"

青衣老道原本冷峻的脸上竟露出了一丝笑容，说："这狼要吃你，那是它的本性，因为不吃你它就要饿死了。不过你要打死它呢，是仇恨，跟生存没有关系——因为仇恨而生起来的杀戮，这就是人们心头上的魔性，要摒弃，这样子你以后才会活得安宁、痛快，心里面也没有挂碍。"

我听得懵懵懂懂，感觉这老道士说得有那么一点道理，但是却又不知道道理在何处，一时间也不知再说些什么。

而这时，一旁我爹见那野狼跑了，心中稍安，走几步来到老道面前，眼神之间激动难掩，指了指我，张口就要说话。

然而他还没讲呢，青衣老道已是一个手势打断了我爹，道："我知道你想要说什么，也知道你们此行来的目的为何。"

随后，他摸了把胡须，目光如炬地望向我，一字一句地说："这娃儿印堂发黑，死气萦绕，五行犯水。更重要的是命犯十八劫，活不过十八岁啊！"

第七章 山鬼老魅聚邪纹

倘若是别人听到了这话，说不定立刻就给那青衣老道跪下了，不过我爹自视读过一两年书，又在外面见过些世面，晓得这些道士、算命先生、神棍之类的人物，在断命的时候，总是先给你断生死，吓得你半死，然后再等着你求活命的法子，这叫"先抑后扬"。于是我爹梗着脖子，小心翼翼地说道："道爷，你八年前去过我们家，当时不是跟我们说，这孩子跟了你的话，你是能够给他改命的吗？"

听到我爹的话语，那青衣老道的眉头便高高扬了起来，大声说道："改命？天下之大，想要改变命运之人何其多也，但古往今来，又有几人能成功？不论是这扶抑、通关、调候，或用神、或用理、或后天五行、或命理预测，以及这四柱扶圆，或者是那传说中的金篆玉函，所做的都不过是小运而已，与命理无关。你家娃儿病入骨髓，非人力所能及也，自归去，不要打扰老道我修真得果了。"

青衣老道大袖一甩就要离开，我爹有些愣住了，然而我娘却不晓得哪儿来的勇气，一下就跪在那青衣道人的面前，抱着他的大腿便哭了起来："道爷、道爷，求你救救我家二蛋啊，他才八岁，还没有给我们老陈家传宗接代呢！八年前你不是说要收他为徒吗？你现在就收了他吧，求求你了！"

我娘不管不顾地抱着那青衣老道，他也走不脱，有点儿尴尬地看着我娘，摸着唇边的胡子，好言相劝道："呃，大嫂，你别这样，先起来。"

我娘心系幺儿，也耍起赖来，说："道爷，你收了我这儿子吧，让他端茶送水，端屎端尿地伺候你——八年前你说过要收他为徒的，你可不能反悔！"

青衣老道哭笑不得，说："八年前我帮着封了那个神魂，本以为是我的一个老友，收他当徒弟是因为以前被他耍得厉害，现在风水轮流转了，图一个心里面爽利而已。后来我发现你儿子就是一个'山鬼老魅聚邪纹'的绝脉，这是个死结，天罚人受，硬着头皮活下去不但害己，还会延祸家人，所以当时才想着带他走。不过你们不答应，我也少了一份差事，乐得自在，现在嘛……劝你们一句话，这孩子是个祸端，早死早投胎，说不定还能投个好人家。"

那青衣老道说得一本正经，不但我娘崩溃了，就连我爹也跪了下来——他本来还以为这老道士看上了自家娃儿呢，结果人家根本就把这当作是件麻烦事，于是偌大的一个汉子哭得不像样子，说："道爷，我就这么一个娃儿呢，求你救救他吧。"

我爹我娘两个人在那里哭得稀里哗啦，我倒是没有什么感觉，反而有点儿讨厌这个青衣老道——虽然他刚刚救了我们，但是把我爹我娘弄哭了，就该死。这时刚才被甩开的小猴子胖妞"嗖"地一下就跑了过来，爬上我的肩膀，仔细看着这个青衣老道，而我的心里面也凭空生出一丝不乐意，说："爹、娘，人家不肯给咱治病，我们就回家吧。鬼才愿意给他当徒弟呢，走、走……"

谁知道我还没有说完话，正在那儿求人的我爹突然就扭过身子来，"啪"地一下，给了我一个大耳刮子。

我有点儿被扇懵了，直挺挺地倒在了草地上，耳朵旁边"嗡嗡嗡"地响着，接着听到我爹朝着我大声喊道："鬼崽，还不跟道爷道歉？赶紧跪下来，给道爷磕头，求他收你当徒弟，要不然你就不要认我这个爹！"我听到这话，眼泪一下子就流了下来，我长这么大，跟别人家的孩子一样顽皮，但是罗大根总被他爹吊在房梁上打，而我就没有被我爹打过，没想到今天他竟然下了这么重的手。

不过哭归哭，我爹一吩咐，我就骨碌一下爬起来了，跪在那青衣老道面前磕头，说："道爷，求你收我为徒，求你收我为徒……"

我像一个磕头虫一样，一个又一个地磕，然而那道人却看也不看我一眼，而是轻描淡写地对我爹我娘说道："万事皆讲究'缘分'二字，我当初跟你们家娃儿有缘，如今尽了，就不要再讲了，这个……"话未说完，他突然眉头一

第一卷 饥饿年代

皱，一声冷哼道："好你个耍猴的，竟然敢在我的地盘撒野，真当我在这五姑娘山上是摆设吗？"

他这一句话说完，身子微微一晃，突然就没了踪影。我愣住了，都忘记了磕头，而我爹我娘也傻了，过了好一会儿，我娘才哭喊着推我爹，说："你看看，人家道爷真是个有本事的神仙呢，可是当初你这也不肯，那也不肯，结果愣把我们家二蛋耽误了，现在你看看，到底怎么办？"

我爹被我娘闹得凶，要是搁以前他早就发火了，然而现在心中却是一阵憋闷，缓慢地蹲下身子来，长长叹了一口气，整个人仿佛就老了好几岁，捂着脸，用一种近乎于哭泣的沙哑嗓音说道："唉，这都是命啊……"

我爹是个铁打的汉子，平日里总是坚强地支撑起整个家庭，这两天却是哭了好几回，一双肩膀不停地抖，显然是伤心到了极点。

我娘一把就将有些发愣的我搂入怀里，哭着说："我这苦命的娃哦，早晓得这样，我当初就不该把你生下来受苦呢。"

我爹哭，我娘也哭，我却没有哭，只是紧紧握着拳头，咬着牙，心里面暗暗发誓："我不信，鬼才信那个死道士的话呢，他说我要死了，即使过了这个坎儿，最多活到十八岁——我不但要活到十八岁，还要一直活到老，活到我牙齿也掉光了，头发也脱完了，笑眯眯地，看他比我还要早死去！"

哭完闹完，我爹把背篓里面的东西小心翼翼地放在草地上，然后拉着我娘准备回家。我也要跟着回，结果刚刚一站起来，就被我爹一脚踹倒在了地上，他的脸有些狰狞，一字一句地说道："你给我跪在这里，他一天答应你，就跪一天；三天答应你，就跪三天！"

我哭了，说："要是他一直不答应我呢？"

我爹拉着我娘走开了，听到这话停住脚步，肩膀抖得厉害，却没有回头，而是从嗓子眼里面迸出一句话："那就死在这里算了。"

说完这话，我爹和我娘就走了，我因为跪在那里的缘故，所以没有看到他们离开的样子。我爹我娘有多疼我，虽然当时我的年纪小，但是心里面却啥都晓得，别的不说，我娘估计回去时得哭一路。不过我也来不及多想，脑海里面只有我爹那句"绝情"的话，于是又继续磕头，朝着空气一直磕——弯腰、额头贴地、直起，复弯腰……

周而复始，我磕得头昏眼花，小猴子胖妞没有跟我父母一起离开，而是跪在我对面跟我学，一人一猴搞得像是在拜天地一样。

不知道过了多久，我几乎就要撑不住了，却感觉面前多了一个身影，抬头一看，就瞧见那个青衣老道又出现在我的面前。不过他的怀里面却是多了一只白色的小狐狸，脸很漂亮，但是身上有好多血。青衣老道诧异地问："你在拜什么？"

我想了想，恭敬地说："拜天、拜地、拜父母！"

他点了点头，说："起来，跟我走吧。"

第一卷 饥饿年代

第八章 黄芽白雪神仙府

我跪得太久了,从烈日当头到夕阳西下,年少的我竟然不知不觉地磕了几千个头,结果这一站起来,整个人都晕了,眼前发黑,感觉马上就要死过去了。不过就在我身子往后倾倒的时候,一只温暖的手掌扶在了我的背上,而一个清冷的声音则在耳畔响起:"舌抵上腭,搭鹊桥,长呼吸,任督二脉两聚首,舌下生津细吞咽,好似琼浆瑶台流。"

这好像是一句口诀,我听在耳中,不知全义,但是却晓得用舌头死死地抵住了上腭,然后像刚从水里面爬出来一样,使劲儿呼吸,口水流出,气息入鼻,顿时觉得眼前一亮,世界焕然一新,不由得惊喜地喊道:"道爷,这就是修行的门路吗?"

青衣老道哼了一声,不太愿意理我,不过还是说道:"什么修行门路,只不过是让你能够自己走路的法子而已。你起来了,能自己走吗?"

我激动地点头,大声说:"嗯,师父,我能!"

小猴子胖妞爬上了我的肩膀,嘻嘻地笑,而那受伤的小狐狸也睁开眼睛来,一双琥珀一样好看的眼睛好奇地瞄着我。这老道同意让我跟着他走,我满心欢喜,然而他的一句话却直接把我从天上打落到深渊:"我带你回去呢,不是收你当徒弟,只是看不过眼,不想你死而已。作为报酬,你帮我照顾一下我怀里这只小狐狸,同意吗?"

我心里沮丧得很,不过转念一想,出家当道士要住山里头,苦兮兮的,又没人陪着玩,我本来就不愿意,况且这样还不影响他治我病,那不是正好?

我忙不迭地点头:"好,我晓得了。"说完这话我去瞅那只小狐狸,咦,它

好像是我先前在溪边看到的那一只呢。

青衣老道年纪很大，两鬓斑白，但是人长得好看，像画像里面的神仙，不过脾气不太好，也不愿意说话，转身就要走。我怕他把我给甩了，三步并作两步地紧跟着他，然后仰着头问道："我不叫你师父，那叫你什么啊？"青衣老道未作思索，直接回答我："叫道爷挺好，别人这么叫，你也这样叫好了。"他这么说，我有点儿不愿意，别人叫道爷，我二蛋哥为什么也要叫？一定要把我撇开得这么干净啊？

行，我明面上叫你"道爷"，背地里叫——死杂毛、臭杂毛、杂毛老道士……

我在心里暗暗骂着这青衣老道，表面上则屁颠屁颠地跟在他的后面走。走了一会儿，他手搭了一个棚子，抬头看了下即将落山的夕阳，自言自语："这样子走有点慢啊，这可不行。"他说完话，又来看我，我立刻要哭了："你可别扔下我，这深山老林子里到处都是野兽，你要走了，我就只有等着喂狼了。"

青衣老道瞧见我害怕的样子，冷峻的脸上多了一丝笑容，并不理我，而是在身上摸了摸，掏出了两张鬼画符的黄纸符，上面用错乱的笔锋勾勒出了一匹小马驹的样子，然后用过蜡的红线绑在我的腿上，又从怀里摸出了点青草忐子来，洒落其上，口中慢慢念叨："小马儿，快快跑，回到家里面的时候我给你们上好料，一定是那春季刚刚长出的嫩芽草。"

我看着青衣老道蹲在我脚边鼓捣，莫名感觉到一股古怪的气息从脚下蔓延开来，心中止不住地害怕，颤声问："道爷，你这是做什么？"

青衣老道抬头看了我一眼，站了起来，一边拿着我爹留下来的背篓，一边拉着我的胳膊，说："深呼吸，不管发生了什么都不要叫，免得惊走了阴灵，知道不？"我心里直打鼓，脑袋却不停点头，还没回过神来，就听到旁边突然传来一声清喝："天地无极，玄心正法，神行千里，疾！"

这话还没有说完，我就感觉整个人好像是要飞了起来，两只脚像不是自己的一样飞速迈动，两边的树木倏然往后面跑去，耳边风声呼呼，眼睛也被风吹得睁不开，偶尔从缝隙瞧过去，又见到自己直接朝着大树撞去——啊！

我差一点儿就要疯了，想要叫，但是却记得青衣老道的吩咐，他可不是我爹娘，也不好说话，我若是叫，他说不定就把我扔这儿了。于是我只有咬着牙，

第一卷 饥饿年代

任心脏在胸膛里面打鼓，扑通扑通，像那雨打芭蕉，没有停歇。不过好在这时间过得飞快，就在我一双脚都要发麻的时候，身子突然就停住了，我睁开眼睛一瞧，却见我们居然上了五姑娘山主峰的峰顶，这儿山石嶙峋，宽阔的平地上好多高高的松树，靠着山壁那里有一个半掩着的石洞，像个门，两边用石头雕着字，我读书不多，瞧了半天，就认出一个"士"字。

青衣老道见我瞧那石雕的对联，淡淡跟我念道："黄芽白雪神仙府，瑶草琪花羽士家！"

我听不懂，但是感觉念起来朗朗上口，使劲儿拍手，说："好，好听……"话还没有说完，脑袋就被拍了一下，青衣老道不满地说："小小年纪就不学好，言不由衷，如此腹黑，以后未必是个好人啊，我到底要不要救你呢？"马屁拍到马腿上，我顿时又要哭了，彷徨间，青衣老道却不再说话，而是走进那石洞里面去。

我紧随其后进了石洞，顿时感到一阵阴凉遍布全身。说是神仙府，其实跟山窝子洞也没啥子区别，这儿分两间，里面小间瞧不见，但是外面这儿，左边一堆稻草梗子，估计是睡觉的地方，旁边挨着就是一个火坑，上面架着一个黑漆漆的铁罐头，还有一些柴火堆，米、面、油、盐都有，不过不多。总体看就是乱得很，像个流浪汉的家，不过让我奇怪的事情是，这里面一只蚊子都没有。

山里面的蚊子可凶了，乌泱乌泱的，可是这儿哪怕是一只，都没有瞧见。

回到了神仙府，青衣老道冷冰冰的脸上就多了一些生活气息，他从那堆草梗子下面抽出一张黑乎乎、油光水滑的毛皮来垫在草上，又把小白狐放在毛皮上，检查了下伤口，然后开始劈柴生火，又从旁边一口大陶缸子里面舀了两瓢水，烧开水。我晓得自己的身份，就跟《西游记》里面神仙家看火的童子一样是个干杂活的，于是上前帮忙，又是捡柴又是添火，青衣老道也不拦，过了一会儿吩咐了一声，就直接进里屋去了。

我小心地生着火，看那火越来越旺，铁罐子里咕嘟咕嘟，水汽把我的眼睛润湿了，分不出是眼泪，还是水汽。

我在家里是幺儿，有爹娘疼，我姐大凤也惯着我，哪里会让我做粗活？可是这是别人家，我要是想活下来，就得像包身工一样小心翼翼。出门在外，方知家人亲。不过还好旁边有个胖妞，这瘦猴儿屁颠屁颠地给我递柴火，又拿根棍子来拨火，竟然比我还能干。这小东西鬼头鬼脑，又会逗人，有它陪着，我倒也不是太寂寞。

太阳慢慢落山了，火坑里面的火越来越大，水也咕嘟咕嘟烧开了，然而就在这炎热的夏季，我突然感觉到脖子上面一阵冰寒。

我晓得这是我落水时沾到的邪物又在闹了，便忍不住靠近火堆，谁知随后整个身子都像掉进冰窟窿里面一样，我看着通往里间那黑黝黝的通道，哆嗦了好一阵子，终于下定决心过去找青衣老道。这石洞蛮大的，我踮着脚走过去，还没到，便瞧见门口竟然竖着一面半身铜镜子，我下意识地往那儿一瞧，顿时吓得魂飞魄散。

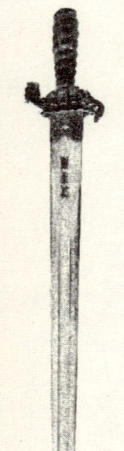

第九章 净手摸骨言转世

我原先感觉自己的肩膀上沉甸甸的，好像是坐了一个人，阴嗖嗖的，后来胖妞一屁股坐上来，才感觉好一点。当时也没有多想，谁知道当我往那铜镜子看过去的时候，竟然见到一个湿淋淋的小孩子正坐在我的肩膀上面，一两岁的样子，手和脚都肥嘟嘟的，但不白，青幽幽的，身上面布满了水草和爬来爬去的小虫子，脑壳烂了半边，一双眼睛用像刀尖一样锐利的怨毒目光死死盯着我，好像要把我吞掉一般。

"啊……"

我哪里见过这样恐怖的画面，顿时就吓得大声地叫了起来，一屁股坐在地上，裤裆里面也热烘烘的，发疯一样地使劲儿往头上拍去。

世间怎么会有这么可怕的东西？

我的一双手都挥舞成了风车，但是一点儿用都没有，根本就碰不到那烂乎乎的小孩子。我挥得越使劲，它就笑得越厉害，嘴一咧，整张嘴巴居然咧得比我的头还要大，里面黑乎乎，一股阴气顺着我的脊梁骨一直爬到尾锥。我感觉自己整个人都动弹不了，身子麻酥酥的，气也喘不过来，我在地上使劲儿翻滚，天旋地转。

突然间，我又瞧了那铜镜子一眼，就见我整个人的脸绷得像死人，脸色苍白，一双眼珠子几乎就要凸出来，舌掉嘴咧，而我的脖子被两只湿乎乎的手紧紧掐着。

"前有黄神、后有越章，神师杀伐、不避豪强；先杀恶鬼、后斩夜光，何神不服、何鬼敢当！"

第一卷 饥饿年代

就在我胸膛里面最后一点儿气息即将泯灭的时候,洞中突然传来一声暴喝,我浑身一震,感觉一阵暖意涌上心头,寒气稍减,抬头朝那铜镜看去,却见骑在我身上湿乎乎的小鬼脸上那怨毒邪恶的表情不见了,反而十分惊惶,缩进了我脖子上的那片血肉模糊的鱼鳞里。我一嘴的牙齿咯咯直响,抬起头来,看到那青衣老道慢条斯理地走到我跟前,眼泪水一下子就涌出来了:"道爷,救我!"

直到这个时候,我才晓得他先前对我父母说的话不假,被那样的恶鬼缠上,我别说活到十八岁,这八岁的当口都不晓得过得了不。

我泪水涟涟,青衣老道却一点儿也不理会,用那双黑布鞋踢我:"起来吧,有我在,它不会出来的。"

怕惹他生气,我也不敢违抗他任何的命令,一骨碌就爬了起来,一边揩着眼泪水,一边说道:"道爷,这是什么东西啊,我到底该怎么办?"青衣老道看我这副没出息的样子,不由觉得好笑,拉着我来到了火边,两人坐下,他笑着说道:"你这个没出息的怂货,以前出生时可是一声哭腔都没开,怎么养了八年,就成一个哭哭啼啼的小娘子了?"

我有点不好意思了,使劲把眼泪水揩干净,吸着鼻子,好奇地问道:"道爷,我出生的时候你见过我啊?"

青衣老道不置可否地笑了笑,然后开始料理起了那只受伤的小狐狸——先是用开水兑换些净水仔细清理伤口,然后又拿出两张黄纸来,无火自燃,接着将灰小心洒在伤口上,又用一块干净的白布包好,最后撬开它的嘴巴喂了一颗香气四溢的红色药丸进去。我看着那药丸忍不住咽口水,肚子就咕咕叫了起来。

我只在中午的时候吃了两口红薯,接着疲累一天,粒米未沾,小孩子最熬不住饿了,但凡看到一点儿能吃的,一双眼珠子就能够放光。

"咕咕、咕咕",这肚子叫开了,像布谷鸟在唱歌。青衣老道看了我一眼,然后问我:"饿吗?"我很诚实地点头,他明白了,招呼我去把我爹送来的那两只死兔子剥皮清理好。我得了差事,就从竹背篓里面把两只死兔子拎出来,走到大水缸旁边,那儿有一个小水沟可以洗东西,旁边有把锋利的小宝剑。我垫着石头往水缸里看,里面晃荡着半边葫芦瓢。

我爹心善，不敢杀鸡，我因为馋，在家里面也帮着弄过活物，所以晓得怎么做，规规矩矩地忙活开来。

扒皮切肉是个技术活，我并不擅长，但是好在那把不知道是什么金属材质的小宝剑锋利得很，没多久我就弄好了，两只肥兔子弄了整整一大陶罐。青衣老道接过去，弄了一个铁锅子来，将兔肉放进去爆炒焖煮，那香气布满了整个山洞，我看着那翻滚的油汤，口水咽了一回又一回。

这兔肉焖熟煮烂，再撒上一把小野葱，我感觉自己就好像到了天堂。不过等到青衣老道把一副碗筷放到我面前来的时候，我还是忍不住问出了心底的疑惑："道爷，你不是出家人吗，能吃肉？"

青衣老道也馋了许久，弄了一点儿小酒，抿一口，忙不迭地夹了一块肉往嘴里塞，刚出锅的肉热乎，他却吃得欢畅，听到我这般问，突然忍不住笑出声，眼泪都流了下来。笑完过后，他跟我解释："小家伙，我是上清派符箓宗的，行画符念咒、驱鬼降妖、祈福禳灾的本事，不忌荤腥。"我点头，说："对呀，肉这么好吃，要是不能吃，那得多伤心啊。"

在这一锅热腾腾、香气四溢的兔肉面前，又喝了点儿小酒，青衣老道的心情似乎也好了许多。我瞧见他嘴角上翘，也不再拘束，甩开了膀子吃，旁边的小猴子胖妞吸着鼻子直跳脚，我小心地看了青衣老道一眼，夹了块没肉的骨架给它，胖妞伸手接过去，一边吹一边吃得眼泪直流。我见青衣老道不管，又扒拉了好几坨大肉给胖妞。

身子瘦得尽是排骨的胖妞哪里见过这阵势，蹲在地上吧唧吧唧地吃得可欢畅了。

这一顿饭是我记忆中最美好的场景。吃完饭，我主动去刷碗、收拾锅台，完了之后，我洗干净手，小心翼翼地来到青衣老道面前，恭恭敬敬地问有何吩咐。他看了我一眼，平静地说："你坐，我跟你讲一讲你的事情。"

感受到了青衣老道的善意，我欢天喜地地盘腿坐下，兴奋地看着他，而他没有说话，只是用净水清洁双手后，伸过来在我的身上摸起骨来。

这摸骨寻命弄了好久他才收回去，又洗了一回手，轻轻叹道："二蛋，你可知道我先前为什么不想救你吗？"

我摇头，这个老先生别看脸冷，但是他连几头恶狼都不舍得伤害，肯定是个心善的人，但是他救得了恶狼，怎么就救不得我呢？我奇怪，他解释道："你身上有'山鬼老魅聚邪纹'，一般有这种东西的，要么就是恶鬼投胎，要么就是阴灵遁世。我当初以为你是我老友转世，所以想要拉你一把，但是后来仔细观察才知不是，反而发现在你身上有魔，有憎恨这世间一切的恐怖恶魔。如果让它转世重修了，世间又是一场劫难，所以我宁愿让你死，也不会让你活！"

这话一说完我就哭了，激动地说："怎么可能，我二蛋从小虽然调皮，但是却从来没有作过恶事呢！"

青衣老道也叹气："你是无辜的，但是却投错了胎，若当初我没有出手镇压，只怕你早就作起恶来了。"

我吓坏了，整个脑子都是空的，只晓得不停地磕头，青衣老道看我可怜，叹了一口气，说："大道五十，遁去其一。你若真的想活，我倒有一个法子，但是不比那唐僧的九九八十一难简单，你可愿意？"

我重重磕了一个头，哭了："只要能活，我什么都愿意！"

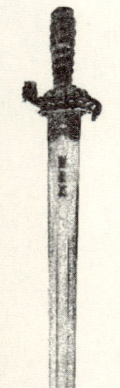

第十章 道门三戒血咒生

大难当头，由不得我多说什么，想也不想就一个响头磕下去，青衣老道便笑了，说："孺子可教也！按理说，你是魔，我是降妖除魔的上清派道士，咱们是天生的死对头。不过一来你此世从未作恶，杀你我手中不净，作符就不会稳；二来我适才摸骨，发现你虽与我无师徒之缘，但是隐隐中又与我门有挂碍。命运河流，源远流长，我看不透，也不晓得此番结了这因，养的小树苗能长多高，所以得让你明白三件事情。"

我恭恭敬敬地磕头，额头点地，朗声说："道爷请讲！"

一坛浊酒，青衣老道喝得略高，长身而起，朗声说道："其一，术法险恶，修行路长，所有术法皆乃凶恶之气，是重器，如无温良和善之心缓解，便会入魔，所以你需向善，这可依得？"

我叩首，一字一句复述，然后高声说道："我晓得了。"青衣老道颔首，又复说道："其二，善恶随心又随性，天下间有几人能够说清，我既然救得你性命，传你活命之法，便有成全你的功劳，以后如果你遇到我宗门之人，千万退避，不可忤逆，这可依得？"

我不晓得青衣老道还有什么亲戚朋友，不过依旧叩首允诺，而他也不停歇，继续说道："其三，邪魔扰心，最是擅长诱人向恶，日后你若能活命，有人引你向恶，倘是真恶，你自应当与之为敌，便是死也不能与之同行、助纣为虐，这可依得？"

我不解其意，也不知道这三句承诺会对我的一生有何影响，只是复述叩首。完毕之后，青衣老道哈哈大笑，说："既然都应允了，那么我为你做血咒，你可有意见？"

血咒？

这名字听起来忒吓人了，不过我却是没有后路可退，磕头虫一样地说好，青衣老道走进里间，不一会儿抱着个小箱子走了出来，让我到铜镜之前盘腿坐好，然后闭上眼睛。我不敢违背，依样照做，然而没过多久，就感觉到双手手腕处突然一阵刺痛，接着就有血往外流，我想要睁开眼睛来，却听到青衣老道一声厉喝："闭眼！"

我被吓到了，死死闭住眼睛，然而却感觉手腕上的鲜血流得越来越多，接着是脚踝，这种流血的痛苦在黑暗中显得更加地阴森恐怖，我不敢哭，也不敢动，只有咬牙硬忍着。然后感觉到一只手指开始抵在了我的额头上，青衣老道开始沾着血，在我的脸上涂抹起来。

他一边抹，口中一边念念有词："勒令通尊急刹灵毙雷电缴消绝瞻、勒令护法四门尊者运教成本经集、勒令奸贪枉魔神显灵光气霾除退……"

如此持续良久，我突然感觉头顶被猛地拍了一下，他一声暴喝道："青龙白虎队仗纷纭，朱雀玄武侍卫我轩，急急如律令！"

我感到全身的血液都在这一刻沸腾起来，忍不住地睁开眼，却见青衣老道双手拇指处迸发出两滴金色鲜血，竟然朝着我的一对眼睛射来，我"啊"地一声喊，感觉灵魂都被洗涤和燃烧了一般，当下也盘坐不住，在地上翻滚好几圈，发疯一般地哭嚎。然而仿佛重音一般，我感觉我身体里面还有另外一种哭声，嘤嘤嘤地，是那种直入骨髓里面的阴寒。

我痛，但是却睁开了眼睛，瞧见先前骑在我脖子上的那个鬼小孩竟然也在我的面前，湿淋淋的，一双惨白的眼睛里开始往外面冒出鲜血来。

"哇哇哇、哇哇哇……"

不知道怎么回事，我的心中莫名地愤怒，伸手去抓，这回竟然被我抓到了，我顾不得这水鬼孩儿脑袋上尽是水藻和鱼虫，愤怒地去撕它的脸，原本无比凶恶的它竟然一点儿还手之力都没有，只是哭。然而就在这个时候，我突然后脑勺一痛，抬头去看，却见那青衣老道轻声喝道："你若要向善，就要遏止杀戮之心，它虽然缠你数日，让你辗转难寐，但也是可怜之人，何不把它超度

了去？"

他用的是一把戒尺，敲得我好痛，不过我还是咬着牙，求教道："怎么超度它呢？"

青衣老道收起戒尺，双手结印，抵在我的后背上，然后朗声说道："我这里有《登真隐诀》终卷残部一份，你且随我念来——天地自然，秽气分散，洞中玄虚，晃朗太元……"他朗声念，听在我的耳中却似那雷声轰鸣，我也不知道怎么回事，脑海里仿佛也浮现出了相关的记忆，一字不差地念诵起来。我诵得仔细，那水鬼孩儿的身形开始慢慢地化作虚无，接着脱离了我的身体，朝着上方飘去。

我看见那水鬼孩儿似乎在笑，原本尽是怨毒和狠厉之色的眼睛里面，现在竟然有着感激之情。

善为海，德为根，人心感激，则四季安宁，我的心中暖暖的，也觉得让这水鬼孩儿解脱了，远远比将其击溃得身形俱灭更加欣喜。

这便是得到的力量，也是被人需要的那种成就感。

将那水鬼孩儿超度完毕之后，我从铜镜里面看到了自己，被那张尽是诡异血色纹路的小脸吓了一大跳。不过很快我就稳下心神来，回头看青衣老道，瞧见他也是出了一身的汗，那双本来干净无瑕的手上尽是污垢，瞧见我望来，他笑了笑，说："我这血咒与他们南疆的谶法又有不同，除了你体内之魔作恶时才会响应之外，别的时候也不损害你——不但如此，而且这两滴精血注入你体内，你倒是因祸得福，种下了道果，日后说不定能够有一番成就呢！"

我看着青衣老道满是虚汗的脸，心中顿时就被一股无以复加的感激之情填满，双膝一跪，再次磕头道："二蛋谢谢道爷的救命之恩！"

我跪了这么多次，这回他倒是回应了，大袖一挥，我就不由自主地坐了起来，接着他的眉头一挑，郑重其事地说道："此前我也不管你，乡野小孩而已。自此之后，你也算入门，我便有话交待——男儿生于世间，膝盖可比黄金，可跪天，可跪地，可跪生养的父母，最后的最后，只可跪授你一身技艺的师父，除此之外，天下皆无你可跪之人，这你可晓得？"

我恭恭敬敬地拱手，诚恳地说道："我记住了，以后也会一直记在心里的。"

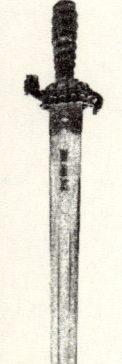

　　青衣老道拉我起来，语气稍微和缓了一些，然后认真地跟我说道："你别以为刚才你就万事皆休了，此为水劫，乃你命中劫数之第二劫，而后你还有十六劫，每一次都比此番更加凶险。若是想要化解，天下间或许只有一个法子，那就是祖灵融煞。什么是祖灵融煞呢？就是以毒攻毒、以恶制恶，用更凶的祖灵来镇住你身体里的魔，这里面的讲究很多，说了你也未必懂，总之一句话，若想活，就要吃很多的苦。"

　　我坚定地点头，一字一句地说道："我都死过一次了，就不怕吃苦了！"

　　青衣老道认真地看了我一眼，轻轻一叹："你跟他真的很像啊，可惜不是他……他在哪儿呢？孩子，天晚了，你先睡，这山上寒，不要熬夜。"

　　我洗过脸，乖乖地跑去草垫子那儿眯瞌睡，吃饱喝足的胖妞也过来跟我挤，而青衣老道则走出神仙府不知道去了哪儿。我经过这一天的变故，身心俱疲，不知不觉就睡着了。而我醒过来的时候，却感觉到脖子处那块鱼鳞湿湿滑滑的，不知道是怎么了。

　　难道是……

第十一章 神仙洞府一打杂

无论谁睡得迷迷糊糊的时候，突然被来这么一下子，肯定都会吓得魂飞魄也散，一阵冷汗爬上背脊梁，鸡皮疙瘩遍地走。

我的脑子里一阵混乱，猛然睁开眼睛，却见到一抹白色。

仔细一看，是青衣老道托我照顾的那只小狐狸，不知道什么时候竟然爬到了我的怀里，跟我睡了一晚上，这会儿醒了，正用舌头舔我的脖子呢。当时是六月份，虽然是盛夏，但是山里面的早晚温差大，夜里有点儿冷，难怪它会钻到我的怀里来。那小狐狸伸着粉嫩的舌头，眼睛滴溜溜地转，看到我醒过来了，倏然而动，又缩回了旁边的黑茅草上面，身子紧紧缩着，一束大尾巴遮住头，但是那小眼睛却还是在看我。

我冲它笑了笑，那小狐狸不好意思了，扭过头去不再理我。

我感觉脖子上有些痒痒的，下意识地伸手一抓，结果抓下一大片干皮来，手指往里摸，原先模糊一片的烂肉一夜之间竟然全部结痂，摸着滑滑的。虽然昨天将那水鬼孩儿超度了，但是我没有想到脖子上面居然这么快就好了。这情况让我满心欢喜，刺溜一下就爬了起来，四处转了一圈，发现青衣老道并不在。我跑出神仙府，发现胖妞居然拿了一把竹枝编制的笤帚在扫地，它个儿小，那笤帚大，一来一往十分可笑。

不过瞧见连胖妞都这般自觉，我也应该用实际行动来证明自己不是一个无用之人，要不然依着那位道爷的脾气秉性，说不定哪天不高兴就把我赶下山去了。

他还没有告诉我那"祖灵融煞"到底是怎么回事呢，我可不想就这样回家，过两年又要面临死亡的威胁。

六月天，一大早，一个八岁孩童，一只瘦弱的小猴子，开始忙活了起来。胖妞负责神仙府门口的清洁，而我则先是回去看了一下那只小白狐狸，发现它把身子缩得紧紧的，也不理我，于是我就把石洞外间收拾起来——家务活我经常看我姐和我娘做，并不复杂，只是需要耐心。要是搁以前，我或许就待不住跑到外面去野了，然而经此大劫，我也晓得了对错，于是老老实实地做着事情。

相比神奇的道法，青衣老道的生活技能属于入门级，除了做得一手好饭，其余的都不行。这石洞子里乱得不行，我为了体现出自己的价值来，努力地清洁，然后归拢起这里面的物件来。我忙活了好久，累得够呛，瞧见那小白狐狸又睁开眼睛来瞧我，就弄了一点儿凉开水，用碗盛着，放到它面前。

小白狐狸的眼睛很亮，像刚出生的婴孩儿。我们两个互相瞪了好一会儿，它突然把头伸过来，小口小口地舔舐。

看到它喝水的模样，我的心中不由得一片柔软，轻声对它说道："小狐狸，你是不是爹娘不在了，所以才跟着那个杂毛老道啊？你别害怕啊，二蛋哥哥会好好照顾你的。"我这边念叨着，那小白狐狸好像能够听懂一样，朝着我"嗷嗷"一叫，这声音粗听像狗叫，不过更加尖锐，和女人的声音更接近。胖妞看见我在跟小白狐狸说话，把笤帚一甩，也爬了过来，朝着这小白狐狸扮鬼脸，三个小家伙嘻嘻笑，好是亲切。

我们三个就只有我会说话，于是我拍着胸脯，说："小狐狸、胖妞，我们都是离开爹娘的可怜人儿，你们放心，我一定会照顾好你们的。"

胖妞一见我拍胸脯，也照着做，我哈哈笑，它又爬到我身后来，小拳头没轻没重地捶我，一副讨好的模样。

我知道胖妞又饿了，于是翻开锅盖，找了一块熟烂的兔子肉丢给它，胖妞吃得满嘴流油，而小白狐狸则舔着嘴唇羡慕。我瞧见这小家伙体型不大，估计只能喝奶，但是见它饿得慌，不忍心，便给它盛了一点儿肉汤，结果小白狐狸吃得也可欢了。照顾完这两个小家伙吃完，我自己也啃了两根骨头，再把垃圾兜着到外面松树下埋了，四处转了一圈，依然没有瞧见青衣老道，我就有些心慌，莫非他把我们扔在这儿了？

这么想着，我就更加害怕，突然想起神仙府里面还有个内室，他会不会在里面睡着了呢？

我虽然对那个门前有着神奇铜镜的内室有些惧意，但犹豫了一下，最后还是鼓足了勇气，蹑手蹑脚地走了过去。

路过铜镜，我朝里面看了一眼，我还是我，细胳膊细腿，脸上绷得紧紧的，全是紧张。过了铜镜往里走是一个通道，起先有些黑，而后便亮了，呼呼的风刮了过来，走进去一看，这哪是内室，分明就是一个悬崖边的敞口，比一般的房子都大，正中间有一个巨大的铜炉，旁边有一个石案，上面放着好多东西，有黄色的符纸，有十多只挂起来的毛笔，还有无数装着墨汁的瓷盒，以及许许多多古里古怪的东西。

山风从对面呼呼吹来，刮得我的脸上生冷，不过石案上那些黄色纸片儿，却一点儿也没有动。

我知道，这里面是青衣老道的布置，能够让那些风绕开这儿，从通道这边过——难怪昨天这么冷，原来原因在这。

青衣老道没在内室，不过这里面琳琅满目，看得我发愣，没想到身后突然传来一声冷肃的喝问："你在这里干什么，谁叫你进来的？"我吓了一大跳，扭过头去，却发现一个人也没有，不由得更是心惊，声音发颤地说道："我、我进来看道爷在不在？"

我眼睛四处看，结果那墙壁上突然浮现出一张石脸，吓得我一屁股坐在地上，浑身发凉。

石脸瞧了我半天，这才缓缓说道："他去找一个老朋友了，这里是他的禁地，你以后没有吩咐，就一定不能进来，知道吗？"这张脸棱角分明，是个中年男人，我心中忐忑，不过却晓得它跟青衣老道是一起的，于是小声问道："哦，我知道了——我叫陈二蛋，你叫什么名字？"

"老鬼！"石脸吐出了这么两个字后，便吩咐道，"水缸旁边有两个木桶，沿着峰顶山路往下，到半山腰的时候有一眼泉水，你以后每天都负责打水吧，快去！"

这是我和老鬼的第一次对话，很奇怪，我除了一开始的惊恐之外，心中对

于这个山壁之上冒出来的人脸竟然充满了好奇。得了吩咐,我很快便用扁担挑着那两个木桶,带着胖妞,去老鬼说的那口泉眼打水。上山下山,差不多要一个多小时,而且这桶大,我人小,来来回回折腾了一下午。傍晚的时候青衣老道回来了,没怎么理我,只是给那小白狐狸带了点鱼虾,还有一种叫做黄精的东西。

　　青衣老道不怎么理人,而胖妞和小白狐狸虽好,却不会说话,我心里面憋了一天的话,竟然没有人理会,于是满心地想和那个墙壁上的人脸说话,不过又不敢。没想到半夜的时候,我听到有人喊我,迷迷糊糊地睁开眼,瞧见老鬼又出现了,笑嘻嘻地问我:"二蛋,二蛋,你想学道吗?"

　　我一打激灵,立刻就清醒过来,连忙点头说道:"想,我想的!"

　　那老鬼笑着说道:"要想学道,首先得学写字,我教你啊,天地玄黄、宇宙洪荒;日月盈昃,辰宿列张……"

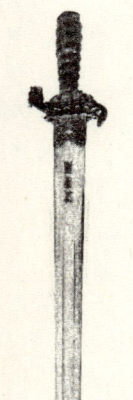

第一卷 饥饿年代

第十二章 如若有缘江湖再见

时光飞逝,岁月如梭,不知不觉,又是一年春华成秋碧。

我本以为自己在这五姑娘山上待不了多久,没想到匆匆三年就过去,时间真的很奇怪,你不想它,它便匆匆如流水。三年的时光过去,我的个子也长高了许多,再也不是当初的那个小不点,小白狐狸的伤早就好了,出落得一身炫目的光滑皮毛,至于胖妞这只小瘦猴子也终于能够名副其实了,因为它在这三年时间里不知道吃了多少鸟蛋和小虫,营养好得肚腩都要出来了。

五姑娘山主峰离龙家岭不过半天的路程,抬抬脚就到了,然而我这三年寒暑,却没有回过一次家,也没有见过我爹娘和我姐一面。

青衣老道说我是个妨人的命,最好不要回家,免得给家里人带来灾祸——"七尺留外,年不过旬"。所谓七尺,是南北朝的度量,意思就是说一旦我差不多长到一米七的身高,就不能在家里面待着了,而后归家,一年不能待超过十天。这对于从来没有出过远门的我来说实在是一件无比煎熬的事情,我想我那又善良又刻板的爹,也想我娘,还想把我从小带大的姐姐大凤,可这一切都被青衣老道告诉我的事情给阻隔了。

山鬼老魅聚邪纹,魔头转世又一生,我陈二蛋就是这么一个命,这辈子都要辗转漂泊,难以安生。

不过好在青衣老道虽然不许我回家,但是也不会阻止我给家人写信。

我二蛋也上过学,不过没两天山外面就闹了运动,接着田家坝的小学也停了课,于是我们就成了漫山遍野胡窜的野孩子。眼看就要成睁眼瞎了,结果上山来后却因祸得福,碰到了一个能够教我功课的人。这人并非青衣老道,而是神仙府中那个神秘的老鬼，我也不知道它到底是不是鬼，但是却知道它是这山上除了胖妞、小白狐狸之外，对我最亲的人。

一开始，老鬼给我发蒙，教我《千字文》《小儿语》《三字经》，而后教我《易经》《道德经》，此乃总纲，随后便是《登真隐诀》《清微丹诀》和《太上三洞神卷》三部，又教我用青衣老道给我种下的两滴精血习得气感，然后打熬身体，修习那入门的拳脚功夫。我并非愚笨之人，又时时都有性命之忧，所以修习得格外勤奋，整日里除了一日三餐和挑水清洁的工作之外，基本上都是在学习。

没有经历过苦难，就不知道什么是勤奋，在山上的日子里，我几乎投入了自己全部的精力，但是却一直都不能像老鬼所说的那样，感应到无所不在的"炁"——在此之前，我已经熟读了它教授的道典经藏，虽不甚解，但是却朗朗上口，历历在目。老鬼告诉我，我之所以感受不到炁，是因为我的意识被压制了，不过也无妨，我身上有两滴精血，到时候也可以徐徐转化而出。

我依旧不能学道，但是却学会了写字。每隔一两个月，我就会写一封家书给我父亲，然后托胖妞带回龙家岭去。

就凭着信，我跟家里总算是没有断了联系，他们知道我在山里面活得好好的。

三年的时光过去，我依旧不晓得青衣老道的名字叫啥。他不爱说话，特别不爱，最常做的事情就是待在内室里不出来。有一次我不小心走进内室，正好瞧见他扎着马步，在那石案之前挥毫泼墨。一支胖妞手臂那么粗的笔沾上了朱砂、香灰水和石墨的颜料，笔走龙蛇，龙飞凤舞，在黄纸上鬼画符，空中不时传来风的呜咽声，青衣老道整个人都仿佛一块发亮的玉石，灼灼其华。

我又一次见识了青衣老道的本事，不过代价却是我被绑在神仙洞的石柱上面，被狠狠地抽了一回屁股，两天走不得路。

青衣老道认识老鬼，老鬼也认识青衣老道，但是他们两个不会同时出现，就好像王不见王，彼此遵守着某个约定。我有一次向老鬼问起青衣老道的身份，老鬼没有说话，反而隐入了石壁中，三天都没有出现。这件事情吓坏了我，山峰顶上只有老鬼能够陪着我说话，还教我东西，要是它也不理我了，我就真的要哭了。好在老鬼在第四天出现了，若无其事的，而我也晓得了规矩，那就是好好学，别的不要多问。

青衣老道很忙，他有的时候整日待在内室；有的时候十天半个月不见踪影，回来的时候会给我们带上足够的食物。有时候是大米，有时候是糯米、红薯、苞谷或者别的杂粮，都不一定，如果这些都没有，他会带一些黄精之类的素食。野物也有，山鸡、野兔、田鼠子，我十岁那年他还扛了一头四百多斤的野猪回来，我忙活了一个多月方才弄成腊肉，吃了整整一个冬天。

当然，青衣老道弄不到主粮的时候，才会出手打猎物——做他这样的道士，不嗜杀，存善念，只有活不下去了，才会让手沾上血腥。

我也不知道怎么地，天生就会做饭，自从有了我，青衣老道便不再动手。神仙府没有菜刀，他给我一把锋利的小宝剑，让我自己弄，而他则在旁边洗手。青衣老道的手修长、白净，一天不知道要洗几次。对于我，他说不上喜欢，也说不上不喜欢，就像一件物品一般。不过他倒是蛮爱和胖妞、小白狐狸玩的，有一次我听他感慨外面世道太乱，说了一句话："这世道，有时候人还不如畜生和善。"

这是我记忆最深的一句话，后来我明白了，青衣老道当时已经是对人性彻底失望了。

五姑娘山主峰并不是青衣老道常待的地方，他经常会离开，很久才会回来。我晓得他好像是在寻找一个老朋友，据说那人被害了，又好像准备转世重修，他欠那个朋友一份人情，想守护那位朋友的平安，以作报答——他以前以为我就是那个人，后来发现不是。

算上我出生的日子，青衣老道整整在这一片区域找了十多年，我不知道到底是什么样的友情，能够让脾气并不是很好的青衣老道这般坚持。不过越到后来，他的脾气越是暴躁，而让我担忧的事情是老鬼越来越少出现了。最开始带我发蒙的时候，它几乎是天天都在，后来两天一次、三天一次，再后来它十天半个月才会露一次面，而且每次露面都很匆忙。

我最后一次在五姑娘山神仙府见到老鬼，也是第一次瞧见它跟青衣老道对话。

那时我已经睡得迷迷糊糊了，突然听到内室门口的铜镜边有两人低声说话，我醒过来，竖着耳朵听，听到青衣老道说道："……姓王的过来了，好像也是在找他，我怕他要是被提前找到，只怕要吃些苦头。"

老鬼说道："他能不能从幽府回来还是两说，说不定给你托的梦做不得准呢？"

青衣老道咬着牙，狠狠地说："不管了，姓王的要敢到这边来，我就让他好看，大不了同归于尽，我倒是要看看那狗日的祸害了他前世，难不成还能祸害今生？"他说完这话，朝着我这边看了一眼，走入了内室。

过了几天，一天晚上，我听到五姑娘山往东几十里的林子里一直在打雷，整个地界都在震动，后来青衣老道回来了，一身的血。

他没有久留，带着小白狐狸离开，并且告诉我，让我回家，以后如果有缘，江湖再见。

第十三章 阔别三年又返家

青衣老道带着小白狐狸离开了,没有给我一点儿解释,只是留给我一句劝告:"二蛋,你这三年所学也算是有点儿本事了,记住,万勿凭术为恶,否则无论千里万里,我都会将所有给你的一一收回。"

他要离开了,我二话不说地跪在了他的面前。这几年来青衣老道表面上虽然冷冰冰的,但是心地却极好,经常会开炉炼丹给我调养身体,使得我血气两旺,不再跟以前一样瘦弱,长得跟个小牛犊子一般。人非草木,孰能无情,我发蒙受的是古言教义,知道什么叫做感恩,青衣老道对我有活命和供养之恩,而老鬼则对我有教授之情,这恩情大如天,我陈二蛋一定会还的。

青衣老道既走,老鬼自然也不会再出现,我的心中不由得多出了几分空虚,站在五姑娘主峰之上,看着莽莽林海,风呼呼刮来,感觉到一阵迷茫。

待了好一会儿之后,还是胖妞把我彷徨的心思拽了回来,瞧见这小猴儿又蹦又跳,一副难过的表情,我的心中也多了许多悲凉。

哼,杂毛老道,我感激是感激你,不过你把小白狐狸带走是什么意思?我、胖妞和小白狐狸三个苦命孩儿在峰顶相依为命,现如今你却把我们给拆散了,真的是太可恶了。我心中愤愤不平,但也知道那小白狐狸十分不凡,身份远比我们这一人一猴尊贵得多,并不能够相比较。我无奈,折回了神仙府里,想着我也是好久没有回家了,书信虽好,但是总不及见面亲切,既然没人管我,那我便回家好了。

反正我现在还没有那七尺身高,总不会害到我家里人。

青衣老道走得匆忙,只是带走了他画符的一应物件,至于其他东西都没有

收拾。我挑了一圈，想着那张硝制好的野猪皮算一件，再加上我平日里用来做饭切肉的小宝剑，换洗衣物带上，梁上两挂腊肉提走，带上这些我陈二蛋也算是衣锦还乡了。收拾完外间，我的眼睛不由得又瞅向了内室，这三年来我几乎没有进去过，本能地对那里就有一股畏惧感，思前想后，我最后还是迈开了步子。

神仙府的内室是因为青衣老道而神秘，他走了，里面便也没有什么稀奇的，就连门口那面铜镜也没有什么可看的了。

内室一片狼藉，不过我却在石案上瞧见了一个明黄色的符袋，半掩的袋口处码着六张符箓。

第一卷 饥饿年代

这三年内我习过《太上三洞神卷》，虽然没有气感，但能够认出这六张符箓分别是落幡神符、破地狱符、甘露符、风符、斗母玄灵秘符以及雷符，这六种符箓各有妙用，而且我也都知道激发之法。瞧见这符袋规整地摆放于案台之上，我心中顿时一阵激动，青衣老道此番回来一身鲜血，行色匆匆，没想到竟然还给我留了这么一个符袋，显然还是担心我。

我心中一阵温暖，眼泪就止不住地往外流，恭恭敬敬地往那石案之上磕了三个响头，然后退出内室，小心地把符袋贴身放好，席地而眠。

此时天色已晚，我需要等到明日天亮才能够下山回家。

我在五姑娘山主峰之上生活了三年，并无多少防范之心，却没想到半夜里竟然听到胖妞"嗷嗷"的叫声。一睁开眼睛，就瞧见一个身型雄壮的身影出现在我的面前，黑暗中，一双眸子宛若太阳，正仔细地打量着我呢。我修习道经三年，谈不上多少进步，但是却练了一身的胆量，骨碌一下爬了起来，朝着黑暗中的这个黑影喊道："谁，你是谁？"

一阵风响，挂在头上的一盏油灯亮了，露出这个黑影子的面容来——他是一个有着一脸又黑又粗络腮胡的大汉，很高，足有两米，像道经里面的黄巾力士或者天兵天将。

不过他虽长得如此粗豪，却并不给人鲁莽的感觉，那双眼睛十分明亮，充满了智慧，让我感觉他跟青衣老道一样，是一个有很大本事的人。

"天兵天将"的脸有些白，蹲在我的面前，一手拎着不断挥舞双手的胖妞，一手摸了摸大胡子，慢条斯理地问道："你是李道子的徒弟？"

我蹲着身子，往后缩了缩，摇头说："我不认识李道子，他是谁？"

"天兵天将"哈哈笑，指着这神仙府说道："你不认识李道子，怎么会住在他这里？小屁孩子，你别骗我，我用鼻子一闻就能够晓得你在这里住了多久。还不快承认，再撒谎，我一巴掌打得你脑浆开花！"他说得恶声恶气，圆铃大的眼睛朝我一瞪，煞气凛然，而我则是一脸惶恐，无辜地说道："原来那杂毛老道叫做李道子啊，我真不晓得，我只是被他抓上山来帮着给他做饭洗衣的小杂役，什么也不知道呢，你别杀我！"

"天兵天将"狐疑地看了我一眼，有些不相信，他懒得和一个小屁孩子啰嗦，直接一把将我抓过去，跟拎胖妞一样，然后摔在地上，在我身上摸了起来。

小宝剑和符袋很快就被他搜出来了，然后他开始对我摸骨。

跟青衣老道的手法不一样，"天兵天将"摸得更细致，从头盖骨到脚丫子，又到我的小雀雀，足足摸了十多分钟，他疑惑地看着我，口中喃喃自语道："咦，奇怪了，这个小家伙根骨虽然不错，但没有一点气感，脉象滞涩，神魂郁发，比普通人还要差，难道真的跟李道子无关？"我哭着接腔，说："我真的不晓得，我连那杂毛老道的名字都不晓得呢，他上半夜回来收拾一下就走了，我正打算明天回家呢——我就是山那边龙家岭的人，叫陈二蛋，不信你去打听？"

我哭得稀里哗啦，那"天兵天将"反倒是笑了，朝我脑袋就是一巴掌，嘿嘿说道："我就晓得，依李道子那老不死的个性，向来都只择良才，这世间有几人能入得他眼？小老弟，你莫怕，老子虽然被人说是邪魔歪道，但是从来不乱杀人——'杂毛老道'？好，骂得好，天下间敢骂他的人不多，你算一个。行了，老子也不扰你清梦，你且睡，我还有事情要办呢！"

从冷酷寒天到朝阳升起，转换却只有区区一秒，我不知道怎么的，就对这个"天兵天将"心生好感，笑着朝李道子走的相反方向指去："他从那儿下了山！"

"天兵天将"啥也不说，啪地一下又给我脑袋来一巴掌，说："你敢骂李道子，老子还敬你是条汉子，结果你他娘的又来诓骗我？小小年纪就如此腹黑，我倒是有些转变主意了，要不然直接把你扔下山得了？"他这话说得我不敢再言。就在我心生忐忑的时候，他竟然放开了我和胖妞，连地上的那小宝剑和符袋都没有拿，转身离开了神仙府。

　　这个家伙行为诡异得很，我再也睡不着了，出去瞄了一眼，人影无踪，于是跑回神仙府将东西稍微收拾了一下，看着天际有些亮光，也顾不得许多，跌跌撞撞地就跑下山去。

　　从五姑娘山到龙家岭这条路，我日思夜想整整三年。下得山来，一时间呼吸一声沉过一声，胖妞老马识途，带着我一阵飞奔，终于出了深山，过了螺蛳林，到了龙家岭。看着雾色中一栋又一栋的吊脚楼，我激动得心都要炸了，一屁股坐在地上，眼泪就要哗啦啦地往外流。

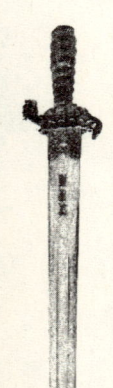

第十四章 学成归家把名装

一张野猪皮，两挂长毛的腊肉，还有几件不知道青衣老道从哪儿给我弄来的换洗衣服，我全部都丢在一旁。看着这熟悉而又陌生的景象，眼泪水止不住地就要往外面冒。不过我强忍住了，我现在已经不是小孩子了，以后的路漫漫，我要一个人走，怎么能够这么脆弱呢？不过越是咬牙坚持，那情绪越是控制不住，而就在我泪眼蒙眬的时候，突然肩膀被人猛地一拍，一个炸雷般的声音在耳边响了起来："嘿，这是谁呢，二蛋啊！"

我抬头一看，这货膀大腰圆，脸大眼小，剃着一大光头，可不就是我儿时一起撒尿和泥的伙伴罗大根吗？

瞧见他，我心底里所有的伤怀情绪就立刻收敛起来，一跃而起，一拳捶在他的胸口，兴奋地喊道："大根，好久没见了啊？"罗大根一把抱着我，又笑又跳："你咋回来了咧？我听你爹说你上五姑娘山跟一个老道士当徒弟去了，咋有空回来呢？"我跟他解释，说我不是去给人当徒弟，而是去治病——就是上次我们在小溪里面遇到的那个水鬼，它附在我身上了。

罗大根吓了一大跳，连忙蹦开去，拍着胸脯大声喊道："我的天啊，你不说还好，一说我就想起了那个鬼娃子，它的脸好恐怖啊，就没有一块好肉。我后来整宿整宿做噩梦，还发高烧，要不是你爹陈医师，说不定就死了呢！它还附在你身上没？"

我摇头，说："没在了，它被我超度走了。"

这话我只说了一半，那水鬼虽说是被我超度走的，但大部分却是青衣老道在导引。不过那个时候我才十一二岁，又刚刚出山，心里面难免就有些小虚荣。

罗大根一听这话，顿时两眼就起了小星星，敬佩地说道："二蛋，没想到你进了几年山，竟然学了这么一番本事，没想到啊没想到，这是因祸得福啊！"

罗大根原本没怎么信，不过看到我带着的这一张野猪皮，又看着我旁边还蹲着一只人模人样的小猴子，便信了大半，使劲儿蹦起来，去村子里报信了。

瞧见往昔的小伙伴这般快活的样子，我那近乡情怯的情绪就得到了很大的缓解，带着胖妞朝着我家走去。到了半路，便瞧见我姐大凤飞奔着跑了过来，搂着我就哭。我姐哭，我却笑，几年没见，她真的变成大姑娘了，圆脸变尖脸，扎着大辫子，村里没有谁比她好看呢。这时村子里的好多人都围了过来，纷纷跟我打招呼，问我的情况。

这个时候我还没有说话呢，罗大根就自豪地大声说道："二蛋他在山里面跟道士学法术呢，抓鬼拿妖不在话下！"

他这话说得我一阵脸热——我三年学道，一点气感都没有，算啥子法术。不过这大话都说出去了，我也没打算把这个谎言揭穿，旁边的那些大人发出了善意的笑声，也不知道是相信了，还是觉得小孩子吹牛。在一众人的簇拥下，我来到了自家路口，瞧见我爹我娘正翘首以盼地站在那儿，激动得手脚都不知道往哪儿放，刚才忍住的眼泪顿时就流了出来，冲到他们跟前一跪，呜咽道："爹、娘，我回来了。"

我娘一下就哭了，而我爹则激动得无法自已，摸着我的头，手都有些颤抖："哎，回来就好，回来就好呢。"

拜完爹娘，走进我家那吊脚楼，我姐一溜烟就跑到厨房里面去，说要给我烧水洗澡，而我娘担心我饿了，张罗着要给我弄吃的。我把带来的两挂腊肉和野猪皮给了我娘之后，就跟我爹讲起在山里面的事情，因为旁边还有罗大根和几个邻居，便没有深讲，只是说原先那个老道士帮着我治病，后来他有事走了，我就回家来了。

我讲得简单，听众也没有太多的耐心，只是关心我到底有没有像罗大根讲的一样，学得了一身的本事。我邻居王狗子他爷爷最是个迷信的人，条件就算是再差，他初一十五的香都不会断，拉着我问："那你跟那老道士学了什么呢？"

我瞧见旁边一众人等都围着，也抹不开面，沉吟了一番，说："发了蒙，《三字经》《千字文》，这些都有学，后来学道经、哲学圣典、道门经诀都会些，不精，但是都懂。"王狗子他爷爷拍着手大笑，说："好，好，当真是学了本事呢，听着就厉害。二蛋啊，你爷爷我真的没看错你，你从小就跟别的娃崽不一样，看来以后我们这十里八乡的要是有什么事情，可要你来掌一掌咯。"

王狗子他爷爷洋洋得意，好似我的伯乐恩师，我却清楚地记得以前就是这老头子最爱在背后讲我，说我是个讨债的冤鬼，是祸害呢。

我以前蛮不待见这老头的，不过经过青衣老道的调教，就觉得他虽然嘴臭，但是讲得也有几分道理，便也没有太多的厌恶了。瞧他转变了态度，言语之间也多了几分恭敬，于是不咸不淡地说道："王爷爷你可别抬举我，我也只是学个皮毛，能不能派上用场呢，这个还真的要看什么事情呢。"

家里面来了好多人，闹哄哄的，到了饭点就各自回家了，只留了我爹在堂屋，我才把全部的事情给他讲明。

我爹仔细地听我讲，一丝细节都不放过，完了之后，他摆摆手说："不要紧，你先在家住着，那老道士讲的话，其实也有好多都是诓人的，做不得准。不过你说你会读书写字了，我倒是很欣慰。这两年世道乱，大家都觉得读书没啥用，不过总要结束的，到了那个时候，知识能够改变命运呢。"

我爹说话洋洋洒洒，没多久家里就开饭了，我娘煮了一小钵的糯米，其余都是红薯，菜也是刚从地里摘的，用我带回来的腊肉炒香，油绿绿的，透着股香气。

看得出来，家里面的日子过得也紧巴巴的，我娘把那钵糯米给我吃，他们吃红薯，而我姐则看着碗里面那油汪汪的大肥肉吞口水。

我再也不是几年前那个什么也不懂的小孩儿了，挑了两块肥肉给胖妞后，就拿起了红薯，一边吃一边对我娘说道："跟着那老道士，尽吃好的了——他虽是道士，但是不忌荤腥，总能弄到肉吃，养得这猴子的嘴都刁了，我却还是喜欢吃红薯，又香又甜。"胖妞听到我说它，也讨好地把肥肉递给我姐，自己抱着一块红薯吃。

胖妞这几年经常给我送信，我家里人都熟悉，瞧见它这么懂事，不由得都笑了，我姐把那肥肉塞进它嘴里，说："你吃吧，多吃点好长个儿。"

这一顿饭吃得大家都很高兴，而我也终于回到了家里。

那个时候是七十年代中期了，外面已经没有太乱了，就听说毛主席他老人家身体不太好。麻栗山地靠深山，行政不深入，也没有啥集体公社，大家自己种田自己吃，纳粮就好。不过这里没有太多水田，地里面只能种点红薯玉米这类粗粮，村里人忙活一年也没有多少嚼裹儿。我回家后没有再玩闹，也没上学，就是跟着家里面做农活，挖地刨土担大粪，一把好手。

我起先吹了牛，但很多乡亲也只是听听，并不在意。不过没有多久，竟然还真有人死马当作活马医，找上了门来，说要陈医师家的二蛋帮忙看看。

第十五章 半夜枕边鬼唱歌

其实这件事情最早跟我没关系，人家找的是我爹——龙家岭的赤脚医生陈知礼。

生病的是田家坝张知青家的闺女，叫小妮，五六岁，到底是知青家的孩子，跟我们这些山里娃就是不一样，白白净净像洋娃娃一样。我出生的第三年，毛主席他老人家号召"知识青年到农村去，接受贫下中农的再教育"，有无数城里青年来到了农村，这张知青就是其中一个。听我爹说他是江阴省人，也不知道怎么地，既没有去新疆建设兵团，也没到云南边疆，反倒是来我们麻栗山插了队。

张知青到底是城里人，嘴滑手快，一来没多久就把田家坝一枝花给追到了手，紧接着小妮就呱呱落地了。这孩子长得漂亮，人人都说以后肯定是一个大美人儿，张知青和他媳妇一枝花可高兴了，宝贝得不行。我以前去田家坝的时候，总是跟罗大根和龙根子去看那小妮子，说以后要能娶这么白的一媳妇就值了。

带着小妮过来的是张知青，连夜过来，直敲我家的门。

麻栗山地处大山深处，靠山吃山，基本上都是木质吊脚楼，这一顿猛敲，谁都睡不着了，我爹去开门，我也披着外衣跟着胖妞一起出来，瞧见张知青抱着全身无力、已经昏迷的小妮进了堂屋来，一脸惊慌，拉着我爹瞧病。我爹开诊这么久，经验十足，摸摸那孩子苍白的脸，烫得惊人，又把了一回脉，脸色便沉了下来，问："咳嗽不？"

张知青都要哭了，摇头，说不知道，我爹又问："那发作之前有没有呼吸困难，打冷摆子？"

张知青依旧是摇头，我爹就有些火了，一拍桌子大声骂道："姓张的，我知道你在托关系回城，想扔下这娘俩儿，不过我告诉你，小妮毕竟是你的骨肉，不能因为你那点破事，就耽误了孩子的性命！这也不知道，那也不知道，孩子她娘呢？"我爹这连骂带劝地一出口，张知青的眼泪水立刻就流出来了："孩儿她娘，她、她疯了……"

我爹一听，立刻火冒三丈，揪起张知青的衣领，恶狠狠地问道："怎么，是你弄的鬼吗？"

张知青猛摇头，说："陈医师，你听我说，这跟我没关系，是因为几天前我媳妇掉了孩子的事情。"我爹听他这么说倒是想起来了，张知青他老婆今年又怀了一个娃，肚子鼓鼓的，还来他这里看过，前些日子听说那孩子在做农活的时候滑了，还是个男娃，挺可惜。孩子月份很大了，这事情搁谁都不好受，一枝花想不开也是正常的。

我爹想了想，也没有再多说什么，叫我去弄点冰凉的井水过来给小妮敷一敷。这孩子有点儿怪，脑门烫得很，像是发高烧，不过身子却发凉。

我去弄了一桶井水过来，拧干毛巾给小妮擦脸，听到张知青在跟我爹讲他老婆发疯的事情。

张知青的老婆自然有名字，但是我那个时候也记不住，就知道是田家坝一枝花，美得很，山里面好多少年郎都"馋"她，却没想到被张知青这个外来人给"摘"了，为这事儿张知青没少被人在背地里骂。不过到了后来，上山下乡的知青开始陆续回城，张知青就有些慌了，在城里面待过的人自然是不想一辈子留在农村。他和一枝花是事实婚姻，没领证，于是就琢磨着先回城，到时候再把一枝花她们娘俩儿弄回去。

他忙着这事，却不想一枝花又怀上了。但张知青一心想回城，整个人的精力都扑这事情上了，家里面的活都扔给了身怀六甲的一枝花和年迈的岳父岳母，结果一枝花因为劳累过度就流产了。

流产之后才晓得是个男娃，一枝花命大，身体没多大事，留在屋里休养，就是不说话。她不说话，张知青他岳父就火了，为这事跟他闹了两回，每回都很凶。张知青是从城里来插队的,就住在自己岳父家,人在屋檐下,不得不低头,心里面更是难受,想跟自家老婆说话,可一枝花伤心过度,根本就没有搭理他。

张知青心里面苦闷,只能跟自家可爱的女儿说话,小妮懂事,说的话像小大人一样,给了他许多安慰。

那时候农村生活条件差,活又重,医疗条件也不好,基本上都是靠我爹这种没有经过正经考试的赤脚医生来治病,女人流产也属正常。不过一枝花想留住自家男人,太想要一个男孩了,心中有执念,所以才郁郁寡欢,闷得厉害。本来这件事情差不多就算是过去了,结果到了第七天的时候,张知青睡觉睡得正迷糊,半夜里突然听到一阵幽幽的歌声,在自己的耳朵边轻轻地响了起来:"阿宝阿宝树上睡,下面有个野狼追,莫害怕啊莫害怕,妈妈就来了……"

《野狼追》是麻栗山的一首童谣,哄小孩儿睡觉的歌儿,本来是一首很简单的摇篮曲,然而到了张知青的耳朵里,却是那么地瘆人,声音又尖又锐,而且还伴着婴孩的嘤嘤哭声。张知青浑身发冷,寒毛直竖,连忙爬起来,就瞧见自己老婆一个人坐在床头,抱着个枕头,一边拍一边哼歌。

自从小孩滑了之后,一枝花就没有露出过一丝笑容、说过一句话,然而现在她的脸上竟然满是发自内心的幸福笑意。

这场景看得张知青有点儿害怕,连忙拉住一枝花,喊道:"素素,素素,你怎么了?"

一枝花见丈夫一脸惊恐地喊自己,连忙把手指放在嘴唇上,嘘了一声,认真地说道:"你小声点,不要吵醒我们儿子。"张知青一听这话,心想坏了,咱儿子七天前就滑了,这到底是怎么回事?难道是自家老婆日思夜想,把脑子想坏了?他是城里人,想的也不多,只以为是神经衰弱了,跟一枝花解释。谁知道一枝花脸一翻,瞪着眼骂道:"你这个鬼扯的,我儿子明明在我的怀里呢,你干嘛咒他?难道你以为他不是你的种,是别人的?好嘛,我跟你这么多年,清清白白,你竟然这么想我?呜呜……"

一枝花在这里哭闹,张知青便头大了,连忙爬下床来,去找隔壁的岳父岳母商量。

他白天刚跟岳父吵了一架，正怄气呢，不过也顾不得这么多了，正好他岳父也找了过来。木房子隔音不佳，他岳父隐隐听到一些响动，走进房间里一瞧，却见自家女儿抱着枕头，不吵不闹，正哼着儿歌呢。张知青他岳父毕竟见识多一点，守在门口与他商量，说："这妮子莫不是相思成疾，惊走了魂咯？"当时的场景十分诡异，几个人都慌了神，七嘴八舌地议论，讲到后来，他岳母说要不然找个神婆看下。

农村人迷信，遇到事情都想找神婆神棍，不过那个时候"破四旧"不久，又闹动乱，但凡有点名气的都被拉去游大街了，只有那深山的苗寨子里才会有一两个。

张知青岳母说自己娘家附近倒是有一个姓龙的神婆，不过太远了，远水解不了近渴，先等等再看。

这样到了白天，一枝花仍然觉得自己有一个儿子，还跟她说话呢，叫她妈妈。不过她前几天病恹恹的，这会儿倒是精神了，也下了地，干起家务麻利得很，一点不像是小产过的人。张知青不知道该是喜还是悲，也不敢走远，就和自家小妮守着一枝花，地里的活让两个老人去做。

到了黄昏的时候，一枝花突然又抱起了枕头，说要给孩子喂奶，张知青哭笑不得，然而他扭过头去一看，却是吓得魂飞魄散。

第十六章 婴灵不散

自从一枝花流产之后，各种烦心事一齐涌上心头，这两口子夜里关了煤油灯睡觉，相互不挨着，也没有啥子心思弄那种事情，连摸都懒得摸，所以他这几天都没有瞧见自己媳妇身体。然而就在一枝花掀开衣襟喂奶的时候，他看到那白嫩嫩的胸脯上面竟然有一个青黛色的牙印子，包裹着出奶的地方。

一枝花流了孩子，整整七天，张知青都陪在身旁，就是怕她想不开出了事。这些日子以来，一枝花根本就没有出过房门，自然也不可能有野男人过来。而且就算是野男人用嘴吸吮，只能是红印，哪里可能会出现这种青黛色、泛着油光的黑气来呢？

张知青是城里人，受的是唯物主义教育，从来不信牛鬼蛇神，第一反应只是过敏得病，下意识地伸手去摸，结果被一枝花甩手打开，不满地说道："走开啊，别挡到孩子吃奶呢。"

一枝花脸色甜蜜，充满了母亲的慈祥，一切都是那么地正常，反而显得越发诡异。此刻太阳落山，天色已晚，张知青往后退两步，突然感觉到一枝花的怀里好像有一股黑气。过了一会儿，那黑气就化作了一个肥嘟嘟的大胖小子，脸青色，眯着眼，无牙的嘴叼着自家媳妇的胸口，正吧嗒吧嗒地吸着奶。突然间，那婴孩儿猛地睁开眼，深深地瞧了张知青一眼，那眼神里面充满愤恨与怨毒，让张知青感觉仿佛重锤砸到脑壳一样，脑子嗡嗡作响，脑浆都要炸出来。

张知青感觉世界都变成一片黑色，"噔噔噔"往后连退了几步，脚绊到了门槛，直接摔出了房门，后脑勺又磕到地板，"咚"地一声，倒在了地上。

等他爬起来，再看过去的时候，发现那个婴儿又变成了枕头，而一枝花好像根本没有瞧见他一样,抱着那枕头自顾自地摇啊摇。

胸口那青黛色的牙印子依旧还在。

张知青摸着自己后脑勺上鼓起的大包,心中的寒意一股一股地涌了上来,回过头去,瞧见女儿小妮在楼梯角那儿看着自己,不知道是哭还是笑。他虽然很想回城,但还是爱着一枝花的,即便是再惶恐也不敢离开,只是叫小妮去地里把外婆外公叫回来,说家里出事了。小妮很懂事,张知青一吩咐就跑开了,没多久就将在地里干活的外婆外公叫了回来。张知青把刚才的事情说了一遍,小妮她外婆进去看了自己的女儿,等出了门,一屁股就坐在地上,开始骂了起来:"哎哟,素素啊,我这苦命的娃儿,到底是哪个缠着你嘛?"

大家这个时候都晓得,一枝花恐怕是被那个流产的婴孩给缠住了。按理说,人鬼殊途,鬼怕人,因为人身上的阳气很旺,一般是不会看到这种东西的。如果看到了,只能说明两点,要么就是当事人的身体太虚了,容易被邪物侵染;要么就是那东西太厉害了,怨气浓重。

总结下来,一家人都觉得两者都有可能,一时间愁云密布。

第一卷 饥饿年代

张知青他岳父是个没主意的人,倒是他岳母,也就是小妮她外婆门路清楚。她从米缸里面弄了点新年的糯米洒在门口,又去邻家弄了点线香,扯开嗓子足足骂了两个钟头,结果回头一看,一枝花还在那里奶枕头呢。她口干舌燥,没了法子,就过来跟张知青和自己老伴商量:"现如今也没有法子了,素素是真的撞到了鬼,躲也躲不脱,我听说龙家岭陈医师家那个二小子刚从五姑娘山回来,学过道,要不然找他来看看?"

小妮她外公摇头,说:"那熊孩子才十一二岁,开裆裤都没有收两年,哪里能行?你尽听王老二瞎说,要说真的厉害,听说螺蛳林往西有一个生苗寨子,那里有个蛇婆婆,倒是对这个有经验,要不然我们还是找她?"

张知青他岳父一说起"蛇婆婆",大家都点了头,说不错,她要是肯出来,那就是没有什么事儿了。

说起"蛇婆婆",她可真的是我们麻栗山的一个传奇,据说五姑娘山过去有一个生苗寨子,蛇婆婆就住在那里。她本来没有什么名声,直到抗战的时候,有一伙日本勘探队在日军的护送下进山勘查铁矿。听说那儿有一片品质很不错的赤铁矿，要是探察明白了，到时候日本人就会来这里建矿，把山里所有人都抓去洞子里挖矿。一时间人心惶惶，结果后来总共五十多人的勘探队只回来了八个，哭着说山里面有个老太婆能操蛇，同伴都被蛇咬死了。

蛇婆婆一时间名声大噪，后来日本人还想进山报复，但战事节节败退，后来又投降了，一时间就搁置下来。

深山里面的生苗子是一伙很封闭很独立的人，听说那些人喜怒无常，又会使弄那传说中的蛊毒，所以很是让人害怕。不过我们同根同源，他们也不会出来害我们，各自相安无事地过活。蛇婆婆出名之后，生苗子出山来换盐巴和布、铁器的时候，又带来了许多传闻，更是如雷贯耳。

这样的人物，也不是说请就能够请来的，不过老两口膝下无子，就这么一个女儿，自然是殚精竭虑，于是便想起了龙家岭的猎户撵山狗，他经常跟深山里面的生苗子打交道，或许能够说得上话。

说做就做，老两口连夜去龙家岭找了撵山狗，求他进山去找蛇婆婆，撵山狗不知道人家会不会卖他这面子，不过还是答应第二天就进山。

回到家里后，这一家人也都愁眉苦脸，小妮她外婆看了一圈，指着小妮对张知青说道："这一家人里面，我和你爹是老家伙，半截黄土埋身，阳气不旺。你呢，虽说是它爹，但是这些事情都得怪到你头上来，它怨你，也不得行。只有小妮年纪小，娘胎带着一股阳火，又是它的姐姐，应该不会害她，就让小妮陪着素素吧？"

张知青不懂这些，岳母说是什么就是什么，当天就让小妮陪着一枝花睡，他不放心，就在地板上铺了床席子。

为了要男娃，小妮懂事起就一直跟外公外婆睡，这会儿能跟母亲睡，十分开心，躺在床上不断地跟一枝花讲话。到底是自己身上掉下来的肉，小妮童稚的话语打动了一枝花，使她恢复了一些正常，跟小妮有说有笑的，没多久就安然睡去。第二天无恙，第三天也是，张知青觉得没有什么事情了，便放松下来。然而第三天夜里，他上茅房回来，瞧见一枝花在房间里面大叫大闹，把楼板跳得震天响，而小妮则直挺挺地躺在了地上。

……

讲完这些，张知青一脸的泪水，他是想回城，但是却根本没有抛弃妻子的想法，只不过是想让自己的妻儿过上更好的日子，这些天来他受到了好多白眼和误解，最亲的两个人又都成了这样子，叫他怎么不伤心？我爹晓得了事情的原委，拍了拍张知青的肩膀，说："小张，莫伤心，事情总会解决的。这么说，你家小妮是中邪咯？"

他低头看去，瞧见原先晕迷不醒的小妮突然睁开了眼睛，嘴角挂着一丝诡异的笑，用一种尖锐的声音大声喊道："你说谎！"

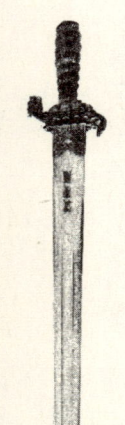

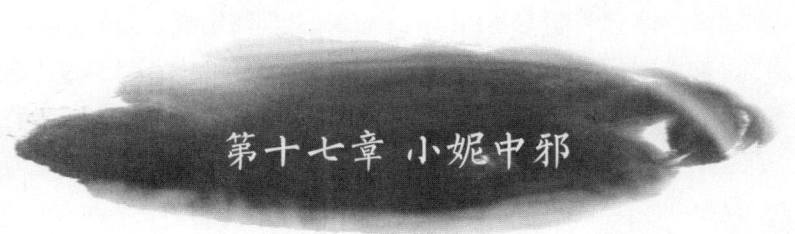

第十七章 小妮中邪

"你说谎，你说谎……"

刚刚还躺在竹床上面昏迷不醒的小妮发出一声声尖锐的喊叫，像豹子一样猛地跳起来，将张知青扑倒在地，然后骑在他的身上，一双小手死死地掐住了自己父亲。所有人都没有防备，包括我，正拧着毛巾，准备给这女孩儿降一降体温呢，便瞧见小妮将自家老爹扑倒，一双怨毒的眼睛几乎就要凸了出来，满脸都是密布的蚯蚓血管，牙齿白森森。

张知青被自家女儿扑倒在地，瞧见她这般恐怖的面容，当时也有些慌了，想伸手推开，结果发现原本没有什么气力的小妮居然像一头蛮牛一般死死掐住他的脖子，根本就无法呼吸。他使劲儿挣扎、翻滚，然而掐在自己脖子上的小手却是越来越紧，越来越深。

要死了吗？

瞧见张知青口中发出"嗬嗬"的声音，双手乱舞双脚乱蹬，我爹就知道坏了，伸手过去拉小妮，想把这个小女孩儿给拉起来。然而那小女孩一挥手，我爹连站都站不住，噔噔噔地直往后面退。深夜，煤油灯下，瞧见这样一幅诡异的场景，我心中暗道不好，知道这一定是中邪了。我在脑海里面过了一遍，下意识地抬起手，将一桶井水就朝着前方泼去。

井水属阴，化而显形，一下泼到了小妮的背上，我立刻瞧见一个不一样的透明气团附在小妮的脑袋上。

在那井水落地的一瞬间，我瞧见了一双怨毒的眼睛朝着我狠狠地瞪了过来。

我被这么一瞪，小心肝都不由得颤了起来，然而随后便是一阵气恼——哼，那山溪里面的水鬼积阴不知多少年，都被你二蛋哥给超度了，我难道还会怕你这生下来没有几天的小婴灵？心中想着，我三两步冲上前去，朝着小妮的肩膀就是一抓。小妮正在死死掐着张知青呢，被我这么一抓，就想像甩我爹一样把我甩开，结果却发现我依旧缠住她，猛地扭头，就见我口中念念有词，一副捉妖驱鬼的模样。

我口中念的是《登真隐诀》，是当日超度附在我身体里那小水鬼儿的法子。不过当日是那青衣老道的功劳，与我无关，而没有气感的我此番念来，倒是没有啥子威胁性，反而使得那婴灵的仇恨转移到了我的身上。

"啊……"

一声厉喝，就在张知青准备咽下最后一口气的时候，他女儿终于放开了他，朝着我这边扑来。

我学道三年，无数道经充斥于脑海，然而真正派得上用场的本事却并不多，一来就是念念超度，二来就是持符念咒，三来就是有点儿入门的粗浅把式。原本拼气力是比不过中邪的小妮，只有引火烧身，瞧见她听不得我念叨，朝着我这里扑来，我便往旁边闪开，然而刚刚一回头，便感到一阵阴风拂面，接着一股巨大的撞击力将我朝着墙壁推去。

我回身一搂，正好抱住了小妮，那年我十一二岁，而小妮才五岁半，个子矮我一大截，却没想到那力气比牛犊子还要厉害，我刹不住脚，三两下后背便结结实实地撞到了墙上。

前面说过，我家是木房子，楼板都是木头做的，我这后背一接触，便感觉那木板像纸糊的一样，喀嚓一声裂开了，竟然被小妮扑出了房子外面。

龙家岭的房子是依山而立，一栋挨着一栋往坡上爬，我家的下坎是王狗子家，而我被扑出了房子后，直接坠落三四米，掉到了王狗子家的房顶上。那个年代的人家房顶上面铺的不是瓦，而是从杉树上面剥下来晒干的皮，我和小妮一起坠落王狗子家，三两下缓冲，就又砸落在地上，我垫在下面，被摔得一口鲜血就喷了出来，正喷在了小妮的脸上。

这一口血救了我的命。当初青衣老道镇压我体内的邪性，从双手中指各进出一滴血来射入我的眼睛里，融入血脉，行于周天，已经在我体内融为一体。此番吐出来，却听到小妮一声厉叫，一阵青烟就冒了出来。

被我的血一激，附身在小妮之上的那婴灵顿时就开始分崩离析，然而它仿佛在瞬间又恢复了气力，双手又朝着我的脖子掐来。

而就在此时，一道寒光出现，小妮吓了一跳，翻身滚落一边，我抬头看，就见胖妞居然也从我家跳了下来，手上还捧着我从神仙府带回来的小宝剑。屋子里面像打雷一般，王狗子他爷爷出门来，朝着我大声喊道："二蛋，你在做什么？你……"这话还没有说完，便瞧见旁边的小妮张开嘴，一双眼睛蓝幽幽的，顿时就一屁股坐在了地上，手捂眼睛，吓得背过了气去。

我接过胖妞递过来的小宝剑，心中稍微有些安定。这小宝剑是青衣老道留下来的，虽然只是切菜切肉的小玩意，比匕首长不了多少，但锋利无比，说不定也有镇邪的功效。

不过当我举起这剑来的时候，那小妮又朝着我扑来，口中还含糊不清地喊道："为什么？为什么？爸爸不爱我，妈妈喜欢别人多过于我，你这臭小子也要与我为敌？"

她不管不顾地朝着我这边扑来，我就有些害怕了——不错，我手中有剑，又尖又快，但是作恶的是那怨气不散的婴灵，而不是小妮，我总不能把她给捅了吧？这么一想，我也没了主意，就朝着旁边跑，而小妮则跟在我屁股后面追，一逃一追，两人就在王狗子家的堂屋躲起猫猫来。这时候王狗子他爹和他娘都起来了，喊住小孩不要出房间，然后掌了灯来看，问我是怎么回事。

我摔得七荤八素，又被小妮追得狼狈而逃，哪里顾得上回答，只是闷着头跑路，这可把王狗子他爹惹恼了，冲过来拦我。

我脚步快，一下就闪开去了，而小妮却被他给拦住。

我冲到门口，去拉那木门闩，手忙脚乱中听到后面"啊"地一声叫喊，回过头去，瞧见拦住小妮的王狗子他爹一屁股坐在地上，僵直不动，而小妮又朝着我这边跑来。胖妞在我旁边吱吱乱叫，而我也有些慌了，几次都没有摸到门闩的位置。不过在最后关头，我终于将门给打开跳了出去，然后在小妮冲到近前来的时候把门猛地一关，身子死死抵在了上面。

轰——

那门一阵巨震，背靠着门的我感觉到五脏六腑都在打结，整个人像是要飞出去了。不过我暗自扎着马步，终于定住了身子。就在我准备迎接第二次冲击的时候，前边打来一道手电，照在我惊惶的脸上，接着我听到了罗大根他爹撵山狗的声音："二蛋，你这是在做什么？"我血气翻涌，哪里还能回答他的问题，一张嘴就是一口血喷了出来，撵山狗好像没有看到，走上前来继续问："二蛋，张知青有没有在你们家……"

他这句话还没有问完，我预期之中的第二次冲击袭来，轰地一下撞在了我的背脊上，我再也抵不住了，整个人一飞，直接摔到了王狗子家门外的田坎上。

我摔得晕晕乎乎，却还是扭过头去，瞧见小妮桀桀怪笑地冲出门，朝着我这边走来。

而就在这个时候，从撵山狗身边突然闪出了一个黑影，直接迎上了中邪的小妮。

第十八章 哑巴努尔

来人身手极好,正面迎上小妮,并不与其较力,而是以一根木棍子压住了小妮,连削带打,居然将势猛如虎的小妮给压制住,一点儿也不落下风。

我从田边爬起来,瞧见那是一个头上包着蓝黑色布条的苗族少年,看年岁要比我大两三岁,骨架挺大,英姿勃勃,抿着嘴不说话的时候十分冷酷,一根长木棍舞得虎虎生风,目不斜视,很认真地盯着面前这个小女孩,一棍一个动作,缓慢而有效,将不断咆哮的小妮制服了,不让她伤到自己。我瞧他的动作行云流水,简直可以说得上是舞蹈或者艺术,心中不由得一阵敬佩,想着我要有这等本事就好了。

很快,那个苗族少年便将小妮按倒在地,用木棍死死抵住,将左手中指在嘴中一咬,然后在小妮的额头上面画了一个"S"字。

一道微微的光升起,原本暴躁不安的小妮身子瞬间柔软下来,眼神发直,轻轻叹了一口气,人就昏迷过去。

瞧见这利落的身手,我佩服得五体投地,拍了拍身上的泥土,一抹唇边的鲜血,便凑上去打招呼道:"这位大哥好身手啊,不过你可千万别伤害这个小女孩,她是无辜的,只是中了邪。"那人回过头来看了我一眼,目光立刻就落在了我手中的小宝剑上,瞧那出鞘的剑刃寒光凛冽,眼睛就变得狭长起来。

我看着他冷冷地不说话,心中便有些不满——不过就是耍一手好棍法而已,有什么了不起的?

不过人家到底救了我的性命,即便是热脸贴上冷屁股,我都要感恩的,于是上前跟罗大根他爹撵山狗热乎道:"罗叔,你们怎么赶过来了?"撵山狗拍着我的肩膀，说："你别着急，我们刚从田家坝赶过来，是专门赶过来找张知青和小妮的。努尔判断张知青家的脏东西转移到了小妮身上，没想到你们这边正好就打了起来——没想到大根说的是真的，你竟然有这等本事，不错，不错！"

他拉着我走到门口，跟我介绍那个冷酷帅哥："这个是努尔，梁努尔，是蛇婆婆的徒弟，专门过来给张知青家解决麻烦的。"

撵山狗瞧见我看冷帅哥努尔不说话，露出了善意的笑容："努尔是个聋哑人，有时候听得见，有时候听不见，也不会说话。"他说完，开始朝那冷帅哥做手势，努尔眨了眨眼睛，明白过来，朝着我露齿一笑，展现出了十分阳光的笑容，还张嘴说道："阿巴、阿巴……"不知道为什么，我刚才看到这小帅哥又帅又厉害，心中莫名生出几分敌意，然而瞧见他这般阳光灿烂的笑容，又有些心酸，这老天还真的是不公平，这样完美的一个翩翩少年郎，竟然是个哑巴。

难道这世间又帅又有本事的少年郎，就只有我二蛋哥一个吗？当真是寂寞如雪啊！

这心思一转，我跟撵山狗讲起了刚才发生的事情，而我爹、我娘、我姐和张知青也从我家匆匆跑了下来，再加上王狗子一家，一时间热闹极了。张知青过来看自己的女儿，先是道谢，忧心忡忡地问他女儿的情况，我是完全不懂，努尔倒是懂一些，连比划带猜地通过撵山狗的翻译，告诉我们："这小女孩是被婴灵附体了，这可不是普通的婴灵，是天上的星辰转世，以后是要做大人物的，可惜还没出生就夭折了，心中怨愤不平，所以才会闹事。"

听到这说法，我不由得想起了自己，青衣老道说我是山鬼老魅聚邪纹，所谓聚邪，就是能够勾引一些邪物着附，难不成这小妮的弟弟也是这么一位？

要真的是如此，也就解释了刚才那婴灵为何这么厉害，连我口中的精血也不惧了，这样的孩子，当真是不如不生出来。

便是我，倘若没有生出来，说不定这世间就少了许多麻烦事。

努尔是名震麻栗山的蛇婆婆的徒弟，虽然是个聋哑人，但是通过手语比划，却是能够指挥我们行事——无论是张知青、一枝花还是王狗子他爹，所有被小妮或者婴灵接触过的皮肤都呈现出一种油黑发亮的怪异色彩，这些是凝聚成形的阴气，最是污秽，一旦沾染在身，便会持续不断地招惹阴灵，并且会虚弱无

第一卷　饥饿年代

力，过不了多久就只有死路一条。反倒是我，因为血精气旺，倒也没有什么大事，只是受了震荡，腰酸腿疼。

破解的法子也并不是很复杂，用生姜和红糖熬煮，先是大火，再改小火，又复大火熬至浓浆状，一半涂抹伤处，一边吞服入口。

完成这一切，杀一只天天打鸣的芦花大公鸡，取最早流出来的那一股血，涂抹于干涸的糖壳外面即可。

生姜性温味辛，有散寒发汗、化痰止血的功效；红糖性温味甘，益气补血、缓中止痛。一将一臣，辅佐有功，而大公鸡每天对日打鸣，吸食朝气，第一股血最是阳刚，对于驱除阴寒也最是了得。我虽然主习道经，但是旁门杂类的也都学了一点，看完顿时心生敬仰，看来这哑巴少年倒也是有真本事的。经过这一番动作之后，三人身上的阴寒也得到了极大的缓解，黑色渐淡，而不知不觉就已经是白天了。

这一夜哑巴努尔一直都在忙活，而他所有的话语都通过撵山狗来翻译，胖妞这个小猴子跟在后面学，竟然也有模有样的。

忙活一夜，我也顾不得身上的酸痛，凑到撵山狗旁边打听努尔的情形："罗叔，这努尔到底是咋哑的啊，我看他会的可多，一点也不像是不正常的人。"撵山狗叹气，看着一脸认真地给三人查看伤情的哑巴努尔，说："他也是个苦命的孩子，听说是蛇婆婆从山里面捡来的孤儿，养到了六岁的时候，被一条罕见的铁骡火线蛇咬到，结果就说不了话了，听力也时好时坏。不过越是苦难，他越是有灵性，跟着蛇婆婆学了一身本事，这回我进山求助，蛇婆婆老了走不了路，便由他陪着过来，我也不晓得行不行，不过现在看来，绰绰有余，颇有蛇婆婆当年的风范啊。"

我二蛋最是看重英雄，听到撵山狗这么讲，便凑上去跟哑巴努尔套近乎。他那人也好玩，不笑的时候冷冷的，一副生人勿近的样子，而露齿一笑起来，就显出了孩子的稚气。手语并不难，我连蒙带猜跟他聊得不亦乐乎，旁边的胖妞也加入了我们的队伍，不时扮个鬼脸，惹得我们哈哈大笑。

看得出来，哑巴努尔人很不错，就是平日里跟人的交往比较少，也不太会笑。

努尔出手，三个受到牵连的人终于恢复得差不多，便是接触婴灵最久的一枝花也逐渐清醒过来，明白了此时的状况。解决了其他人后，我们唯一头疼的就只有被那婴灵附体的小妮了。我瞧过了，那婴灵十分顽固，执念过重，非要来世间走上一遭，受到我和哑巴努尔的干涉过后，就死死地缩在了小妮的意识中，使得那小女孩昏迷不醒，面目发青。

我跟努尔自我介绍说是修道之人，于是他便跟我商量一通，我也听不懂，胡乱应答，连连点头，努尔露出了雪白的牙齿，准备今晚驱灵。

一应事物由张知青准备齐全，月过中天，我们来到了田家坝小妮家中，准备进行驱灵之术。

为了不丢人，这次我带了青衣老道留下的符袋。

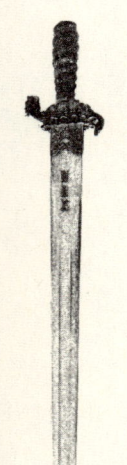

第十九章 巫门除灵

尽管身上带伤,但是为了瞧一瞧苗疆的驱灵之术,我还是带着胖妞赶到了现场,同时来到张知青家的还有撵山狗和我爹。

白天的时候,我已经缠着撵山狗学了很多手语,此刻能够了解哑巴努尔的好多想法。但见他找来了一个香案,摆在了堂屋神龛的前面,用今天早上杀的那只芦花大公鸡剩下的血,在自己脸上左右均匀地抹了三道,本来一个清秀少年郎,此刻却显得有些狰狞起来。接着他开始往房屋四角撒米,这米是新季的糯米,散发着谷香,然后他用积年的香灰在地板上画起了一个大大的圈子。

这圈子古怪,既不圆也不方,仿佛随意挥洒,然而我瞧见他脚步有规则,抬手稳定,一丝不苟,便晓得这圈子有着极深的讲究。

瞧见哑巴这般认真,一步一撒,嘴角紧紧抿着,我不由得一阵羡慕。

有时候人真的是需要对比,比起龙家岭的村民来说,我自觉是读过几年道经的,然而面对着这个精通巫术的苗家小子却打心底里敬佩,这不同于对青衣老道那种高山仰止之情,而是作为同龄人的一种艳羡。

在画完圈之后,哑巴将小妮平放在圈起来的地板上,然后将神龛上面的蜡烛点燃,开始随着烛火闪烁,摇动手中小鼓,跳起大神来。

跳大神是一种祭祀仪式,是一种用特定的舞步和音乐、与非人交流的手段,不仅仅流行于东北,而且在苗疆的许多偏僻地方都有出现。不过那个时候"破四旧"已经很多年了,就算是山里面这封建迷信也得收着,所以瞧见的人并不多,我便是从未见过,自然是十分好奇,一边看一边与我所学的道经作比较。

我所习的,无论是《登真隐诀》《清微丹诀》还是《太上三洞神卷》,都是高屋建瓴的大道之法，提升的是眼界和精神修为，但是对于具体的东西，却并不是很明了。

我知道，这其实也是因为我自己本身的缘故，许是老鬼怕我学了本事作坏，所以才只传道不传术，希望我能够休养心性，也让我空有屠龙术，却无施展之法。

一阵极其癫狂的跳动之后，原本直挺挺躺着的小妮突然睁开了眼睛，哗地一下，半边身子就坐直了，冷冷地看着一边跳大神一边摇小鼓的哑巴努尔。

她安静极了，不吵也不闹。旁边围着的有张知青一家人，别人且不说，一枝花刚刚失去了一个孩子，又见到自己的女儿这般模样，心早就碎了，瞧见女儿突然醒过来，便哭喊着上前："妮儿，妮儿，你到底怎么了？"哑巴跳动不休，我在旁边拦住，冷静地劝告道："姨娘你先等等，现在小妮还没清醒。"

张知青和攮山狗等人过来把一枝花拉住，而哑巴则给了我一个眼神。

先前我们有过约定，他言语不便，由我来与那婴灵交流。为了和这英俊的哑巴少年平辈论交，我特地将自己吹嘘得师出名门。此刻走上前来，迎着小妮那平静而无畏的目光，我腿肚子不由得又打起哆嗦来，深吸一口气，这才说道："孩子，你既然没有来到这个世上，不如就回去吧，不要再闹你爹娘了。"

小妮的脸上浮现出一丝冷笑来，嘴角上扬，寒声说道："凭什么？凭什么你们就来得，而我就只有回去？我不愿！"

这婴灵太过执着，脾气又硬，智商也是极高的，我没有办法，只是晓之以理、动之以情地劝，然而它倘若肯讲道理，就不会一直缠在这里了。说到后来，它便不怀好意地摸着小妮的脖子，恶狠狠地说道："你们快滚，放我好好在这里活着，要不然我就跟她同归于尽。"

它说得狠厉，不知不觉间手指变得又黑又尖，竟然朝着脖子处抹去。

我们没有人怀疑它的决心，这世道穿鞋的总怕光脚的，它本就是个死物，未必还会怕死。一枝花当场就崩溃了，瘫坐在地上，泪眼婆娑地喊着"作孽"。她哭得越伤心，那被婴灵附体的小妮便笑得越得意。而就在此时，一直忙乎着跳大神的哑巴突然一顿，抓了一把香灰塞进嘴里，口中"阿巴、阿巴"地叫，一喷，那香灰便全部都喷在了小妮的脸上。

这香灰供奉的是往来的神仙灵物，天生就含着一股子信念之力，小妮猝不及防被迷了眼睛，"啊"地一声叫唤，伸手去揉眼。就在此刻，哑巴一步踏前，表情无比威严，手呈揽雀式，轻轻拍在了小妮胸口。

他这看着仅仅只是一拍，其实在转瞬之间连着拍打了三次，一击比一击重，房中凭空生出一股阴风，围绕着小妮盘旋而起。

我晓得这是哑巴将小妮体内附着的婴灵强行地逼迫出来，当下也是不做犹豫，口中默念道："上清有命，令我排兵。罡神受敕，佐天行刑。追问鬼贼，立便通名。唵吽吒唎，聚神急摄！"

此乃捉缚咒，源自《太上三洞神卷》这本符篆宗的大典，最为有效，但对于我这等连气感都没有的人，原本倒也没有什么作用，只不过我刚才偷偷地咬破了双手中指。这中指血最是阳刚，而我又是正正经经的童子之身，一番导引下来，那婴灵竟然被我给定在了当场。

这个时候，哑巴直接抄起旁边预备好的无根水，朝着小妮的身上洒去。

所谓无根水，就是晨露夜珠，或者做饭时锅盖上面的水汽。由于准备得匆忙，所以不多，但是仅仅这么一小碗便已足够。被无根水淋过之后，那婴灵便显了形，而且还回不到小妮的身体内。

空中浮现出一个透明的小娃儿，眼睛鼻子都长在了一块儿，口中发出一种超越了听觉承受范围的尖利喊叫。我正当前，感觉脑袋好像被重重一敲，耳膜都要裂开一般，不过我也不怯，抬手便是一巴掌朝着那空气打去。

无根水转瞬即逝，那婴灵化作一股气消失不见，我的手打到了空处，指间没有触感，只是感觉半边胳膊发凉，阴瘆瘆的。接着我感觉到一股阴风贴着我的衣服，从背脊滑走，朝着不远处的一枝花扑去。

那婴灵虽然先天极强，但到底还是一个没有孕育出生的孩子，一遇到危险便想着往母亲的怀里钻。然而此前哑巴用香灰画得那道圈子又岂是摆设呢？它刚刚一奔出，便好像撞到了无形的气墙之上，整个堂屋都是一阵颤抖。我与哑巴对视一眼，一起弯腰将躺在地上的小妮拉起，抬着跑出圈子外面。

我走前，哑巴押后，我们各拉着小妮的一只手，这小女孩还没有长开，身体轻得很，我们一提就起。然而就在我即将跨出那香灰圈外的时候，只感觉到后背被撞了一下,浑身冰冷发麻,一个踉跄便跌倒在地上。

我连滚带爬,好歹逃出了香灰圈。那婴灵依旧留在里面,看不到形,但仍旧在不断地撞击,弄得整栋房子不停摇晃。哑巴掏出腰间一个竹筒,准备将这婴灵浇灭,但我却拦住了他,然后盘腿而坐,念诵超度经文。

我足足念了两个多钟头,口干舌燥,那动静才小了。又过了许久,凭空生出一道烟,朝着房梁飘去。

这个时候小妮已经苏醒过来,虽然虚弱,但是却已经恢复正常,所有人都欢欣鼓舞。然而这时,哑巴走到我面前,用碗底剩余的净水在地板上写下六个字:"她没事,你有事。"

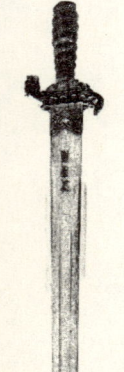

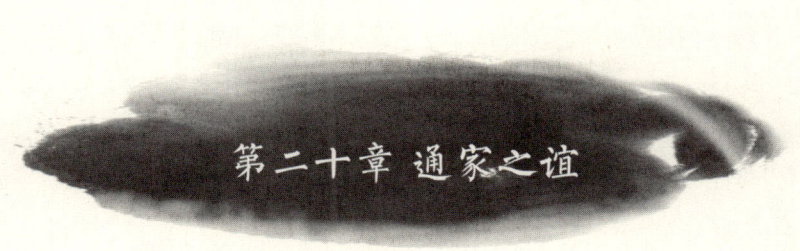

第二十章 通家之谊

我的超度咒文并非什么强力的东西,不过就是劝人向善、消磨斗志和戾气,听久了自然而然地受不了,这是一个水磨功夫,但凡能够闯荡码头的和尚与道士都会这么一点。

婴灵虽然无形,但是能够感受,这并非通过炁场,而是一种心灵上的沟通。我能够感受到那一缕青烟便是婴灵化散、度化的具象,心中正想着大功告成之时,瞧见哑巴在我身前的地板上面写下这么一句话,顿时就有些疑惑起来。

我与哑巴努尔相识不过一天,按理说不会有太多的信任,然而人和人之间总是不同的,有的人相交一辈子都疏远,而我与这个笑起来犹如春风拂面的哑巴少年却是一见如故,他说的话可比那真金还真。

面对着我的疑惑,哑巴开始给我解释,配合着手语和撵山狗的旁白,我大概清楚了。原来在刚才最后一下,那东西自知必死无疑,便将一部分戾气递出,钻入我的体内。

此戾气属阴,性刁且寒,平日里如冬眠毒蛇般毫不起眼,但却如附骨之疽,源源不断地祸害于我,并且还会在关键时刻置我于死地。此物深入膏肓,药力不能达,唯有缓慢调养,徐徐化解。

虱子多了不痒,债多了不愁。听了哑巴的意思,我反倒是笑了起来,说:"我二蛋本来就是个倒霉蛋,若是换了别人,这还要哭上两场,是我的话,过眼云烟而已。"我说得豪迈,哑巴似乎听懂了,从腰间解下一个皮囊来,拧开盖子自己喝了一口,然后递给我。我闻了闻,浓香甘爽,微微带辣,是酒。我没喝过这玩意,但是瞧青衣老道喝过,且甘之如饴,就知道是好东西。于是也

抿了一口，结果火辣辣地直烧心，呛得直咳嗽，不过咂过味儿来，倒是酒香绵长。

哑巴咧嘴大笑，然后过去看小妮了。撑山狗过来拍我的肩膀，说："二蛋，真男人。努尔他这样的生苗人最重英雄，肯把腰间的酒给你喝，算是认下你这朋友了。"

我抹着嘴边的酒液也跟着笑，心里面豪气十足，觉得能够交上哑巴努尔这样的朋友，怎么样都值得。

哑巴忙活好久，终于确定小妮无事，弄了点宁神养气的汤药使其睡去，又找到张知青一家，告诉他们，这婴灵之所以会困扰许久，是因为它天生就是不凡人物，如果生下来，必定名扬天下，这回走投无路才会心生怨恨。这怨灵虽解，执念未消，五年之内且先别要孩子，不然它还会过来叨扰，以后的初一、十五上一炷香，也算是尽一尽父母的缘分。

这些一一交代妥当，哑巴便不再停留，提着张知青家准备的礼物，与我们一同返回龙家岭。

他住在撑山狗家里，我也没有归家，而是觍着脸一起混过去。那婴灵十分难对付，所以即便是蛇婆婆的弟子，哑巴也有些精疲力竭，不过他并没有多说什么，而是很认真地走着路，一步一个脚印。我从小顽皮，伙伴也多，但是从来没有见过这般模样的同龄人，虽然他才比我大一两岁，但是给我的感觉却像那大人一般，仿佛心里面有着许多心事和悲伤的过往。

那天晚上我是在撑山狗家睡的，我和哑巴睡床，罗大根被我们挤得只有睡地板。我跟哑巴说了好多话，从小时候的各种囧事，到后来上了五姑娘山与胖妞、小白狐狸一起生活的日子，什么都讲。

不知道为什么，我对这个哑巴少年有着特别的亲近之感，他很认真地听着，不时还点头比划，又冲蹲在房梁上的小猴子胖妞笑。

本来十分疲惫，但是这一聊天，不知不觉间东方的天色就明朗了起来。

哑巴本来是打算解决完这里的事情就回山的，然而跟我聊得默契，第二天居然也没有动身的念头，而是与我把臂言欢，同游龙家岭。在后山的山坳子里面，他也不藏私，给我亮起了他嫡传的苗巫十二路棍法。他手上的那个木棍是用榉树芯做的,自小就有,表面早就被汗水浸透,气息养足,长不过三尺,两头滚圆,耍弄起来给人重影无数的威风感。

我跟老鬼修习的都是些粗浅的法子,扎马步、打直拳、黑虎掏心,要么就是各种持符解咒的法子,像这种千锤百炼的套路倒是少有,于是看得津津有味。

哑巴平日里应该很少跟人交往,除了我这话痨之外,也就和胖妞亲近一些,其他人无论是罗大根还是我爹,都不太爱搭理,唯独撵山狗跟他们寨子有些渊源,才会听一些。我们两个在一起玩了三天,他才返回深山里面的生苗寨子去,临走前依依不舍地送了我一个小银牌,上面是一个硕大的牛脑袋,表面发黑,看着好似古物。我也不客气,收下后翻遍身边的物件,想把那小宝剑赠予他,他坚决不接受,最后拿了我的一颗塑料纽扣。

哑巴走后,我有事没事就往罗大根家窜,缠着撵山狗教我手语。那段时间把罗大根他爹缠得没办法,后来看到我就躲,弄出了好多笑话。

张知青家出了那么一件事情后,他终于没有再想着调回城里去,每天依旧出工干活,安心地照顾一家人。不知道是不是出于愧疚,在得知我为了救小妮而得了隐疾之后,一枝花总是带着小妮过来看我,有时带些吃的,有时就纯粹是走动,我还瞧见一枝花跟我娘在背地里嘀嘀咕咕,也不知道说些啥。

那时候我沉迷于学手语,整天净去逮撵山狗了,倒也没有怎么留意这些,不过小妮在我家出现得多了,也明显地感觉到两家人亲近了许多。

张知青是外来的,我爹也是解放前才到的龙家岭,两个男人还算是有一些共同话题。田家坝和龙家岭离得不远,两家走动频繁,不知道怎么地,小妮就认了我爹当干爹,而我也莫名其妙多了一个妹子。小妮从小就漂亮,皮肤像雪一样白,多了这么一个妹子,其实还是一件不错的事情,特别是这粉雕玉琢的小女娃喊我二蛋哥,哎哟喂,骨头都有些酥了。

不过唯一让我不满的就是罗大根、龙根子和王狗子这几个龟孙,总是笑嘻嘻地缠着我,说:"二蛋哥,我给你当妹夫吧,以后都叫你哥。"

当然,这些家伙都逃不过我的一番痛揍。

时间慢慢流走,又是一年过去,山外面早已经换了天,浪潮平息,拨乱反正。不过这些都不是我们所关心的,农民嘛,最关心的不过就是土坷垃里面的产出是否能够填饱这一家人的肚子。我十三岁那年，龙家岭来了一支勘探队，说是要进山找矿，让村里出两个认识路的村民。细数整个麻栗山，要说熟悉这片深山老林子的，恐怕撵山狗要说第二就没人敢认第一了，所以他算一个。

后来有人听说山里面的瘴气重，又过来找我爹。我爹本来不愿去，但是人家出的酬劳高，他沉默了好一会儿，就接了这活儿。

那些人去探矿，走了近二十号人，说是最多几天就回来，然而这一入了林子，十来天都没有消息，留守的人和我们家属都慌了。我看着我娘和我姐那一日比一日担忧的神情，想了想，将小宝剑和符袋带在身上，便去找罗大根，问他要不要和我进山。

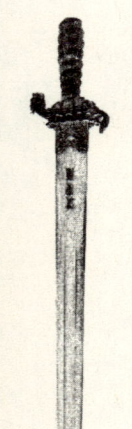

第二十一章 林中吊尸

生于麻栗山的我们，在八岁的时候就敢往山里面闯。时光匆匆，五年过去，如今的我和罗大根都已经长成大人模样。那家伙的爹是猎户，肉食多，身体格外强壮，说是十六七岁的小伙也不为过，而我也在五姑娘山生活数年，一点怯意没有。

两个胆大包天的家伙那叫一个"情投意合""干柴烈火"，几句话说完，一拍即合，找到了村子里面留守的勘探队领导，说准备进山寻找。

勘探队这次总共来了二十多人，就留了三个在龙家岭，一个做饭的老头儿，还有两个领导，一个姓刘，一个姓马。刘领导四十多岁，穿着蓝色的干部装，四个兜，还带着黑框眼镜。马领导小他一点，眼睛狭长，脸颊上面有一道疤，十分凶悍。这勘探队进山二十多天毫无音讯，他们也是焦急得很，但是我和罗大根这般找来，还是觉得可笑，不想理我们，马领导还想把我们撵出门外去。

他们这德性让罗大根十分气愤，勘探队里面有他爹，本事比他大得多，他不好比，便把我往前推，趾高气扬地说道："知道他是谁不？上清派宗师李道长的关门弟子，本事厉害得很呢。我们也不问你们要什么，只要告诉我们他们去哪儿勘探了，我们自个儿找去。"

罗大根说得硬气，而我这些年来在青衣老道跟前打杂，回家之后又没有放下道经，隐然间有一种超越罗大根这种同龄人的沉稳，他们也是病急乱投医，拱手问起："未曾请教？"

我瞧见这两人认真起来倒也没有领导的架子，反而有些江湖的路数，于是不卑不亢地说道："我早先遇劫，福缘深厚，倒是遇到一位老师，学了点皮毛。

这事情本来也不想过问,不过随同勘探队一起进山的陈知礼医师是我爹,所以也只有冒险进山一看。"我说得淡然,旁边自有罗大根将我的光辉事迹一一讲明,从溪边水鬼到怨咒婴灵,抹去旁人功劳,然后娓娓道来,无限凸显出了我高大伟岸的形象。那两位领导倒也不敢怠慢,连忙把我们请进屋子里,一番盘问之后,那个姓刘的领导一拍大腿,说:"妥了,破釜沉舟,我们进山。"

两个半大小子带着一只猴儿,忽悠着两个勘探队留守的领导一起进山。太阳初升时,我们就已经过了螺蛳林。

莽莽麻栗山,上百里的山路曲折,螺蛳林是最靠近外界的地方,进了里面,就是大山——无边无际的大山,从东走是五姑娘山,打南走便是我先前遭祸的小溪,再过去就是哑巴他们的生苗寨子。勘探队跟以前的日本人不一样,不是勘测铁矿,所以走的是北方。

出了螺蛳林,一进山,这路就不成路,兽径两旁的茅草愣是能比人还高,十分难行。

罗大根这些年也不读书,跟着自家父亲满山窜,学到不少本事。他家那铁砂枪被撵山狗拿走了,现在手中只有一把磨得锋利的快刀,一路在前探路,身形矫健,倒也有他爹的几分风范。走了小半天,他发现了撵山狗留下来的标识,那是一种在树上刻下的印记,他用手摸了摸,眉头发皱,回过来跟我商量:"二蛋,这印子可有些时间了,我爹他们怕不是遭了什么灾?"

这山里有狼,我是知道的,除了狼,据说还有老虎,还有好多老人口中奇奇怪怪的东西。但是二十多人啊,没有一个能够回来,莫非是像蛇婆婆这样的人出了手?

没道理啊,罗大根他爹常年跟这深山里面的生苗寨子换盐巴,结下了很深的交情,要不然他也不能够将哑巴努尔从山里面叫出来办事啊。

事情有点超出了我们的想象,不过再难,那失踪的人里面还有我们两个人的爹,我们一定会找过去的。我们把事情反馈给了随同而来的两位领导,他们也没有多说,讲没关系,直接进去,到了指定的地方再说。

说来也奇怪,这两位领导跟我们以前看到的干部不一样,背着两个大包跑了这么久的山路,脸不红气不喘,神采奕奕,也不知道是不是因为常年在山里面跑的缘故。现在天色还早,我们也不耽搁,再次往前走,每走一段路程,罗大根总能够找到他爹留下来的独特印记,然后跟着这印记前进。

那两位领导对我和罗大根十分满意,他们其实早就想进来了,主要就是因为不熟悉这山,怕迷了路,现在有罗大根在这里,就没有什么好害怕的了,催促着我们赶快前行。

山路难行,却挡不住我们对于失去亲人的恐惧。我们走得匆忙,而且还是瞒着家里人来的,所以除了几个粑粑也没什么准备,但是勘探队的两位领导却是准备周全,军用扁水壶,还有好吃的罐头肉,都能够补充体力。一路走走停停,脚步匆匆,不知不觉就已经到了下午,我们来到一条宽敞的小溪前。两边是高高的山涧,那溪水也湍急,夕阳透过林间落下,能够看到那溪水的表面有金色的反光出现。

我看到两位领导的喉头不由自主地滚动,立刻明白过来,这溪水下面的沙砾里面有金砂,倘若能够淘弄出来,还真的是一门绝佳的好生意。

果然,瞧见这场景,两位领导就走不动路了,将身上的背包放下来,从里面拿出一个簸箕形的漏斗,然后挽起裤脚,朝着下游稍微平缓一些的溪水里走去。若搁在平日里,我和罗大根说不定也跟过去了,然而这金子再好也没有爹亲,于是我站在岸边的石块上朝两位领导喊道:"刘领导、马领导,我们还要赶路呢,可不能在这里停留啊!"

刘领导低头在溪水里面寻找着金砂,而马领导则不耐烦地朝我们挥手喊道:"小孩,你们先在岸上找一找,我们勘测一会就上来。"

看到他们都掉进钱眼里了,十几口子的人命都及不上那些溪水里面的金砂,罗大根立刻就想发火,脖子憋得通红。我一把拉住他,低声说道:"你先别急,他们不找,我们自己找。"罗大根被我劝下,仍然愤愤不平地嘀咕道:"这两个人一点都不像是领导干部,反而像是掉钱眼里的资本主义。"

我没有回话,环望四周,瞧见在上游的一片草地那儿好像有些东西,连忙拉着罗大根过去看。

这溪水在山涧下面,上游下游都有巨石阻隔,便是我们也足足爬了一刻钟才到现场。瞧见这里就是勘探队的临时营地,有帐篷,有被褥、锅碗瓢盆,我在一个帐篷里还翻到了我爹的桐木药箱子。

地方是找到了，不过人呢？

我和罗大根对视一眼，都有一阵古怪的感觉爬上心头。我们跑出这营地，朝着下游喊，说找到了。罗大根的嗓门大，虽然隔着几块大石头，不过整个山涧都有回响，然而那两位领导都没有回话，我不知道他们是被金砂迷了眼还是咋地。我吸了吸鼻子，突然闻到有一股浓郁的臭气，便拔出腰间的小宝剑紧紧握着，然后对旁边的小猴子说道："胖妞，去看一看！"

胖妞得令，鼻间耸动，然后朝着旁边的小林子里窜去。我紧紧跟在后面，越往里走，那臭气越重。等我来到跟前的时候，听到胖妞凄厉的嘶喊声，抬头一看，却见前方的树上吊着四个舌头长长的尸体。

这些尸体已经半腐烂了，尸液滴滴答答地往下滴落，白乎乎的蛆虫在皮肤真皮层下穿梭，四肢垂落。风一吹，我就跪倒在地，"哇"地一声，中午的午餐肉直接都给吐了出来。

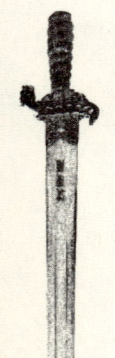

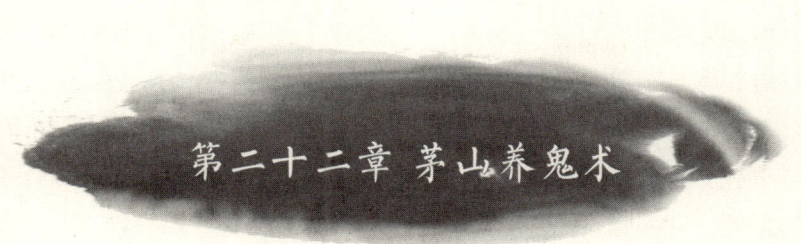

第二十二章 茅山养鬼术

这四具尸体吊挂在杉树林中，两具面朝我们，脸已经腐烂，嫩肉外翻，蛆虫横流，实在是不堪入目，不过我却还是能够瞧出他们是勘探队里面的成员。

还有两具背对着我们，风一吹就晃荡，瞧那体型跟我爹倒是有着几分相似。我吐光了胃里面所有的食物和酸水，胃疼，看着那尸体又心肝儿颤。在此之前我哪里见过这阵仗，龙家岭倘若死了老人，那都是放在薄皮棺材里面发送的，吊起来这般腐烂，简直就是一件灭绝人性的事情，更何况其中还有一具尸体跟我爹还有那么几分相像呢。

我吓得腿肚子直抖，而后面跟过来的罗大根更是吓得"啊"地一声叫喊，一屁股坐在了地上，我皱了皱鼻子，感觉浓郁的尸臭里面又夹杂着新鲜的尿骚，低头一看，却是罗大根的裤裆湿了一片。

罗大根脸上露出了极度惊恐的表情，牙齿咯咯直响："二蛋，这到底怎么回事啊，是谁把这些人都给吊起来了啊？"

他问的这问题我也想知道，可是我问谁去？盯着那两具背过身去的尸体，我一个呼哨，胖妞便得了令，一个刺溜便冲到了那吊着尸体的树下，爬上去将绳子一拧，那两具尸体便晃晃悠悠地转过脸来，一对眼珠子都掉了出来，白惨惨的，不过都不是我们认识的人。瞧见这，我的心也放下了大半。此行凶险莫测，无论是罗大根的老爹撑山狗，还是我爹，其实生还的可能都不大，然而没有见到尸体，那希望就仍在。

想到我爹，我便把所有的恐惧都压回了肚子里面，口中暗自默念着敕身咒，朝着前方走去。

这敕身咒源自于《太上三洞神卷》，是雷霆、除病、驱疫、保生、救苦、捉鬼、伏魔等合计七百八十余则咒文之一，能够让人的心情快速放松。不过所谓咒法，需要言传身教，这话是有道理的，因为无论是语速、语音还是韵律，都会影响到咒文的通灵。我虽然熟读《太上三洞神卷》，但是身无气感，真正能够领悟精髓的也只有"敕身""火铃威光""消灾"、"捉缚""绝瘟"以及"会雷"几种，而且还都需要相应的符箓来配合施行，十分不便。

两遍敕身咒出口，我心下稍安，强忍着腐烂恶臭走到那尸体之下，瞧见旁边有一对巨大的血色脚印，朝着林子深处行去，而在旁边则有好多凌乱的脚印。

瞧见这诡异的场面，我晓得事情已经十分不妙，肯定是出了什么岔子，要不然不会有这么离奇的场面发生。我回过头来，喊罗大根："大根，你别蹲在那里了，快过来，我们过去瞧瞧。"

罗大根没有移动脚步，连站都没站起来，而是带着哭腔喊道："二蛋，我想回家，我不想再待在这里了！"

罗大根萌生去意，然而我却坚定了要一直走下去的心思，抱着罗大根的肩膀，一字一句地说："兄弟，行百里者半九十，也许我们再往前走一段路，就能够看到你和我的老爹了。你愿意现在就做一个逃兵，回去面对你娘吗？"罗大根想一想他爹缠着头巾、扎着腰带、背着一杆枪的雄伟身姿，便又站了起来，咬着牙说："行，我们过去看看！"

然而就在这时，从我们的身后传来沙沙的脚步声，从远及近，在这种充斥着恶臭和尸体的环境中，听着是那么地瘆人。

罗大根的脸色变得跟纸一样白，猛地扭过头去，一看，"啊"地一声叫，浑身直打摆子，接着一种压低嗓门的声音响了起来："这尸体一直就在这里？"我抬起头，来的是刘领导和马领导，两人浑身湿漉漉的，挽着裤管和袖子，一脸严肃地望着我们。

我也没有问他们在溪水里面到底有没有淘到金砂，而是站起身来低声说道："四具尸体，来的时候就已经这样了，看这腐烂程度应该有些时日。"

刘领导深深吸了一口气，点头说道："应该是来的第二天晚上或者第三天清晨死的，老马，把人放下来，看看是怎么死的。"两人之中以刘领导为主，马领导听了命令走到树下，手连续挥了四次，那四具尸体便跌落到了下面的落叶间。他速度极快，但是我却能够听到锐物的破空声，心中奇怪："这勘探队的领导怎么还有这耍弄飞刀的身手？"

我心中疑惑，不过为了避免麻烦也没有多说，而是走到近前，听见马领导在那里嘀咕道："妈的，小午、阿龙、伟杰、小七，死得真惨，早知道就不带你们出来了！"

他尽量控制情绪，但看得出心里又悲又悔。然而刘领导却好似没有听到，从随身的包中掏出了一对塑胶手套来戴上，又拿出一把黄色小刀，开始翻检尸体。

这尸体挂在树上十来天，风吹雨淋，这山里面又闷又潮，早已腐烂，小刀轻轻剖开那发胀的皮肤，立刻有一股子尸气喷出来。我和罗大根都受不了，站得远远的，然而刘领导和马领导却是丝毫不受影响。当时现场的气氛简直是沉重极了，别说罗大根，我都有一种要当即逃离的想法，不过最终还是忍住了。过了一会儿，我听到刘领导对马领导低声说道："是中了尸毒死的，瞧这布置来看，是茅山养鬼术啊——你看他们几个腰间以下、大腿以上的皮肤，都是被剥走了。"

他说得玄乎，我的心却不断地往下掉——这勘探队的领导怎么还懂解剖尸体？而且还能够把这些说得头头是道，好似真的一般？

莫非他们跟那青衣老道是同行，也懂那些诡异的奇门法术？

若真的是如此，我先前在他们面前的吹嘘，可不就是鲁班门前弄大斧了吗？

我的脑子里乱糟糟的，一时间没了主意。而这个时候，那个刘领导突然抬起头来，脸上还有几滴黄色的尸浆，冲我笑道："二蛋，你说你学过一些道术，来帮我们参谋一下，弄成这么一个场面来，到底是什么目的？"

真人面前不说假话，我一点也不敢虚瞒，摆手推脱道："两位见笑了，我只是个乡野小孩儿而已，就读过几天经书，也用不到实际的地方来。你们说，我们听就是了。"那刘领导看了我一眼，仿佛看穿了我一般，也不再多说，而是跟马领导商量几句，接着站起来，将手套上面的尸浆擦干净，然后朝我们招呼道："事情大概清楚了，他们撞到了不该招惹的东西，又没有拜好码头，所以殒了命。跟我来，我们一起去看看就是了。"

瞧见这极度恐怖的场面，刘领导居然没有一点儿紧张的神情，而是带着马领导，沿着那些血脚印朝前走。

我和罗大根对视一眼，赶忙跟在后面。不过这两人也不知道怎么地，走得飞快，一转眼就快没有影子了，我们只好甩开膀子在后面跑。跑了一盏茶的工夫，我还在招呼胖妞，余光突然瞧见前面的罗大根"嗖"地一下就不见了，吓得半死，而后便是脚下一空，整个人就往下方摔去。如此一落下去，顿时就摔得我鼻青脸肿，还没有反应过来，突然感觉到一只冰凉的手摸到了我的脖子上。

旁边的罗大根则大声地哭："哎哟，你爷爷的，别摸我裤裆！"

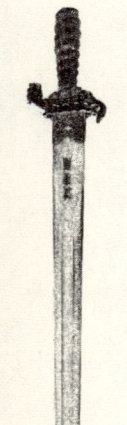

第二十三章 暗夜惊变

罗大根叫得犀利,我突然就觉得摸在我脖子上的那只冰冷的手没有那么阴森恐怖了。

接着黑暗中有一个人影站了起来,一把抱住了罗大根:"我儿,你咋来了?"

我一听这声音,哎哟,居然就是我们一直在寻找的撵山狗。本来以为他这回九死一生了,没想到居然窝在了这个陷坑洞子里面。罗大根也听出了他爹的声音,浑身一阵激动,反搂过去,大声喊道:"爹你没死?哈哈哈,哈哈……"他笑得合不拢嘴,撵山狗却是一阵郁闷,敲了他儿子一脑壳子,愤愤地说:"怎么,你想我死啊?"

两人一番热闹,解释完为何进山之后,我过去拉撵山狗的胳膊,小心地问道:"罗叔,我爹呢?"

撵山狗听我问起,刚刚激动的情绪又回落下来,一声长叹:"唉……"这一口气叹得我浑身发毛,脑海里立刻浮现出了那树上吊着的几具尸体,一屁股坐在地上,抓着撵山狗的大腿摇晃:"罗叔,你快讲,我爹到底怎么了?"

我这一摇晃,撵山狗也站不住了,跌倒下来。这时我才感受到了他的虚弱,问怎么回事,撵山狗苦笑着说:"你叔在这里待了十来天,随身带着的,能吃的都吃了,现在是饿得头昏眼花,怕是不行了。"旁边的罗大根立刻从腰间摸出一个铁盒子和一个水壶,递给他爹。撵山狗低头一瞧,竟然是一盒午餐肉,喉咙里咕嘟一响,根本不作思量,一会儿的工夫,所有的东西便已经下了肚子。

午餐肉吃完,撵山狗美美地喝了一口水,长长出一口气,这才说道:"二蛋,我没有遇到你爹。当时太乱了,我见情况不对就跑了,结果掉进这里,日

月不见。"

我爹不知生死，我强自收敛起惶恐不安的心情，说："罗叔，当时到底发生了什么事情，弄成这个样子？"

撵山狗背靠在陷坑边缘，又灌了一口水，摸着有些撑的肚皮，这才缓缓说道："原本以为这勘探队拿着正正经经的介绍信，是国家派来的人，没想到居然是资本主义的走狗。"

撵山狗是在进山第二天的时候发现不对劲的。一般来讲，国家的勘探队等级都比较分明，有领导，也有技术员，还有做苦力的大棒子，然而这些人普遍都有些江湖气，称兄道弟且不算，整个队伍除了一个姓王的老棺材盖子，其他人说话都是没上没下的。

撵山狗是见过大世面的人物，心中仔细揣摩，想着这些家伙莫非是那些盗墓的？听说很久以前，汉朝楚王的暗墓就藏在这片山里面。好些个做这种营生的土贼走遍祖国的大好河山，就是为了挖这些老祖宗的墓地，然后把里面的文物刨出来，通过香港、老山等地的掮客卖出去，拿到外国的博物馆里面展示，能赚老鼻子钱。浪潮这么多年，整得肚子都吃不饱，人心浮动，别说是这些人，就算是他撵山狗都有些心动。

撵山狗把这事儿跟我爹讲起，我爹说他也知道了，而且还在想，这些人做的买卖不正当，心黑手辣的，说不定还要害他们的性命。

说到这儿，两人就开始琢磨着等到了晚上就溜号走人。

头天扎了营地，第二天白天的时候，勘探队十多个人开始撒了网就地散开，有人还真的拿了仪器测量，有人却是拿着一种古里古怪的长铲子往土里面掏弄，还有人就是观山看水，口中还念念有词。下午的时候出了事情，勘探队有一个半大小子不知道受了什么伤，那些人拉着我爹去查看，接着就没有见他回来。到了半夜的时候，撵山狗悄不作声地爬起来，带了白天准备好的东西，摸出来找我爹。结果刚蹲草丛里，就瞧见一股浓黑的烟从山口那边飘过来，他心想坏了，连忙扯了块布，一泡尿弄湿，捂在鼻子前边。

他还没有忙活完，就听见惨叫声传来。循声望去，看到一个高瘦的身影带着几个身形僵直的家伙从上风口走过来，四个守夜的勘探队队员迎上去，结果

没两下就倒在了地上。

营地中间有篝火，旁边还有油灯，那几个黑影子走上前来的时候，撵山狗抬头便瞧见了一张僵硬的老脸，那脸好似三伏天的腊肉，油光水亮中又带着一种腐烂的气息。

麻栗山靠近湘西，这湘西三怪，赶尸、蛊婆、落洞女，他也都听过，相比于心狠手辣疑似盗墓的团伙，这些神神怪怪的东西更加恐怖，死了都不算是一件事，可着劲地折腾人呢。撵山狗这纵横麻栗山的汉子再也扛不住了，也顾不得去找我爹，正好瞧见营地里冲出几个人影来，一边咳嗽一边朝来袭的人冲去拦截，他便猫着身子朝着反方向跑。结果没跑出多远，这林子里黑漆漆的，什么也看不清，便一步落空，直接掉进了这个土洞子。

这土洞子是以前山里的猎人用来陷猛兽用的，挖得又深又陡，根本没有着力点，而且时间久远，旁边长了一圈草，十分隐蔽。他当时试了一下，爬不上去，正努力呢，结果没多久那声音就过来了，他只有蹲在这儿不敢动了。

结果这一蹲就蹲了十多天，他把身上带的所有东西都吃完了，要不是下了两场雨水，说不定我们发现的就是他的尸体了。

说完这些，撵山狗打了一个饱嗝，一把抓住我的胳膊，愧疚地说道："二蛋啊，罗叔对不起你啊，没有把你爹也一起带出来。"这一日之间，我的心情起起伏伏，此刻也早已麻木，淡定地听着撵山狗讲完这些，平静地说："没事，不管我爹生死，我都要弄明白的。现在先不急。"

稍微歇了一会儿，撵山狗还发愁我们这三个是不是都要困在这儿了，我却站起来吹了一个口哨，接着从陷阱口掉落下来一根藤条，又伸出一个脑袋，正是胖妞这小猴子。

瞧见这小家伙朝我扮鬼脸，我的心情不由得好了很多。胖妞跟了我三年，比人还精，根本不用我吩咐就弄好了藤条。先是我，然后是罗大根，最后我们两人一起将撵山狗给拉了上来。这一过程十分费力，三人上来之后一起躺在草丛里直喘粗气。此间林深幽幽，阴森恐怖，我们也没敢多歇，缓口气便站起来。我看着团圆了的罗大根父子，沉声说道："罗叔、大根，你们先回去报信，我还要再找一下，没有我爹的消息，我不死心呢。"

才出虎穴，又入狼窝，这还是需要一定的勇气的，撵山狗到底是顶天立地的山里汉子，几乎没有半点思量，一手拍着我的肩膀说："二蛋，叔这命是你救的，我跟你走。"

罗大根也要与我同生共死，情况紧急，我也不推辞，带着两人一猴，悄无声息地往前面的林子里摸去。

走了不过一刻钟，前面的林子草木逐渐稀疏，接着原本静寂无声的林中响起了一阵嘈杂的响声。我们屏住气息，从旁边绕过来，摸到前面一看，却见到勘探队的刘领导和马领导正在一片低矮的茅草屋前，跟一个驼背独眼的麻衣老头儿对峙呢。

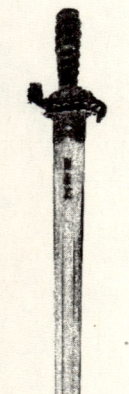

第二十四章 老鼠会与茅山宗

在此之前，勘探队的刘领导和马领导显然已经跟那个麻衣老头儿闹出了点儿动静，不过我们过来的时候，双方已经在对峙了。那刘领导双手抱拳，恭声说道："开门的山，走路的水，四海之内皆兄弟，兄弟我刘元昊，河南洛阳老鼠会，弄点小买卖，不晓得冲撞了前辈，还请见谅。"他摆明车马，我在旁边听得一阵心惊，瞧这架势，刘领导果然不是国家派来的勘探队。

麻衣老头儿一听，却是桀桀怪笑起来："弄出这么大的阵仗，我当是何方人物呢，原来是一群挖地洞、发死人财的家伙。实话跟你说了吧，你们的人挖洞子挖到我这儿来，被我顺手都料理了，敞亮的买卖，管杀又管埋。事情已经这样了，你说怎么办吧？"

这老头儿又驼背又瞎了一只眼，脸上的皱纹还像松树皮，我打出生就没有见过这么丑的人物，然而偏偏这么一个人讲出来的话，竟是那么的嗜血和邪恶，让人听了不寒而栗。

他毫不客气，勘探队的两位领导也是勃然变色，脾气最是不好的马领导一步跨前，指着麻衣老头大骂："你他妈的狂啥，茅山的人就了不起是吧，茅山的人就能够胡乱杀人是吧？"

马领导色厉内荏，那麻衣老头显得更加淡定了，微微一笑，平静地说："对啊，我就是这么一个人，怎么，你咬我？"

这话就像火星蹦到油桶里，双方谈不拢，瞬间就炸了。我瞧见勘探队的两位领导从背包里面各自拿出了一把古怪的圆铲，就朝着那麻衣老头儿扑去。这两位爷都是体格强壮的中年男人，营养又好，跟当兵的一样，而麻衣老头儿佝偻着腰,根本就是个一碰就倒的糟老头子。

然而不知道为什么,我总感觉到有一种羚羊扑向狮子的悲壮和凄凉。

结果真的没有出乎我的预料,刘、马两位领导气势汹汹,结果冲到那麻衣老头儿面前的时候,身形突然就有些扭曲,仿佛脚下变得很滑,一下就摔倒出去。麻衣老头儿虽然看着风烛残年,但身手却比我家胖妞还要敏捷,人一腾空,像个大马猴儿一样骨碌一滚,竟然出现在了刘领导的面前,右手高高扬起,就要朝着刘领导的脖子抹去。眼看就要得手,关键时刻刘领导一个懒驴打滚逃过一劫,而旁边的马领导也过来接应他,终于脱离危险。

经此一下,这两位领导的动作也就变得谨慎了许多,围在旁边与其周旋。看得出来两位领导都是练家子,那把式耍得有模有样,寻常三五个人还真的对付不了他们。然而他们强,那个麻衣老头更强,敏捷如狐,迅如猎豹,厉害得简直能算得上怪物。眼看着他们两个就要处于下风了,旁边的撵山狗轻轻碰了我一下,低声说道:"二蛋,你爹要在,估计就在那间屋子里面关着。"

麻衣老头说把营地里所有的人都给料理了,这话不知是真是假,不过至少说明营地里所有的人基本上都落在了他的手里。我点头,没说话,继续关注场中的状况。虽然我们已经确定这勘探队不是国家的,但是也希望他们能够赢。

比起喜怒无常、杀人如麻的麻衣老头,他们还算是比较好说话的。

不过事情往往不会如人所愿,交手没多久,麻衣老头突然晃动身体,刘领导的右臂便被他又尖又长的指甲给划了一下,一开始还没有感觉,结果没一会儿,半边膀子都动不了了,接着伤口处竟然冒出了烟雾来,一股恶臭腾腾挥发而出。

"尸毒?"刘领导又气又急,朝着麻衣老头厉声叫道,"你好狠的心,难道你就不怕我们老鼠会大档头的报复吗?"

麻衣老头一步踏前,将又尖又锐的指甲高高举起,丑陋的脸上浮现出了一丝狂傲的笑容,桀桀怪笑道:"老鼠会是吧,别说是你,就算是俞麟亲自来,你看我会给他面子不?"

刘领导捂着半边僵直的身子,看到麻衣老头一步一步地走上前来,一股惧意涌上心头,不由得朝旁边大喊:"马韩九,救我啊!"然而这一转身,却瞧

第一卷 饥饿年代

见原本与他并肩作战的马领导不知何时竟然将身上的背包丢掉，撒开脚丫子就跑了。

刘领导还没有从被同伴抛弃的失落感中走出来，就听到风声一起，下意识地挥铲去挡，随即感到脖子一热，整个视野竟然直接朝上面飞了起来。

硕大人头，凭空飞起。

我紧紧捂住嘴巴，瞧见刘领导的脑袋朝着天空飞去，鲜血喷出了七八米的高度，这一切仅仅只是一个驼背瞎眼的老头用那又尖又长的手指甲弄出来的。这场面实在是太让人震撼了，我感觉自己陷入了巨大的惊恐中。

杀完了人，麻衣老头毫不在乎，甚至将舌头伸出来舔了舔漫天的血雨，然后一点儿不停留，朝着远处马领导的背影追去。

两人远走，刘领导的无头身躯还在那儿痉挛抽动，我豁然而起，朝着撵山狗说道："罗叔，你们在这里放哨接应，我去那屋子里看看。"我抬腿便走，撵山狗也没有阻拦我，而是嘱咐我道："二蛋，小心，他还有同伙的。"

说话间，我已经带着胖妞绕过林子，慢慢地接近了那片茅屋。

这茅屋一共五间，连成一排，建得一点也不符合常规，歪歪扭扭的，好像一推就要垮掉一样，跟那麻衣老头的长相倒也是绝配。有胖妞这飞檐走壁的小家伙在，我也没有贸然进去的打算，而是挥挥手让胖妞先去打个前站。胖妞不是寻常的猴子，最是机灵，一抬头，直接就攀上了屋梁，朝里面钻进去。没等一会儿，我听到"嗷嗷"两声，是胖妞给我发了信号，于是推开门走了进去。

一进屋，便有一股浓烈的尸臭迎面而来，没有准备的我几乎一头栽倒在地。

好不容易忍住了这一股让我胃中翻江倒海的恶臭，我抬头打量这房间——我去，空空荡荡的，除了角落有一张木板床，比我家还要穷。我瞧见胖妞蹲在对门的屋梁上面嗷嗷叫，晓得它是有了发现，于是强忍着心中的恐惧，推开第一扇门，瞧见两旁都有黑幕垂落，也没有心思打量太多，一路穿门过户，一直到了第四间，突然感到温度骤然变得好高。

胖妞从上面窜下来，将旁边的幕布掀开，我抬头一看，却见五个光着膀子、下身就穿着一条大裤衩的男人正在往一个大灶里面添着柴火。而那大灶之上有一口巨锅，里面咕嘟咕嘟地煮着什么，因为太高，所以我没有瞧见，但是

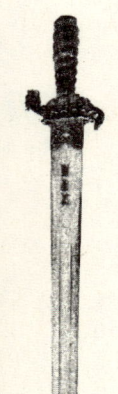

一股带着腥味的肉香充斥着整个房间,与之前的气味一冲,整个人就感觉又要吐了。

胖妞把遮住这灶间的幕布拉下,将整个场景都显露在我的面前,那些人却一点儿反应都没有,继续往灶里面添加柴火,还有两个一身肌肉的汉子站在高高的灶台边,用巨大的铲子在锅里面搅和着。

我看着其中有一个人格外眼熟,一步走上前去,拉住胳膊一把转过来,不由得大声喊道:"爹!"

第二十五章 勇闯尸屋

这人的确是我那失踪十来天的老爹，龙家岭的赤脚医生陈知礼。几天不见，他变得又黑又瘦，眼睛小了，眉毛没了，浑身湿淋淋的，汗出如浆，像刚从水里面捞出来的一般，散发着一股浓烈的汗臭味。

不过被我拉着，我爹却根本没有认出我来，而是一挣扎，将我的手甩开，对我不管不顾，若无其事地继续往炉灶里面加柴火。

我的目光从我爹那茫然而没有焦点的眼神移到了他的额头上。

我看到了一张黄黑色的符箓，中间用大笔勾勒着四个大字"敕令吾尊"，两侧用狂草连续一路拖下，首尾相连在了一起，形成了一个完美的回路。这符箓的颜料与青衣老道的朱砂不同，完全就是提炼而出的鲜血和尸油，看着十分狰狞可怖。我心中震撼，晓得我爹之所以认不得我，就是因为这个东西。

我退后两步，瞧见没有人管我，于是使劲儿吸气，也顾不得这肉香和尸臭在鼻腔里如何翻腾，心中不断地告诉自己，冷静，冷静，要想活命，要想将爹救出来，我只有冷静下来才可以。

在沉思了一会儿后，我终于从三年所学的道经中找到了破解的办法，虽然没有试过，但是值此之际我也没有太多的法子，只有拼了。

当下我将右手中指咬破，然后一步跨上前去，将我爹再次拉拽过来，带血的手指抵在了他的额头上面，口中快速地喝念了一遍《太上三洞神卷》中的净秽咒："玄天正气，黄老之精。吐水万丈，荡涤妖氛。三魂守卫，七魄安宁。形神俱妙，与道合真。"

一遍念完，我也不管这是否是老鬼当初教授的韵味，将这黄纸符一把扯下，

然后咬破舌尖，伴随着一阵剧痛朝着我爹的脸上喷去。血雾中，我瞧见我爹的脸色几经变化，从麻木不仁，到戾气横生，接着恢复清明。他愣了一会儿，抓着我的胳膊问道："二蛋，你怎么在这儿？"听到我爹这么叫我，我感觉无比快活，紧紧抱着我爹，说："爹，你终于醒了，你自己瞧瞧，你在干啥呢？"

刚才离得远，而我又矮，所以看得不仔细，这会儿走近了灶台，才明白这巨锅里面散发出来的肉香为何腥味十足，全部都是因为这里面熬煮的东西在作怪。瞧见这场景，我爹顿时就忍不住了，一股酸水从胃中翻腾而起，化作水箭，全数喷洒在了旁边一人的脸上。

这酸水又臭又腥，然而那人根本就顾不得这些，表情僵硬地往灶底里添加着柴火，那认真劲儿，别说别人，就算是我都有些佩服了。

我爹吐完，自己缓过劲儿来，一把抓着我说："二蛋，快跑，快离开这里。"

我爹平平凡凡、普普通通的一个赤脚医生，哪里见过这种场面，下意识地就想逃。而我下意识地瞄了一眼旁边几个还在熬煮人油的勘探队成员，想着一来那马领导挡不住麻衣老头多久，时间不够；二来这舌尖之血全凭一口精气，我吐完了我爹，也就弱了，唤不醒他们，贸然撕下那黄纸符，说不定还要生出许多祸端，于是点了点头，拉着我爹朝着回路走。

胖妞在房梁上带路，而我们则在后面跟着。然而刚刚走过第三个房间，便听到前面传来一阵脚步声，我吓得半死，左右一打量，拉着我爹就闪进了旁边的幕布里。

我们刚刚躲入幕布，便瞧见一双白嫩嫩的光脚丫从前面走过，朝着我们刚才走出来的灶房过去。

麻衣老头自然不会有这么一双嫩脚丫，来者另有其人，但我这会儿成了惊弓之鸟，也不敢与其接触。这边避开来人，刚刚要松一口气，结果我头顶上方突然滴下一点油腻腻的液体，冰冰凉的，一下就滑落到了我的额头上面来。我下意识地一抬头，却瞧见头上有一双手，那手像鸡爪，又黑又干，指甲半寸，上面长着黑乎乎的绒毛。我吓了一跳，退了两步，抬头一看，它旁边还站着两个跟它一般模样的同类。

我吓得魂飞魄散，却也能够压抑住嗓子的喊声，可我爹却是再也忍受不住

第一卷 饥饿年代

了，发出一声凄厉到了极点的喊声来："啊……"

我爹一喊，我心想坏菜了，暴露了。当下也管不得许多，一把拽住我爹的衣角，拉着他就冲出旁边的幕布，朝着外面跑去。

我们这边一急躁起来，那边就有了动静，我听到咚咚咚的声音从灶房那边传来，也不敢回头，跟着我爹一阵跑。结果就要冲出这草屋的时候，突然出现了一个黑乎乎的身影挡在了前头。看不清脸，我爹下意识地往旁边闪，而我直接一个飞脚朝着那东西踹了过去。

那东西被我踹得朝着后面倒下，我和我爹就冲出了茅屋。我回头一看，瞧见刚才挡在门口的那黑影子竟然和屋子里面僵直站着的那毛茸茸尸体一样。

养尸人、养尸人！

我的脑海里盘旋着这三个字，立刻就不淡定了，一把拽住我爹大声喊道："爹，你快走，朝着那个方向跑，罗叔和大根在那边等着你，你们见面之后直接出山，不要管我。"

我陈二蛋出生便有"山鬼老魅聚邪纹"，前些日子又中了婴灵寒咒，这都是劫，避无可避。不过孽都是我的，可不能祸害我的家人，所以我让我爹赶紧走开。然而我爹不肯，回头来拉我，说一起走。我爹平日里是一家之主，十分威严，也很少流露出温情，不过我晓得对于我这个幺儿，他最是喜爱，要不然当初也不会为了我的生死奔走不休，这会儿哪里肯让我独自留在这里抵挡。

这父子情浓，我也左右不得我爹的想法，只有诓骗他："爹，我在山里面跟那道长学本事，别的没学着，倒是学了一门逃命的本事，从无失误。你走了，我自然能逃脱；你不走，反而是累赘！"

我爹就是一个寻常人，胆子也不大，当时是焦急、恐惧到了极点，一听我说得言之凿凿，悬着的心也就稳了点儿，一边与我狂奔，一边不确定地问道："当真？"

我一把甩开他的手，很肯定地说："真的！"

得到了我肯定的答复，我爹整个人都放松了下来，拍着我的肩膀说保重，然后朝着撵山狗和罗大根他们藏身的草丛那边就要跑去。然而这个时候，一个身影突然挡在了我们的前面，一个稚嫩而阴鸷的声音凭空响起："想走？那也要问一问姑奶奶我愿不愿意啊？"

我转过头去，首先看到的是一双白嫩嫩的赤足，再接着就是一张宜喜宜嗔、明艳无比的小脸，竟是一个娇媚的绿衣少女正拦在我们的面前，而在她的旁边，两个面无表情的高个儿僵尸抱着膀子，一脸白毛。

我心中一阵焦躁——这到底是什么情况啊，老子陈二蛋难道就要交代在这里了吗？

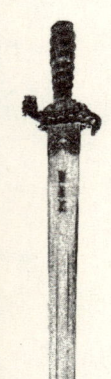

第一卷 饥饿年代

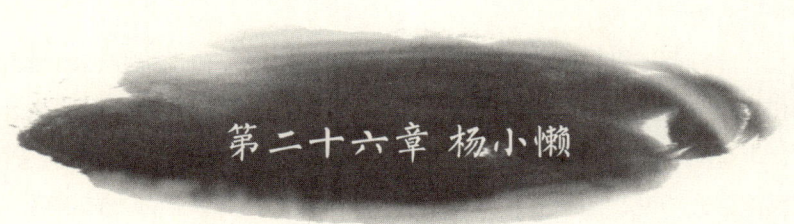

第二十六章 杨小懒

关键时刻，我的手不自觉地摸到了内兜里面的符袋。

这是青衣老道当初离开的时候送给我的，里面装有符箓六张，分别是落幡神符、破地狱符、甘露符、风符、斗母玄灵秘符以及雷符。

我不知道青衣老道究竟有多厉害，但是共同生活了三年，却无时无刻不感受到他的行为，无论是生活还是修行，都贴合自然之法，远远比我面前这些通过旁门左道弄出来的家伙要厉害许多，所以我想要脱险，恐怕就只能够依靠他留下来的符箓了。

我在一瞬间就冷静下来，心中盘算着这六张符箓的用途。倘若用上风符，我自然是可以逃之夭夭，只是可怜我老爹又要跑到那灶台边去熬人油了——到底应该用什么呢？

我的脸色阴晴不定，而拦在我面前的那个绿衣女孩嘴角却翘了起来："小子，你是老鼠会的吧，人挺贼的啊，趁着我爹去追人，自个儿却溜到了这里来，还将我爹那镇魂符给解了。不错，是个人才，不过遇到你姐姐我，还是要吃瘪啊！"

这小妞瞧着不过十五六岁，但是长得有模有样，要胸脯有胸脯，要脸蛋有脸蛋，跟画片上的美人儿一样，倘若平日里遇见，必然是我、罗大根和龙根子几个人意淫的对象。不过想起刚才灶房里面那熬煮的人油，还有拱卫在她旁边的那两具僵尸，我可没有半点儿轻松的心思，也顾不得仔细思量那个七老八十的麻衣老头是如何生出这么水灵的小妞儿来的，只是深呼吸，然后低声对我爹说道："爹，一会儿我一出声，你就朝着那儿跑，不要回头，也不要停留，懂不懂？"

我爹此刻都还没有从那种巨大的恐惧中走脱出来，再加上我这超越年龄的沉稳和淡定，以及这些日子以来我的表现，觉得我是道门中人，比他这老子还厉害，于是毫不犹豫地点头回答："好，我晓得了！"

我爹这么一说，我就没有一点儿顾虑了，右手在符袋里面一阵摸索，终于挑中了一张，口中默默念道："幡悬宝号，普利无边，诸神卫护，天罪消愆。"

我念咒引导，这法门是老鬼一字一句带着我学会的，原本并无大用，然而有了青衣老道的符箓，效用自然不可小觑。随着那符箓之上激荡而来的巨大力量与我的咒诀共鸣而生，我立刻感觉到了信心满满，一步踏前，开始吼了起来："经完幡落，云旆回天……"

就在我这一顿吼的时候，我爹就迈开脚步朝着撵山狗他们藏身的草丛飞奔而去。而这个时候，那个绿衣女孩也感受到了符箓之上传递而来的恐怖力量，来不及阻拦我爹，白藕胳膊往前一挥，大声喊道："拦住他！"

她所说的"他"，不是我爹，而是我。那两具高大的白毛僵尸原本僵直不动，如同摆设，然而一得了命令就如同猛虎，嘴一张，黑色獠牙显露，便朝着我扑来。

这样两具浑身是毛的尸体突然一动，并且朝着我这边冲来，那画面真的是让人毛骨悚然，然而我却信心满满，全身的血液沸腾，大声吼道："急急如玉皇上帝律令！"

一念完，那符箓仿佛一个巨大的黑洞，一瞬间就将我所有的气力都抽光了，我腿一软瘫倒下来。而那符箓却"轰"地一下燃烧起来，接着化作一道白光，像烟花一般，朝着天空升起。眼见那两具僵尸就要冲到我的面前来，双手的指甲油黑锐利，僵硬的脸上似乎还流露出了一丝兴奋。

不会吧，这符箓没用？

我心中几乎生出一丝绝望，然而就在此刻，一道炸雷当场生出。我瞧见天空之上垂落旗幡无数，无风而起，簌簌飞扬，接着充满了我的视野，而我也被急剧而起的气流卷起，在地上翻滚不休。

我当时的记忆充斥着满满的白光，整个人都晕过去了，等我恢复意识的时

候，感觉一只毛茸茸的小手在摸我的脸，耳边传来胖妞焦急的叫声。我睁开眼，发现自己全身酸痛，勉强撑起身子来，瞧见我已经滚落到离刚才所站之地十几米远，旁边软软的，一摸，竟然还是刘领导那具无头尸身。而在另一头，我瞧见那两具吓人的白毛僵尸竟然炸成了碎片，而拦在我面前的那个绿衣女孩则半坐在地上，一脸怨恨地朝着我这边看，显然也是刚刚醒过来。

我强忍着巨大的疼痛爬起来，看了一眼我爹跑开的方向，没见到人影，说明已经走远了，几乎没有思量，便毅然转过头去，朝着另外一个方向跟跟跄跄地跑开，而后面则留下了那个绿衣女孩愤怒的喊声："那小子你等着，我不会让你好过的！"

这威胁软绵绵的，我只当是放屁，拼命迈开双腿，带着胖妞朝另外一个方向逃离。

我见过勘探队的刘领导和马领导与麻衣老头之间的拼斗，晓得马领导就算是逃，恐怕也逃不开多远。等到那个麻衣老头回来的时候，我们恐怕就是砧板上面的肥肉，想怎么剁就怎么剁了。

在我的生命里面，那麻衣老头和绿衣女孩是我见过的最残忍、最恐怖的人物，倘若落在他们的手上，生不如死那是妥妥的。这痛苦，我宁愿我来扛，也不愿生我养我的老爹来受，所以我只有背向而驰，这样才能够引开他们的注意。这样一想，我便满腔悲壮，自觉英勇无比，脚步也越发地快了几分。然而我终究还是太小，没有跑过一刻钟，便感觉脖子后面袭来一阵风，我往前面一缩，结果还是躲不开，后脑勺被狠狠磕了一下，两眼一黑，人就直接晕死过去。

等我再次醒过来的时候，发现自己被剥得光光的，双手被捆在溪边的一棵树杈上面，凉风一吹，我下意识地夹紧了双腿。

睁开眼睛，入目者正是那个麻衣老头，旁边还有那个又凶又美的绿衣女孩，正恶狠狠地瞪着我呢。

似乎预料到了我的醒来，正蹲在地上抽旱烟的麻衣老头吐出一口烟雾，平平静静地说道："我呢，比较急，事情也多，就不跟你废话了，就问你几句话，答得好或许能活，答不好，细水长流，愿你得以安眠。"

咬人的狗不叫，我二蛋纵横龙家岭这么多年，自然晓得这个道理。麻衣老头说得越是平静，我便晓得自己后路越发的少，想起那灶台上面熬煮的人油和尸体碎块，我原本无比悲壮豪迈的心情立刻沉到了谷底。不过这世界上又没有什么后悔药吃，于是只有极力表现出配合的意图来："嗯，嗯，你说，我听呢。"

麻衣老头拿出了从我怀里搜出来的符袋，平静地说道："这个东西是哪里得到的？"

"一个青衣老道送的，我给他打了三年杂，临走的时候他给了我，说留一个念想。"我忙不迭地说道，这才瞧见麻衣老头的脸上绷得紧紧地，继续又问我："他人呢？"

真话？还是谎话？

电光火石之间，我几乎是凭着本能地说道："他走了，不晓得去了哪儿。"

这句话救了我，他手一挥，我就滚落在了地上，接着他吩咐道："把你的衣服穿上，然后跟着我们走。"我可不习惯光溜溜地出现在别人面前，赶紧穿衣服。那绿衣女孩急了，一把拉住她爹，问："爹，你怎么这样就放过他了啊？"

麻衣老头不答话，只是走向了旁边的一堆物件。绿衣女孩受了气，走到我面前来，一脚把我踢在地上，踩着我的脑壳，恶狠狠地说道："小子，算你幸运。不过你记住，碰到我杨小懒，你这辈子的好日子就算是到头了！"

第二十七章 胖妞噩耗

人在屋檐下,不得不低头,面对着这样恶声恶气的威胁,我知道最正确的做法就是用沉默来应对,于是闭着眼睛默然不语。

杨小懒?哼,听名字就不是什么好鸟。虽然你长得漂亮,但是在我的心中,却跟那长着白毛的僵尸没有什么区别。

无他,恶毒的女人讨人嫌。

然而我这一闭眼,肚子上又挨了几脚——这少女也忒狠毒了,每一脚都仿佛使上了全力,我只感觉自己的肚子里翻江倒海,仿佛肠子全部都打了结,使劲儿拧巴着,难受得哇哇大叫。不过麻衣老头在旁边,我也不敢反抗。再说了,即使奋起反击,全身物件被缴的我估计也抵不过这个自小就凶悍如狮的小娘子,于是只有在草地上翻滚,尽量避开这拳脚。

这一顿胖揍以麻衣老头的喝止为结束,也仿佛是那"杀威棒"一般,让我深深记住了这三个字:杨小懒!

自此以后,我一想到"母老虎"三个字,脑子里便自动浮现出这个绿衣少女的名字。

杨小懒揍我揍得欢畅,凶恶得紧,然而在他爹面前却是无比的娇憨,抱着麻衣老头的胳膊,一边晃一边撒娇:"爹,我们为什么要走啊,凭你的手段,将那几个逃走的山民给办了,谁能够晓得我们住在这儿?"

麻衣老头手中忙着活计,不过看得出来,他对这个年幼的女儿十分宠爱,细心解释道:"那几个村民倒是小事,主要是老鼠会那个姓马的家伙从溪水里跑了,他一走,我们就暴露了。还有,那天来的人里面有一个人跑了,不过却被我认了出来,是凤凰王家的。想来他们的目的也是在找白莲教的那个墓地,王家跟邪教扯得上关系,这里必定会是风口浪尖,我们还是躲开为好。"

杨小懒有些奇怪,问:"怕什么啊,爹你可是江湖上鼎鼎有名的邪符王,无论是老鼠会的俞麟,还是凤凰王家,哪个比得上你?再有了,实在不行,不是还有我哥吗?"

说到这儿,麻衣老头就变得有些严肃了,停下手上的活计,看了我一眼,肃声说道:"胡扯什么?我告诉你,以后少提你哥,知道没?他是有大前途的人,没我们这号亲戚。再说了,你没听这小子说李道子出现在这附近吗?李道子自上次从两弹一星的实验基地回来,就一直神龙见首不见尾,你难道想我们撞到他枪口上啊?"

杨小懒更加不乐意了,指着我说:"要不然我们把这小子种荷花算了,神不知鬼不觉,不然带着他在路上多不方便啊?"

我感受到了杨小懒最深的恶意,心中忐忑,不过麻衣老头并没有同意,而是告诫她道:"不管怎么说,他跟李道子还是有些渊源的。做人留一线,日后好相见,这道理你要记住,以后也不会吃亏。"

两人说完,麻衣老头递给我一副担子,平静地说道:"小子,你命好,本来我不准备带上你的,不过你说了实话,蛮对我的胃口,所以你这条命呢,暂时寄放在我这里。表现好了,就活着,表现不好呢,谁也救不了你自己,懂了没有?"我将那副担子接过来,扁担两头是一对沉甸甸的封闭式木桶,里面有液体晃动,我担着,好沉,不过还是装作无恙,腆着脸跟杨小懒套近乎:"小懒姐,这里面是什么啊,挺沉!"

杨小懒似笑非笑地看了我一眼,一双眼睛在夜里泛起了微微的光芒,平静地说:"这里面啊,是熬煮好的尸油啊。之所以沉,是因为有好多冤魂在里面作乱呢。"

她这话说得我一阵趔趄,整个人都不淡定了,感觉一阵又一阵的阴寒从扁担那儿传递过来,身体冰凉凉的。

启程了,我听到麻衣老头一个呼哨,口中高喝道:"喂乎哟,开门行路,慢慢走,路在脚下,行程在心头,注意着呢。"他这话儿像山歌子,韵律古怪,又有些绵长，不过那话音一落，从黑暗中突然走出了二十多个黑影子，身上背着大包小包，脚步僵硬地朝着左边的一条小道走去。

而在末尾，有一个两米高的巨大黑影，一身的杂毛，有白有黑也有紫色，那脑袋像是猿猴一样，杨小懒足尖一蹬，竟然跳到了那个巨大黑影的肩上，坐着喊道："大个儿，我们走。"

她手上不知道什么时候出现了一条皮鞭子，在空中一甩，"啪"地一声响，那巨大的黑影就缓步朝前走。

麻衣老头在前面领路，而杨小懒则骑着大个儿押尾，好像是没有人管我。不过我知道，我只要是敢流露出一点儿想跑的意思，恐怕就要跟我担着的这两桶尸油一样，冤魂不散了。

根据先前跟随青衣老道三年的经历，我明白了一个道理，就是这些有本事、有手段的人，大抵都是些疯子，脾气古怪、随性而为，根本就不按常理出牌。若是想要安安稳稳地活下来，那就必须表现得无比顺从，并且没有半点儿威胁性。所谓伸手不打笑脸人，只要我不是表现得太讨人厌，他们总不会无缘无故地下黑手。

更何况，麻衣老头说了留我一条性命，也是为了给青衣老道，也就是李道子结善缘。

在得知他们并没有谋害我父亲，而是让他们自行离开之后，我将受到的所有羞辱和打骂都收敛在了心里，一边咬牙挑着担子，一边跟绿衣少女杨小懒攀起关系来。

结果那女孩瞌睡得很，根本就没有跟我聊天的意思，噼里啪啦训了我一顿之后，行程陷入了沉默。

一路缓行，在前头领路的麻衣老头专挑那偏僻难行的路走，有的地方甚至根本没有路，走得十分艰辛。这样的路，空着手走都够呛，何况是挑着一副担子，可以想象得到当时的我有多狼狈。然而这一切困难，在生死威胁的面前，都显得没有那么严重了。

黑漆漆的夜里，其实视线也是有限的，不过我能够看天山的星斗，晓得大概是一直往西。

走到了下半夜,前面好像有一些躁动,麻衣老头便吩咐停歇下来,全部藏在了草丛中躺下,然后吩咐我去捡干柴来生火。我做这一切都没有人监督,不过我知道这是在考验我,所以极其谨慎,一点也不敢异动。

麻衣老头显然常年都在山林行走,火很快就生好了,上面架着一口锅,咕嘟咕嘟煮着水,然后开始弄路上搞到的野物,两只花羽毛的山鸡、一只肥硕的山鼠,还有一些野地里的蔬菜。这些我都熟门熟路,自告奋勇地上前帮忙,麻衣老头本来就不愿意做这事儿,瞧见我忙活得利索,便索性让我来做,我也为了凸显自己的价值而大展身手。一只荷叶叫花鸡,一锅浓浓的鸡鼠汤,绿油油的野菜在锅里飘荡,这味道香得连在旁边睡觉的杨小懒都给馋醒了。

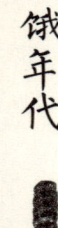

麻衣老头对我刮目相看,那张丑脸难得地露出了笑容,朝我竖起大拇指,而杨小懒则拍着手欢快地喊道:"不错啊,好香呢。"

我发现这个时候的她笑起来好漂亮。

到了这个时候,我才终于将闷在心里面的话讲出来:"杨老爹,先前跟着我的那猴子,你有没有见着啊?"麻衣老头没说话,在旁边拿勺子往碗里舀肉的杨小懒接茬道:"死了,一掌拍死,利落得很。"

"啊?"

我一屁股坐在地上,浑身发凉,想起胖妞陪在我身边的这些岁月,眼泪水就止不住地往外流。

第二十八章 受尽屈辱

瞧见我这悲痛欲绝的模样，正在啃着热腾腾的鸡腿的杨小懒噗嗤一笑，呛了一下，眼泪水都流了出来。

她一边擦眼泪，一边笑着喊道："你叫二蛋是吧，陈二蛋？不错，你爹可真会取名字，笨蛋加傻蛋，真正是应了这景儿。"她笑得欢畅，我心中却越发的悲凉，这小娘皮子心思恶毒得很，漠视生命，有朝一日老子一定要弄死她，在她的身上踏上一万脚。

杨小懒笑了一会儿，低头一看，瞧见我那一副愤怒到了极点的模样，这才轻飘飘地又说了一句："放心啦，骗你的，那瘦猴子有什么好玩的，被我爹甩丢了而已。"

我见她说得轻描淡写，不过言语之间倒也没有太多调侃的意思，又看麻衣老头正自顾自地捞着锅里面的汤喝，没有发表任何意见，一颗心这才放了下来。我脸上堆着笑，从火堆里面将那用泥土包裹着的叫花鸡刨出来，将外面包裹的碎泥敲开，荷叶剥开，露出了里面香气四溢的鸡肉来，撒上盐，笑着说道："姐，尝尝这个，香！"

杨小懒一双眼睛瞪得硕大，鼻子猛地吸了一阵香气，忙不迭地撕下一条鸡腿，也顾不得烫，使劲儿咬了一口，猛地咀嚼，完了长叹一声："啊，很好吃呢。"

她吃饭时露出来的小女儿神态好迷人，看得我都不禁愣住了，又想着胖妞没死，心中也放松了许多，瞧见麻衣老头和杨小懒不停地吃着，舔舔嘴唇，肚子不由地咕咕叫了起来。

第一卷 饥饿年代

这一整天,我就中午的时候吃了一点午餐肉罐头,不过全部都吐了出来,熬到这半夜,自然是饿得不行了。

我那个时候的年纪最是饿不得,瞧见别人吃得津津有味,心想着我忙活这么久,你们尽顾着自己吃了,也不招呼我一声。不过我转念一想,他们不招呼我,难道我就不吃了?皇帝不差饿兵,他们总不能饿死我。这么想着,我伸出手,朝着那只被吃得只剩一点儿骨架子的叫花鸡抓去。然而我还没有摸到那骨架子,凭空伸出一条腿来,踹在我的胸口,我稳不住劲儿朝着后面翻滚而去。

等我爬起来的时候,瞧见杨小懒已经站在了我的面前,用脚踩住我的那只手,恶狠狠地骂道:"我们还没吃完呢,你伸什么手?还懂不懂一点规矩?你这是想要找死对吧?"

这小妞发起飙来无比凶恶,瞧见她那张娇艳的小脸,我一瞬间就想起了在五姑娘山峰顶上的岁月。那个时候,青衣老道虽然总是板着一张脸,但背后总有着一些小小的温柔,我身边也有小白狐狸和胖妞陪着,最重要的是有老鬼这样的良师益友教我做人的道理和很多知识,然而在这里……哎,同样是修行者,为什么做人的差距就这么大呢?

教训在前,我不敢反抗,只是小声地说不敢了,杨小懒的脸上这才有了笑容,踢了踢我的脸,洋洋得意地说道:"昨天弄那个符咒的时候,你不是很能吗?原以为是个铁骨铮铮的汉子呢,原来就是个软蛋。"

她教训完我,摸了摸吊在脖子上的符袋和腰间小剑,折回去喝汤。而我则爬起来,揉了揉被踩得生疼的手,没敢去看那女神经病,只是在心底里暗暗嘀咕,想着总有一日,她加诸我二蛋身上的所有屈辱,我都会加倍奉还。

阿Q精神就是这般有效,原本憋屈无限的我想着想着,又终于从极度的愤恨和痛苦中恢复过来。

嗯,来日方长嘛。

杨小懒刚才吃得凶猛,然而本身的食量却不是很大,吃完之后把碗筷一甩,然后伸着懒腰,像一只懒猫一般地趴在旁边睡觉了。麻衣老头宠溺地看了她一眼,回过头来对我说:"二蛋,你也来吃吧,吃完了收拾妥当,我们还要赶路呢——天亮了才能睡觉,知道不知道?"

相比于杨小懒，麻衣老头对我倒是客气，倘若没有瞧见他之前的手段，我说不定还觉得他有多么慈祥呢。不过我知道，能够养出杨小懒这般刁蛮的女儿，她爹也不是什么好鸟。我点头应是，然后小心翼翼地过去盛汤。

鸡骨架上面几乎都没有什么肉了，然而我却吃得无比细致。我一边吃，一边打量旁边睡梦中的杨小懒，想着有朝一日一定要报仇。

吃完饭没休息多久，我们又开始赶路了，一路往北。凌晨的时候，麻衣老头找了一处浓密的树林，然后弄了两张网绳吊床歇息，而我没有，只能靠着大树而眠，无数次被虫子和蚂蚁咬醒。

如此昼伏夜行，速度并不快，足足走了两个星期，大都避开了人群密集的地区，专走山路。

终于有一天，我听麻衣老头跟杨小懒说，到了一个叫做"神农架"的地方便不再走了。麻衣老头在那大山里面有一个藏身之处，叫做观音洞，位于一处悬崖陡壁的半山腰，十分隐秘，需通过藤蔓攀爬上去，易守难攻。一路上杨小懒都变着法地欺负我，有时捉弄，有时体罚，我常常被她揍成猪头，倘若不是麻衣老头时常维护我，说不定我已经被她玩死了。

麻衣老头之所以维护我，这一半是看在李道子的面子上，还有另外一半估计也是因为我的机灵。

麻衣老头是老来得女，极为宠惯。在此之前，他又当爹又当妈，忙碌得很。而这一路上，我表现得无比地乖巧，做饭洗衣，卫生处理，什么都做得妥妥帖帖，极大地解放了麻衣老头的劳动力，所以他对我这个打杂的怎么看都顺眼。

然而麻衣老头看我越顺眼，杨小懒便越发对我不爽，如此冰火两重天，让人几近崩溃。

麻衣老头在神农架大山里的老窝叫做观音洞，里面的生活设施齐全，地方也宽敞，总之比我以前在五姑娘山那儿要好上许多。只可惜此间的人，却是真正的恶，让我反而没有欢快的感觉。

不管怎样，我又开始了一段悲催的杂役生活。

到了观音洞的当晚，麻衣老头忙活了好久，将所有的僵尸吊上了悬崖半壁的山洞里，这事儿基本上都是由那个大个儿来做的。观音洞分为两大区域，一边是存放僵尸的敞厅，靠里间，阴森寒冷，有滴滴答答的水声；而另外一边则由几个大大小小的套洞组成，我分到了一个小小的居所，还没有停歇就被叫起来，去给那些僵尸刷油。除了做这些，我还要照顾杨小懒的生活，衣食住行都得操心。

说句丢人的话，那个时候，杨小懒的内裤都是我帮着洗的。

这是一件让人悲伤的事情。麻衣老头经常出山，而我知道即便是杨小懒，我也绝对逃不出她的手掌心，所以非常悲催。

杨小懒对我从来都是非打即骂，然而有一天，她突然找到我，一脸的痛苦。

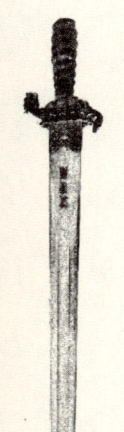

第二十九章 女神和女神经病

经过两个多星期的行路,以及半个月的山洞生活,我已经完全接受了杨小懒就是一个女神经病的悲惨现实,她做事完全不按常理出牌,面对我的时候向来都是横眉怒眼、阶级敌人的态度。

然而当她一脸汗水、眉头紧蹙地过来找我的时候,却又把我给吓了一跳。

我的第一反应是她又在耍弄什么阴谋,然而瞧见她捂着肚子、一副快要死过去的表情,我终于明白过来,她可能是生病了,而且还是大病。

那个时候的我十三岁,刚刚进入了变声期。按理说山里的小孩,生理卫生方面的知识完全就是空白,但我爹陈知礼是赤脚医生,这家庭的熏陶日积月累,我也算是入了点门道,瞧见她脸色惨白、恶心、呕吐、全身畏寒,剧痛得几乎虚脱,便知道她这是痛经。

痛经这事儿,差不多女人都会经历过,下至和她一般年纪的少女,上至生儿育女的大妈,几乎都会有。这个东西个体差异很大,不过她这样子,可比那些来找我爹瞧病的人都要厉害。

我脑瓜里面首先思量的不是别的,而是麻衣老头走了好几天,这观音洞里面,除了杨小懒,就只剩下一堆没有咒文就不会动的僵尸。难道上天眷顾,我陈二蛋重获自由的日子,终于要来临了吗?

从落入敌手的第一天起,我就在思考如何逃离这恶人的掌控,然而机会来时,我却只是在脑子里面转了一圈,接着便忙活了起来。

我马不停蹄,烧开水,冲红糖,然后在征得杨小懒同意的情况下,给她按摩小腹,不断地缓解两侧紧绷的肌肉,并且还通过让人心神宁静的道经来让她减轻痛觉。足足忙活了一下午，到了晚上的时候，她那快要死去的模样才终于缓解了一些，然后抬头问我："陈二蛋，你刚才为什么不跑？你应该知道，如果你刚才跑了，我是拦不住你的。"

我露出了憨厚的笑容，挠挠头说："男子汉大丈夫，我可不能扔下你一个人不管。再说了，这么大的山，我就算是跑，能跑到哪儿去？"

"啪！"

杨小懒直接甩了一个大耳刮子给我，打得我脑袋嗡嗡嗡地响。我捂着脸，心中郁闷，果然是女神经病啊，刚才还好好的呢，一会儿就变了脸。然而打完我之后，这少女比我还要气愤，挣扎着站起来，指着我的鼻尖说道："陈二蛋，你知道我为什么看不起你吗？"

我摇头，露出了无辜的表情来，而杨小懒气哼哼地说道："我最不喜欢你的就是你这性子，明明很有本事却甘愿做人奴仆，一点儿骨气都没有，是个懦夫！你那天救你爹的气概到哪儿去了？"

我瞧见她说得一脸激昂，心中更是委屈——这位姐姐，你二蛋哥我当初倘若是铁骨铮铮，傲然而立，倒是让你瞧得起了，但现在说不定就埋骨烂泥，真正就剩下一副脊梁了。

老的杀人如麻，小的喜怒无常，我他妈的得有多小心才能够活到现在啊？

心中万千草泥马奔腾而过，然而我却抱着头一声不吭。我本以为性子暴躁的杨小懒会站起来对我拳打脚踢，然而等了半天却没有，反而是听到了一句幽幽的话："二蛋，你想不想学针灸之术？"

我抬起头来，诧异地看着面前这个少女，有点儿捉摸不透她这话里面的意思。

杨小懒面无表情地说道："我这毛病一开始就有了，到了后来越来越痛，以前都是我爹帮我针灸止痛，不过这次他忙着找一个东西，所以没有算好日子。我教了你，算是个备用的法子——你学不学？不学就算了。"她的脸上几乎没有什么表情，然而语气却比以前那颐指气使的好了许多，我心中一阵激动，说不出是因为这漂亮妞儿对我的态度发生了改变，还是因为能够学到一门傍身的手艺，连忙点头答应。

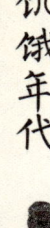

瞧见我答应，不知道是不是我的错觉，我似乎感觉杨小懒松了一口气。接着我们两个盘坐在床边，她开始给我讲起了针灸这一门子手艺来。

所谓针刺，就是把针具按照一定的角度，刺入患者体内，运用捻转与提插等针刺手法，刺激人体特定部位，从而达到治疗疾病的目的。这是老祖宗留下来的一门手艺，有着很严密和系统的讲究。刺入的地方也叫穴位，人体有四百零九个穴位，其中能致死的有三十六个，这个东西需要牢牢记住，而且方法不同，效果也各不一样。除此之外，无论是道家的修行，还是寻常武术、禅修、养气，都跟这个有很大关系，熟悉了，对修行也有很大帮助。

杨小懒并不会教我太多，只是给我讲解了一些手法，以及相关的穴位刺激。不过她到底还是懒，又不愿脱下衣服来跟我手把手地讲解穴道位置，于是扔给我一本书，名叫《道家穴位概修》，让我自己看。

当天晚上讲完一个段落，她突然笑了，问了我一个问题："二蛋，你知道今天下午的时候，如果你真的想对我不轨，或者想要逃走，会怎么样吗？"

我摇头说不知道，也没有想过这个问题，杨小懒瞧我说得真诚，不疑有假，于是露出了两排雪白的贝齿，缓慢说道："告诉你，大个儿一直都醒着呢，如果你真的做了什么不轨的事情，现在恐怕就是它的晚餐了，知道吗？"

我吓出一身冷汗，不过却装作若无其事的样子，憨笑道："我又没有什么坏心思啊，大个儿肯定不会吃我的。"

许是放下了防备心，又或者是好久都没有跟人愉快地聊天了，杨小懒当天竟然没有放我回去，而是拉着我说了很多事情。她告诉我，说她爹是一个很厉害的人物，叫做邪符王。想当年，江湖上的人听了闻风丧胆，风头一时无两。可惜英雄总有迟暮时，他爹在一次修行中走火入魔，丧失了大部分的修为，然后为了恢复功力，开始盗取茅山外门之术，结果被人发现赶出了宗门。

他爹这些年来老得厉害，一直都在奔波寻找，试图找到一种能够让自己重新回到巅峰状态的法子，好让那些瞧不起他的人看一看。

"我知道你那天被吓到了，觉得我爹好凶恶。不过我告诉你，那些老鼠会的人也不是什么好东西，他们总是做一些见不得人、生孩子没屁眼的生意，发死人财，杀了他们一点也不冤。至于像你爹这样的无辜山民，我爹他只是不想走漏消息，迷魂几日，等事情过了，就会把他给放回去的——我爹做事是有原则的，要不然，你早死了！"杨小懒平日怪里怪气，此刻却将心底的话一股脑儿地说出来了，我唯唯诺诺，心中却在想："好多人命呢，就这样夺走，好吗？"

投桃报李，那一夜我跟杨小懒聊了很多，从我悲催的命运，到十八劫，到青衣老道对我的评语，以及后面的一些事情，我除了老鬼这段掐掉没播，基本上都讲了个明白。

杨小懒对别的都没有什么兴趣，但是对青衣老道和我那两个小伙伴问得最是详细——我感觉她对青衣老道有一种近乎崇拜的情感，至于小白狐狸和胖妞，从小就没有母亲、十分孤独的她则羡慕得要死。

那天晚上，我们两个聊着聊着竟然躺一块儿睡着了。半夜醒来的时候，我瞧见她那蜜色的嘴唇，美得像是天上的仙女。

接着，我发现自己裤裆可耻地湿了。

麻衣老头在第三天的时候回来了，瞧见自家女儿对我的态度亲切了不少，还一本正经地给我手臂上扎银针，颇有些奇怪。父女两人嘀嘀咕咕一些事情，我瞧见麻衣老头不时对我投来疑惑的目光。结果到了晚上的时候，忙完活计的我刚刚躺在石床上，麻衣老头就找了过来，说要和我好好聊一聊。

第三十章 被逼拜师

说实话，这么些天来，我最看不透的就是麻衣老头。

最开始在我的眼中，麻衣老头就是一个十分霸道、凶残的人物，一言不合就杀人，再加上林中茅屋里面的那些僵尸，简直就是一个十恶不赦的恶魔。然而在我被他擒获之后，杨小懒无数次找我茬、羞辱我，对我各种打骂，他虽然不怎么管，但是一旦过分了，还是会出言制止。这些天我跟麻衣老头的交流要多过与杨小懒的，平时我感觉他倒是没有表面上看起来那般凶恶，反而是一个不错的老父亲。

而从杨小懒的角度来看，她的父亲是一个顶天立地的大英雄，只可惜天道无常，练功入了魔，所以才转移法子，依靠这茅山外门的法子来治伤续命，并且奔波各处，就是想要找一个能够恢复巅峰状态的方法。

然而我看到的所有一切都只是表象而已，我这才屁点大的年纪，哪里能够看清楚那纵横江湖几十年的老江湖，于是毕恭毕敬地坐在他的面前，挨着石凳的屁股都是悬空着的。

瞧见我这般服服帖帖的表现，麻衣老头十分满意，上下打量了我一会儿，脸上有笑，平静地说道："我听小懒说，李道子曾经给你看过命？"

我原本不知道麻衣老头为何有这闲心专门过来找我聊，一听他说了这话儿，终于明白过来，于是我点头，将青衣老道对我所有的判定都一一道来。麻衣老头听得十分认真，不清楚的地方还会追问两句，不知道怎么回事，我总感觉麻衣老头没有了平日的冷漠，那张丑陋的脸上虽然纹丝不动，但是一只独眼却闪烁着一种古怪的光芒，显露出了内心中的激动。

当我说完这些之后，麻衣老头深深地吸了一口气，然后问我："不介意的话，我也给你摸一会儿骨，你说行不？"

青衣老道摸得，他自然也是摸得的，我根本抗拒不了，只有由着他做。大体的程序以及手法，两人其实都差不多，不过那个时候我已经十三岁了，有了最基本的反应，被这么一个老男人摸来摸去，实在是一件难受到了极点的事情，特别是这老人身上还有着一股浓郁不散的尸气，熏得我几乎都呼吸不过来，不知道如何形容，总之就是让人作呕。

时间十分漫长，然而他终于完成了这一场摸骨。我瞧见麻衣老头脸上充斥着几近扭曲的笑容，鼻翼张缩，独眼中流露出了难以抑制的兴奋。

不过到底是混迹江湖一甲子的人物，他深吸一口气，终于收敛了激动的情绪，死死盯着我，然后一字一句地说道："二蛋，起初我还不觉得，但是现在越看你越顺眼，咱爷俩有缘，这是上天注定的，所以我想收你为徒，继承衣钵，你可愿意？"

我万万没有想到麻衣老头竟然会说出这么一句话来——我自然是极想有一个师父的，不过在我的心中，要么就是像青衣老道那般顶天立地、厉害无双，要么就是像老鬼一般，谆谆教诲、和善周全。至于这麻衣老头，要相貌没相貌，要本事都是些邪门歪道，而且心狠手辣，一点情义都不会讲，做他徒弟，我肯定是不愿意的。

不过这话我只敢腹诽，因为我晓得一旦说出了口，说不定就要身首分离了。

于是我很坚定地点头说道："徒儿愿意。"这话说着，我便直接跪倒在地，给麻衣老头结结实实地磕了三个响头，一边磕，我心里面一边念叨："你爷爷的，让你二蛋哥给你磕头，可要折你的寿呢。"

麻衣老头忍不住喜笑颜开，摸着我的头，不停地笑："好孩子，好孩子……"

麻衣老头倒也没有什么讲究，而是让我坐起来，缓缓跟我讲道："二蛋，你可知道当初李道子为何要封住你的经脉，不准你修道？"

我摇头不知，当初老鬼给我发蒙，授我道经，我几乎将那三部道经和两部总纲倒背如流，然而却是一点气感都没有，十足的废物，这里面必然是受到了青衣老道当初的血咒限制。不过至于原因，我也只能想到我悲催的命运。

瞧见我懵懂无知，麻衣老头笑了，一拍桌子，愤然而起道："李道子这人就是个伪君子，他那是怕，怕你真正觉醒成形了，为祸人间。然而他费尽心机，锁住你的气脉，却想不到你竟然遇到了我。二蛋，我跟你讲，在你体内的是位大人物，不过它不是李道子那伪君子跟你讲的魔，而是一个能够拯救世间的领命之人，可以颠覆一切。你不应该压抑它，而是要将它的本能释放出来。你今日既然拜我为师，那么我一定会传你一身本领，从此天下之大，谁若逆你、辱你、骂你，你便有本事给他瞧瞧，知道不？"

"这天下间最让我恨得牙痒痒的，恐怕就是你女儿了。"我心中默想着，口中应诺道："全凭师父栽培！"

麻衣老头十分高兴，然后对我继续讲道："二蛋，你既然入了我的门中，便需要清楚我的身份——我叫杨二丑，江湖匪号'邪符王'。跟李道子是师兄弟，同属上清派茅山宗门下，现任掌教真人瞧见我，也得叫我一声杨师叔。不过我这一脉跟宗门不和，也懒得去乱攀亲戚，你知道便好。"

我恭声应是，接着麻衣老头杨二丑又说道："我一身本事，不过若是想要让你尽快走上正途，却只有一本《种魔经注解》可以让你徐徐回归，所以今天先跟你讲解此法，你需要仔细听着。"

麻衣老头倒真是个急性子，不但拜师的仪式十分简单，也不用赌咒发誓，也不用拜见历代宗师，随口允诺便是，接着这还没有喘一口气呢，便开始教我修行之法了。

不过奇怪的事情是，他教的这《种魔经注解》无论是遣词造句，还是运行的脉络，以及观想的声明，都透着一股子邪异，真正跟那功法名字有着几分相似。当时的我虽然心中有几分疑惑，但是想着倘若真的能够有几分本事，说不定就能够逃脱这对父女的魔爪，到时候天大地大，可不由着我二蛋哥纵横？于是我也是用心地学。说来奇怪，我跟着老鬼学道经，十分生涩，往往要讲解无数回方才能够明了其意，而听麻衣老头的经诀，却是一遍就有印象，仿佛直接印在脑子里面一样。

不知道是老鬼教得太差，还是我对麻衣老头教给我的这经文有着一种本能的熟悉。

仅仅一晚我就通学了大半。后面几天麻衣老头也没有再出门,而是悉心地教授于我,督促我勤奋练习,就连给那些僵尸刷油的工作他都包揽下来。这样的转变,倘若是没有什么心思的小孩,恐怕会欢天喜地,然而我却总感觉到哪里有不对的地方。直到一日夜里,我吃了饭之后突然特别疲倦,莫名就睡了过去。然而没过多久,我感觉腹中几股阴寒之气在翻腾,结果把我疼醒了。有意识的时候,发现自己浑身光溜溜的,接着有一把刷子在我的肚皮和下身柔和地抚弄着。

  我没敢睁开眼睛,大致估摸了一下那刷子的宽度,得出了一个让我毛骨悚然的答案——这刷子就是我平日里给僵尸刷油的那一把。

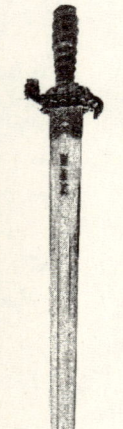

第三十一章 换魂之期

这个结论吓得我魂飞魄散，首先浮现在我脑海里面的想法，就是麻衣老头是不是准备把我也炼成一具僵尸，供他驱使呢？

不过我很快就否定了这个猜想。所谓僵尸，除了时间之外，其实跟它生前的本事、修为有着很大的关系，生前越厉害，死后就越恐怖，而像我这样几乎没有什么特长的普通人，即便是被炼成了僵尸，只怕也就能跳一跳滥竽充数而已。

他杨二丑不但有二十多头僵尸，而且还有一个十分厉害的大个儿，应该是瞧不上我这二两肉。再说了，他若是有心把我炼成僵尸，又何必还要让我拜他为师，传我那门功法呢？我心中稍微淡定了一点儿，突然听到不远处传来了脚步声，听这动静应该是杨小懒的。果然，杨小懒那像香糯米一样软柔的声音随后传入了我的耳中："爹，你这是在干啥呢？二蛋怎么了？"

麻衣老头停下了手上的活计，嘿嘿笑道："他啊，我晚上的时候在他的汤里面加了点料，被我迷昏过去了。"

杨小懒好奇地问："爹，你这是打算干什么？"

麻衣老头在我面前尚且忍得住，在自家女儿面前却放开了心怀，得意洋洋地说道："小懒，你可不知道吧，这个家伙的身体里可藏着大秘密，一旦挖掘出来为我所用，别说是李道子，便是茅山掌门陶晋鸿我也不怕了。没想到啊，我在麻栗山那块儿千辛万苦地找南明古墓，想从那个白莲教楚南舵主那儿寻摸好处，却放着这金山不管。小懒，有了这小子，你爹以后说不定还能够焕发第二春，重归山门，在所有的老家伙身上踏上一万脚呢！"

杨小懒也显得十分激动，似乎在拉着麻衣老头，兴奋地说道："爹，你是准备把他收为关门弟子，然后让他为你报仇吗？"

"不、不、不……"

麻衣老头大摇其头，语气凝重地说道："小懒，爹的日子不多了，要不是这几年来炼尸丹以自用，爹恐怕早就撒手离去了。本以为这次能够挖出那南明白莲教楚南舵主墓，获得传闻中的鬼丸丹，能够再活几年，谁知道麻栗山那边风云际会。我上次回去看，特勤局的人来过了，有那些狗腿子在，任何想法都实现不了。所以我准备安心在这儿教授二蛋，并且在他身上绘制这聚魂神符，只要完成了这个，等到他临开窍的时候，我便兵解附于他的身上，到了那个时候，我便可以重新来过了。"

麻衣老头这般说着，语气也止不住地快活起来，开始憧憬起了之后的美好日子："到了那个时候，我就可以再次修行，然后重归山门。"

麻衣老头无比快活，然而我的心却一直往下沉去——我说这父女俩对我怎么突然一百八十度地大转弯呢，原来并不是我时来运转，而是他们准备把我当成猪来养，等猪肥了就要开宰。青衣老道说得果然没错啊，我这一生多劫，前路坎坷，瞧这一次，可不就是一大劫吗？想着我自己的身子好好的，却要被人鸠占鹊巢，我浑身就是一阵冰冷，心里想着："原来如此，原来如此……"

麻衣老头在我的食物里面下了药，而且他对我这个几乎没有什么修为的小孩儿也没有多少防备心，所以言语轻松。然而他却不知道，我当初在小妮家协助哑巴除掉婴灵的时候，身上中了一缕怨力，不时发作，痛彻心扉，反倒是让我醒过来听到了这一切。

那疼痛一阵一阵，一会儿消解了，药力又涌了上来，我似乎听到两人还在说着什么，意识却止不住地往下沉沦而去。

次日醒来，我发现自己还是躺在石床之上，一切如旧。昨夜发生的事情好似做梦，然而我下意识地将胳膊抬到鼻子间来，细心一闻，却还是能够感受到一股若有若无的腥臭味，这是那尸油刷过之后留下来的特有味道。

想起麻衣老头昨夜所说的话，我心中一阵又一阵地寒战，掀开衣服，看见肚皮上面还没有文上那聚魂符文，不知道后背有没有。

观音洞里面没有镜子，不过水缸那儿倒是能够瞧见。我摸出房间，来到做饭的地方，打一盆水，正准备将衣服掀开打量，这时耳边突然响起一个声音："你在干什么？"

我吓得手一抖，那盆水都要泼出去了，好不容易稳住心神，扭头一看，瞧见杨小懒正俏生生地站在我的面前，一脸疑惑地看着我。

我不敢露出半点儿心虚的样子，笑着问她早，并且说道："小师姐，我准备做早饭呢，寻思着完了再去找你学针灸。"

瞧见我这灿烂的笑容，杨小懒的脸却显得有些阴沉，扭过脸去，莫名其妙地说了一句话："学什么针灸？不学了，学了也没用。"这话说完，她气冲冲地朝外面走去。我望着杨小懒的背影，心中思量，这小妞儿到底没有她爹杨二丑那般老谋深算，绷不住劲，不过也由此可以知晓，我昨天迷迷糊糊听到的那段千真万确。

这般想着，我深深吸了几口气，筹谋起了后面的事情来。

首先，任何事情都非一时之功。麻衣老头想要夺我的身子，必须要让我熟练《种魔经注解》，然后还需绘制好聚魂神符。而这段时间里，我一边要表现得十分配合，一边还要隐瞒住自己的修行进度，让他产生一种时间上的错觉。其次，我一定要在这个时间节点之前逃走，至于如何逃，这是一个大问题，我需要一个时机，一个麻衣老头不在的日子，接着我还要避过杨小懒，以及一直隐藏在暗处的僵尸大个儿。最后，我还要穿过这莽莽林原，找到有人居住的地方，这样才能逃脱出麻衣老头的掌控。

心中大概地计划好了之后，我尽量让自己表现得十分正常，每天依旧做杂役，完了之后便跟着麻衣老头学习。我表现得十分认真，然而理解能力却有限，麻衣老头不疑有异，只觉得我没有打好基础，于是事无巨细地给我讲解了许多修行中会遇到的小问题，并且旁征博引，说起了很多我闻所未闻的事情，让我获益匪浅。

麻衣老头给我上课的时候，杨小懒也会旁听。我和她的关系本来是有所缓和的，然而自从那天她跟自己父亲的对话过后，态度就陡转直下，越发地冷淡了，仿佛我就是一个死人一般。

我心里明白，但还是装糊涂，像是什么也不知道。时间推移，不知不觉又过了两个多月。尽管我一再拖延，但在麻衣老头填鸭式的教育下，我终于还是感应到了一丝灼热的气息从小腹之下缓慢游动上来。我感到害怕，然而麻衣老头却是喜出望外，拉着我的手不停地笑。既有气感，自应勤奋修行便是，然而麻衣老头却等不到那天，开始张罗着给我准备一次药浴，激发潜能。

既然是药浴，那么就需要准备许多药材，神农架林深叶茂，物产丰富，许多药材都有，不过需要慢慢寻药。

麻衣老头说为了不耽误我的修行，他自己张罗这事儿，让我在观音洞中好生待着，不得懈怠。

说是要给我用药浴激发，但是我知道，这应该是麻衣老头完成那聚魂神符最后的一个步骤。一旦成了，恐怕就是我的死期。

在麻衣老头离开的这几天里，我必须逃出神农架。

要么生，要么死，就是这么简单。

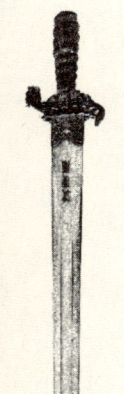

第三十二章 自由，以及林中小屋

时光荏苒，不知不觉又到了冬天。我记得麻衣老头离开的那天早上，天格外地阴沉，远山不停响着闷雷，轰隆隆，轰隆隆，让人的心情无比压抑。

这样的打雷天是僵尸最怕的时候，临走前麻衣老头还特地嘱咐我，让我看好在山洞深处的那些僵尸，千万不要闹出什么幺蛾子来。我满口答应，心中却一直都在盘算着如何离开这里。在此之前，我已经在厨房的角落找到了麻衣老头每次迷昏我的东西，是一种面粉一样的白色粉末。压抑着频率极快的小心跳，我和杨小懒目送着麻衣老头的背影消失于丛林深处，然后用余光看了旁边的杨小懒一眼。

俗话说日久生情，养只狗久了都有感情呢，何况是人？然而杨小懒却没有这种情感，瞧见我瞥她，狠狠地瞪了我一眼，走到我的面前来，拧着我的耳朵骂道："看什么，信不信我把你的眼珠子挖下来？"

我不想惹事，顿时就怂了，说："小师姐，我什么也没看呢。"

"什么也没看？刚才不是拿眼珠子戳我咪咪呢？"杨小懒一脸认真地说道，"你以为我不知道是吧，每一次给我洗衣服的时候，我的内衣你都是洗得最久的，你心里面到底装着什么龌龊事呢？"

杨小懒咄咄逼人，我无言以对，都十五六岁的大姑娘了，却懒得连自己的内衣都不愿意洗，你以为我就愿意啊。

面对着杨小懒的质问，我没有辩驳，只是解释说我要去修行打坐了，便折回了房间。

那日白天，杨小懒几次来到我的房间里，似乎要找我说话，不过我都装作在修行不理睬。她许是得到了麻衣老头的吩咐，也不敢过分打扰我，于是气哼哼地离开。到了下午的时候，我开始做饭。麻衣老头走的时候留下了足够的食物，光鸡蛋就有满满一篮子，我做了一大盘的炒鸡蛋，分两次炒的，小分量的在一旁，大分量的加了料，装盘的时候将小分量的放在了角落。

杨小懒又馋又懒，吃菜不吃饭，那盘炒鸡蛋我几乎都没有动筷子，便被她吃了个干净，她一边吃，一边还喜笑颜开："今天的炒鸡蛋怎么这么好吃呢？"

我心中冷笑，想着你现在吃得欢畅，过一会儿就要哭了。果然吃完晚饭没多久，杨小懒就哈欠连天，等我从厨房那儿收拾完回来，就瞧见她趴在主厅的木桌上睡着了。

那一刻，我全身激动得一阵战栗，一想到老子终于可以海阔凭鱼跃、天高任鸟飞了，血液就朝着脖子上面涌。

几秒钟之后，我平复了心情，缓步走到了杨小懒的面前，凝望着她那一双紧紧闭着的眼睛，眼睑下面的眼珠子没有一点儿转动，呼吸均匀，小脸红扑扑的，睡得正熟。我知道那药奏效了，不过还是有些虚，轻轻喊了两声："小师姐、小师姐？"没有回应，只有轻轻的鼾声。我一颗心终于放了下来，想起这几个月来杨小懒对我的各种恶言恶语，忍不住伸过手去，抓起她的脸就揉。

我一会揉成包子，一会儿又往两边扯开，感觉男女果然有别，这小师姐的脸蛋儿滑滑嫩嫩，一掐就像要出水儿来。

我原本是想要报复来着，结果摸了两把，望着她那娇艳的面容和撅起来的可爱小嘴巴，以及眉目之间的憨态，止不住地浑身发热起来，吞咽着口水，一时间有些发呆。

过了一会儿，我感觉到自己这样有些不对劲了，赶忙停止了这场试探，将杨小懒抱起来放到了她房间的床上，然后开始找我的那把小宝剑和符袋。结果小宝剑很快就找到了，但是符袋却没有了踪影。洞外的雷声还在持续响着，我回头向那边的小道看去，害怕大个儿会出来，便不再寻找，而是将小宝剑放好，回头看了躺在床上的杨小懒一眼，不再停留，匆匆离去。

观音洞悬空而立，位于悬崖半腰，上下都要攀附其间的藤蔓。不过这难不倒我，借着傍晚仅剩的一点儿亮光，我直降三十多米，然后双脚着地伸了一个

懒腰，迎接我盼望了已久的自由。

当然，这只是一个开始，此刻的我已经是破釜沉舟了，如果在路上被麻衣老头抓住，那我是绝对没有好果子吃的。一想起得罪了那恶人的下场，我就浑身不寒而栗，当下也没有再做停留，迈开脚步朝着印象之中的南方走去。

麻衣老头采药的方向是往北，而我则是朝南方，这是我们当初来时的路，虽然过了好久，但是我却依稀还能够认得一点。趁着天还没有完全黑，我夺路而走，马不停蹄，狂奔不休。

差不多走了一个多小时，天已经完全黑了下来。那天的天气特别不好，没有月亮，整个天空仿佛被一张幕布给蒙上，黑乎乎的。我在此之前到达了一条小溪，这溪水宽约一丈，溪流湍急，我那个时候已经失去了方向感，为了防止自己迷路，于是沿着溪水的河滩往下游走。

我当时的想法很简单，有水的地方总是有人家的，我只要一直走，就能够找到通向外面的出路。另外一点，那就是夜太黑了，反倒是溪边能够有一点儿可视度。

寒冷的冬夜，一个少年沿着小溪跌跌撞撞地行走着，那画面想想都有些可怜。然而当时的我，除了一点儿担心被抓到的害怕，充斥在心头的却是满满的快活。

我像风儿一般自由……

我走了大半夜，摔了无数跤，后来疲惫终于爬上了我的身体，我感觉自己的身体越来越沉重，呼吸也开始变得有些困难。终于有一次，我一脚踏空，跌落在了溪水中，虽然我赶紧爬回了岸边，但是半边身子都湿了，冷风一吹，我直打寒战。直到此刻，我终于意识到这样子走下去只怕不行，我还没有走出这大山呢，可能就要累死在这里了。

明白了这点，我变得无比沮丧，脱下衣服将水拧干了之后，继续缓步慢行，没有了先前的拼命。半身湿，冷风吹，我觉得自己肯定无法活着走出这座大山了，然而就在我几近绝望的时候，瞧见前面突然出现了一座小屋。

我顿时就像是打了鸡血，一阵狂奔，走上前一看，果然是一座小屋，茅草顶，旁边搭着一个棚子，前面还开着两垄菜地。

我心里面欢喜得快要炸开了，冲到这屋子的门口，然后开始敲门。敲了两回，第三次的时候，里面传来了一个老奶奶的声音，问是谁。我说我是过路的，在这里面迷了路，掉溪水里去了，又冷又饿，能不能进来讨一口热水喝，歇歇脚。

说这话的时候我忐忑极了，因为这儿荒郊野岭的，半夜里突然冒出一个过路人来敲门，的确是有些唐突，人家未必肯开门。不过就在我不安的时候，屋子里突然有一盏灯亮了，然后发出了窸窸窣窣的声音，过了一会儿，门后面的木闩一松，有一个老奶奶掌着灯出现在了我的面前。这老奶奶有七八十岁了，一脸的皱纹，眼睛里面白的多过于黑的，衣着跟我们龙家岭的老人家差不多，她打量了一下瑟瑟发抖的我，沉默了一会儿，然后说道："可怜的孩子，进来吧。"

我跟着她走进了屋子，发现就两间房，外间放着些农具和零碎东西，杂乱无比，而里面是卧房，关着灯，啥也瞧不见。

屋子里面好像比外面还冷，我一边关门一边跟老奶奶套近乎道："奶奶，家里面就你一个人啊？"

老奶奶拿了一件长衫出来，喘着粗气对我说道："没呢，屋子里还睡着乖孙，他爹和娘被人叫去修水库了，已经走了十天半个月，怕是活不了了。孩子，你全身湿透了，我这里有孩他爹的一件衣服，你先换上吧。"我接过来，是白色的长衫，心中不由得有些奇怪，这式样好像是解放前的，怎么还有人穿呢？

不过我也不作他想，点头称是，然后看了她一眼，老奶奶就笑了，说："这孩子，还挺害羞的，行，奶奶进里屋去，你穿好进来啊。"

我摸了摸脑袋，不好意思地笑了，脱衣服开始换，结果一蹲身，瞧见左脚上面不知道怎么回事，竟然沾了一张纸钱。

第三十三章 燃魂点灯

瞧见这纸钱，我有些发愣，不知道是什么时候踩上的。

这边的纸钱跟我们那儿不一样，我们那儿的是黄色糙纸，方方正正，用印子印上三排，然后三张叠在一起，算是一套，而我脚跟下的这纸钱却是那种圆形的，跟铜钱一样。不过不管怎么说，这纸钱是阴钱，死人用的，发送且不说，路上遇到了，最好绕开点，这是忌讳，免得被死人觉得你把它的钱带走了，到时候来缠你。

断人财路，如杀人父母，到时候真缠上来，实在不好。

我也不知道荒郊野岭的为什么会这么倒霉，小心地取下来，作了两回揖，然后开门把这纸钱抛出去，一阵冷风吹来，那纸钱晃晃悠悠地飞走了，还迷了我一眼。

这边有动静，里屋的老奶奶问怎么了，我怕人家嫌晦气，没敢说实话，只是说风有些大，我把门锁好点儿。

里面没音了，我赶紧把衣服换上，没想到还挺合身，仿佛专门给我定制的一般。干衣服比起湿衣服来说，自然是舒爽很多，我抱着湿衣服走进里屋，瞧见老奶奶坐在床上，旁边有一个襁褓，裹得严严实实，她一边摇一边哄，唱着当地的儿歌。

我望了那襁褓一眼，没敢细看，只是在旁边赔笑道："奶奶，这儿是哪里啊？"

老奶奶诧异地看了我一眼，眼神中流露出了浓浓的狐疑，过了一会儿，她才缓声回答道："我们这里啊，是神农架啊。"我点头，说："我知道这里是神

农架,但是我想知道这里具体是哪儿,我往哪儿走能够走出去,到附近的公社或者县城。"

她点了点头,说:"哦,这样啊,我们这里是下谷坪,公社往东走二十多里山路就到。至于大的,老婆子我也不太晓得,上次听宣传的干部讲,我们这里划归了郧阳地区革命委员会管理。"

她说完这话,我就放心了,还有二十里我就能够出山了,到了公社,我把情况讲一下,到时候自然有公家人送我回去的。心中的担忧少了,但是那疲倦却涌了上来,我跟这老奶奶寒暄了几句话,她瞧见我这般困,指着另一边的一铺床对我说道:"这里空着一铺床,我看你这么累,天黑又不好赶路,要是不嫌弃,先在我家里歇一会,到了早晨,吃点东西再上路。"

不知道是不是太困了,我的思绪都有些飘忽,听到老奶奶这么热情,我的心中不由得一阵温暖,朝着她鞠躬道:"奶奶,谢谢你,我躺一会儿,天一亮就走。"

老奶奶摆了摆手,露出了慈祥地微笑:"你莫客气,出门在外,哪里有什么好讲究的,有瞌睡就睡呗,与人方便,自己方便。你把湿衣服晾起来,天亮的时候,差不多就干了。我哄一下孩子,你自己忙哈。"

老奶奶说得随便,我便将还有些湿气的衣服拧了拧,然后挂在屋子里的麻绳上,忙完之后,也没有再跟那老奶奶客气,而是躺在了旁边的床上,和衣而睡。老奶奶十分贴心,等我躺下了之后,才将灯吹熄了,轻轻哄着孩子睡觉。

说是哄孩子,但是从我进到这屋子里面来,那孩子都没有哭一声,实在是太乖了,弄得那襁褓里面像包着个假人儿一样。

一夜奔走,摸爬滚打,我疲倦欲死,整个人都变得昏昏沉沉的了。不过不知道怎么回事,每当我就要闭上眼睛的时候,脑海里都会浮现出刚才被风吹走的那纸钱,晃晃悠悠,一直都在黑暗中飘荡。我一开始还并不在意,只是抱着胳膊,感觉到越来越冷。过了一会儿,我觉得可能是我太累了,心神不宁,于是在心里面念起了清心宁神的咒诀,这才将那不断加快的小心跳给抚平了一些。

没过一会儿,困意袭上心头,我便顾不得许多,长长伸了一个懒腰,睡了过去。

按理说我疲倦欲死，眼睛一闭一睁，应该就是白天的。然而不知道为什么，我总是做着各种噩梦，翻来覆去，一会儿出汗，一会儿呼吸急促，总是不安稳。如此不知道过了多久，我感觉全身冰冷，下意识地坐了起来，睁开眼睛，瞧见黑暗中那老奶奶正站在我的床头，认认真真地看着我。

我被吓醒了，心怦怦跳，好一会儿才回过神来，问道："奶奶，你怎么了？"

老奶奶没有回话，而是认真地看着我，我被看得发毛，突然感觉到浑身发冷，原本封闭的小屋变得无比宽敞，四处都是风。还没有等我往四周打量，就瞧见老奶奶那张满是皱纹的老脸开始变得扭曲，一双眼睛里流出了两行血色泪水来。

平白无故地，两行泛着亮光的血泪突然就流了出来，当时那场面简直让人崩溃。我不知道发生了什么事情，"啊"地一声大叫，想要从床上蹦起来，然而我发现自己根本动不了。

老奶奶原先给我换上的那件白色长衫将我死死地绑在了床上，让我根本就动不得，无论怎么用力，除了那床脚咯吱咯吱地摇晃着，一点用都没有。

我心慌意乱，已经完全没有了主意，就只有看着那老奶奶缓步走到我面前来，将那张麻木的脸就凑到了我的面前，一双眼睛死死地盯着我，仿佛凸出来一般。而我们就这么面对着面，我却感受不到她的一点呼气，也没有一点儿温度。

过了好一会儿，我以为自己快要吓断过气去的时候，那老奶奶的脸上露出了一丝诡异的微笑，然后她突然说话了："你知道我儿子和儿媳，到哪儿去了吗？"

我拼命摇头，哭着说道："我不知道，不知道——奶奶，你放过我吧，我好久没有回家了，我想我爹，也想我娘和我姐姐。"

"放过你？那谁来放过我们呢？"老奶奶幽幽地说道，"我儿子儿媳年纪轻轻，被他们拉去修水库，结果他们触动了水王爷，哑炮炸了，两个人都被压在了岩石块里，粉身碎骨，连尸体都找不回来。我有三个儿子，大子被拉去打小日本，就再也没有回来过；二子被拉了壮丁，跑到了台湾，人倒没死，我们家却变成了国民党家属；三子又死了，连魂都没有回来。他回不来，我只有把你的魂点燃，引他前来，只有这样，我们一家人才好一起上路啊。"

神经病啊！

我顿时就一股怒火涌上心头，气得要死，破口大骂："滚蛋，想拿你二蛋哥的命去换你那死鬼儿子？没门！你有儿子，我就没有父母吗？这么大的人了，该上路就上路呗，一个人害怕吗？"

我一边骂，一边拼命扭动着身子，那老奶奶的脸也变得越发恐怖起来，一对眼珠子凸出来，牙齿白森森，一双手伸过来掐我的脖子，厉声喊道："我说行就行，杀了你，我点燃你的魂，我儿子就可以回家了！"

脖子被掐，我顿时感觉头晕目眩，浑身冰寒，那气息一点一点减少，而就在我以为自己即将要死去的时候，突然怀里面有一道金光迸射出来。

这金光充斥在了我的视野之中，而我也仿佛被一个大锤击中了胸口一般，两眼一黑再次昏死过去。

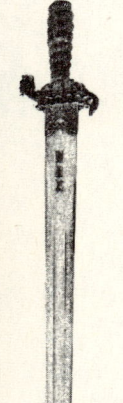

第三十四章 逃亡被抓

第二天，我被冻醒了过来。

睁开眼睛一看，我没有看到屋顶，而是铅色低沉的天，下意识地坐起来，才瞧见原本的小屋还在，不过断墙残垣的，不知道破败了多久，我的衣服在一根绳子上晾着，风吹的时候，不断飘扬。而我低头一看，却瞧见自己身上穿着的哪里是白色长衫，分明就是死人的寿衣，脏不拉叽的，都不知道是从哪儿扒出来的呢。

那冷风一吹，好几张纸钱在空中飘扬，我瞬间明白了，我昨夜遇到的并不是什么小屋，而是一个老鬼，要不是青衣老道留给我的小宝剑，只怕我就要交代在这里了。

一想到我身上的这衣服有可能是死人穿过的，我浑身一阵鸡皮疙瘩，连撕带扯终于脱掉了，然后将自己的衣服穿上，接着我上下左右摸了一圈，心中发凉。

昨天救了我一命的小宝剑到哪儿去了？

我到处找着，心神慌乱，然而这个时候，屋外突然传来一个清脆的声音："你在找这剑吗？我帮你收起来了。"

我抬头看去，瞳孔瞬间收缩，瞧见一身绿衣的杨小懒竟然出现在了我的面前，一脸寒霜，冷冷地瞧着我。我被这娘们整治了小半年，有一种下意识的畏惧感，一瞧见她走出来，我的心就直往下面坠，也不敢说话。两人沉默了一会，杨小懒挑眉骂道："好你个陈二蛋，当真是咬人的狗不叫啊，我真的以为你蔫不拉叽的呢，哪里晓得你小小年纪城府居然这么深，腹黑得很啊。等待了这么久才趁机逃走啊？我爹对你这么好，你这样做对得起他吗？"

我心神大乱，不过还是勉强解释道："我、我、我想我爹娘了，快过年了，我要回家过年呢。"

这话一开始说还有些别扭，然而到了后面，我却越发地当了真，指着杨小懒说道："马上要过年了，你有你爹在身边陪着你，而我呢，凭什么我不能回家跟我爹娘过年呢？"

杨小懒一开始还趾高气扬，然而听到我这话儿，反倒觉得说不过我，自个儿理亏了。不过这小娘们从来都不是一个讲道理的人，说不过她便直接来横的，一步踏前，扬着手上锋利的小宝剑说道："不管你怎么讲，反正你就是逃跑了，要是让我爹晓得，还不把你吊着炼成僵尸啊？你跟不跟我回去？"我倔强地昂着头，坚定地说："不，我要回家，就算是死，也不跟你回去。"

瞧我说得眼泪水都要冒出来了，杨小懒一点儿感动都没有，而是气势汹汹地走上前来，大声喊道："那就打死你吧！"

她冲上前来，我却夺路而逃。杨小懒自小就跟这麻衣老头修行，她最得那老头子的喜爱，不知道喂了多少天材地宝、灵丹妙药，根本不是我这种刚刚入门的小子所能够比的，我就算是跟她硬拼也根本打不过。

而且我昨夜遇鬼，身体本来就虚弱得很，猛然这么一转身，顿时两眼一黑，没有跑两步就直接栽倒在了地上。还没爬起来，杨小懒就一屁股坐在我的头上，伸手一绞，我的双手就被她拿住了，接着我脑袋埋在泥土里，屁股被那小娘们狠狠地揍着。

啪啪啪、啪啪啪……

杨小懒这回可是用上了劲儿，她本身力气就大，三下两下，疼得我脸直抽搐，不过我在她面前又好面子，忍住疼就是不喊。过了好久，杨小懒打累了，鼓鼓的屁股离开了我的脑袋，把我给掀起来，恶狠狠地威胁道："你再敢逃，我下次就不跟你客气了，直接把你这两条腿给锯了，信不信？"我看着她那邪恶的笑容，顿时就蔫了，心中忍着恨，嘴上则屈服道："好了，我知道了，以后不敢了。"

瞧见我服了软，杨小懒脸上这才露出了一点儿笑容，用脚踢了踢我，问我

能够起来不。我爬起来，感觉屁股至少肿了一圈，走了两步一个趔趄，差一点儿又摔倒在地，快要哭了："你就不能打得轻点儿？"

杨小懒仰着头，嘿嘿笑，说："不打重一点，你怎么记得住教训呢？"说完这话，她环顾四周，指着我刚刚换下来的那件寿衣说道："你啊你，跑就跑呗，没事怎么还在这里过夜？这儿三方汇聚，五阴走齐，怨灵不散，风吹回绝，是个大凶之地，在这儿你能睡得着？"

我苦着脸，指着她手上的小宝剑道："别提了，我昨天真遇到鬼了，要不是这把小剑，我只怕就看不到今天的太阳了。"

杨小懒飞过来一脚，直接踹到了我的屁股上面，大声威胁道："赶紧走啊？我不知道今天会不会出太阳，但是我知道，如果我爹回去的时候看不到你和我，你反正是看不到明天的太阳了。"

这骄蛮的少女在我身后大肆威胁着，我想起了麻衣老头杨二丑的那张冷脸，心中不由得生出了许多恐惧来，一边往回赶，一边恳求她高抬贵手，把我当做一个屁，直接放了就好。

然而这话又惹得杨小懒一顿抽，噼里啪啦，身上又多了几分乌紫。

祈求无望，我也不再低声下气了，只是埋头赶路。昨天夜里我走得急，但其实因为太黑的缘故，所以并没有走多远。别看杨小懒整日都在睡觉，但是对这一带的地形最是熟悉，她在前面领着路，七转八转便回到了我们上次回来的道路上。这时候的我心中已经断了逃脱的念想，感觉自己就像孙悟空，费尽心思也逃不出如来佛祖的手掌心。

我沉默不语，杨小懒倒是显得十分开心，不断地追问我昨夜遇鬼的经历，听完之后笑得花枝乱颤，不时还掏出那个皮鞭子来，在空中扬一下，甩出一个炸响。瞧见野兔子还去追，没多久就刨出两只准备过冬的肥兔子来。

杨小懒是出游踏青的，而我的心情则是被押送到刑场，就等着吃一颗花生米，好来世投胎了。

这路说远不远，说近倒也不近，我们走到了中午时分，才赶回了观音洞所在的那一片山区。到了这儿，我感觉自己的每一步都变得无比沉重，而杨小懒也不说话了，时而会偏过头来，睁着一双水灵灵的大眼睛打量我。

她也许是怀疑我晓得了麻衣老头的计划，或者是别的什么，不过我连大气都不敢出，小心翼翼地走着，生怕这小娘子一个气不顺就又给我一顿毒打。要知道，走了足足三个多钟头，我的屁股还在疼呢。

　　终于，在天空上露出了一缕阳光的正午时分，我们回到了观音洞前，我四处打量了一下，不像有人的样子，心里念叨着："杨二丑，你个龟儿子千万别回来，要不然二蛋哥就惨了！"

　　我一边在心里嘀咕，一边攀着绳子爬上去，而杨小懒则在后面跟着，时不时地还催促我两句。

　　我爬上了观音洞，瞧见大厅里空空荡荡，心中不由得一松，拎着杨小懒的猎物往厨房那儿走去，然而还没有走进厨房，旁边突然出现了一个佝偻的黑影，挡在了我的面前。我吓了一跳，后退一步，只见麻衣老头竟然背着手站在我的面前，面无表情，那一只独眼死死地盯着我。

　　他的声音好像是挤着喉咙发出来的一般："二蛋，你到哪里去了？"

　　我被问得浑身发麻，僵直在了当场。

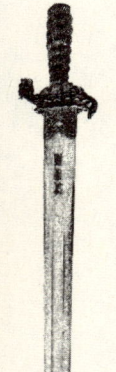

第三十五章 化茧成蝶

我原本以为麻衣老头要进山好几天,没想到第二天就回来了,而我却被抓了个正着,当时脑袋就短了路,不知道说什么好。

就在这个时候,一直对我又打又骂的杨小懒却站了出来,对她爹说道:"啊,我在这洞子里待得烦闷了,就带着二蛋出去转了一圈,还打了两只肥兔子。爹,一会儿中午做兔子汤啊,过冬了,可肥了呢。"

杨小懒聊家常一般地说着话,我不知道她为何要帮我,不过麻衣老头那紧绷的脸色却松动了一些,确认一般地又问了我一句:"是吗,二蛋?"我忙不迭地点头,笑着说道:"是啊,小师姐可厉害了,只要是入了她的眼睛,什么都逃不掉。过冬了,这兔子肥,一会儿我弄好,给师父您尝尝鲜。"麻衣老头点了点头,不再追问,而是回头吩咐了一下杨小懒:"最近外面形势变动,特勤局的人跳得厉害,你以后出去的时候最好给我留一个信,知道了吗?"

杨小懒满不在乎地摆了摆手,说:"好了,好了,我知道了,以后我叫二蛋留便是了。你呀你,太谨慎了,什么都小心翼翼,一点都没有邪符王的威风。"

杨小懒伸了一个懒腰,回到了她自己的房间,而麻衣老头宠溺地看了她一眼,回过头来跟我认真地说道:"二蛋,这一次还真的是凑巧,基本上药材都准备好了。你今天什么也不要练,放松一点,明天我就给你洗髓伐经,知道不?"

我心中发苦,脸上却露出了惊喜的表情,说了几句欢欣雀跃的话,然后拎着那两只肥兔子到厨房去了。

接下来的一天,我都有些魂不守舍,连那两只兔子都没做好,杨小懒拎着我的耳朵骂,说是不是盐不要钱呢。我心中在哭泣,然而却还是装作若无其事的样子，晚上安眠之前又流了一回眼泪。

次日醒来，我瞧见大个儿僵尸在厨房劈柴火，它拿的是大斧子，雪亮的斧刃往下一斩，两人腰身一般粗的树干就被劈成了两截，再一斩，又对半，三下五除二，就是一大堆。我被麻衣老头叫到观音洞的深处去帮忙，那是一个我从来没有到过的小厅，正中间有一个巨大的石釜，圆底无足，下方有一个凹型火坑，里面正烧着熊熊的烈火，将洞中寒气一驱而光，而麻衣老头则在旁边调配起了各种各样的材料。

这些材料品种繁多，有矿物质的三仙丹、黄丹、砒霜、无名异、赤石脂、磁石、石灰、丹砂、雄黄、云母、滑石、阳起石、不灰木，有药材的八宝、虎杖、十大功劳叶、百合、千斤草、猴头藤、鸡血藤、狗耳朵草、猪沙沙草、天南星、地骨皮、血见愁、千日红、春辛草、夏枯草，如此种种，又有无根水、阴巢土等。这些都需要分门别类依次而放，他一个人根本忙不过来，不单是我，就连向来都是甩手掌柜的杨小懒都被他拽了过来。

麻衣老头为这一次的药浴准备良久，那石釜传热并不好，地下的火足足从早上一直燃到了中午，里间的药材也煮熬过了大半，他才停火，然后让我脱光衣服。

杨小懒一点儿回避的意思都没有，我从小在溪水里光屁股长大，本来是没有什么羞耻感的，只是那个时候已经开始发育了，我越发觉得自己那玩意儿丑陋，不敢露出来。

如此磨蹭了好一会儿，麻衣老头回过头瞪了杨小懒一眼，那小娘们才露出洁白的牙齿一笑，然后离开。

杨小懒走了之后，麻衣老头忙活起来，给我从头到脚涂上了薄荷汁，以及香气四溢的冷油，就连指甲缝里都没有放过。他一边涂，口中一边念念不休，仿佛在完成某种仪式。完了之后，他抓着我的胳膊，一脸严肃地问我："二蛋，那《种魔经注解》最后一句话，你可记得？"我点头，复述道："……我欲成魔，身心皆奉，克心抑性，杜绝所有加诸罪身的痛苦，痛乃存在，乃爱，乃无所不在的关怀，我欲成魔，奈何奈何！"

听到我一字不差地复述起以上文字，麻衣老头点了点头，很认真地告诉

我："记住，当你痛苦的时候，这是上天对你独有的爱，你幸福，整个世界便也圣光生出。"

我很坚定地点了点头，下一秒，就感觉我的脖子被麻衣老头像揪小鸡一样地抓起来，然后朝着上方一抛。

我呈现出一个歪曲的抛物线，掉落进了那滚烫的石釜之中。

这石釜里面的药汁足足煮熬了一个上午，虽然刚刚撤了火，但是里面的温度绝对超过八十度。我在即将入水的那一刹那，听到麻衣老头大声喊道："闭上眼睛！"我下意识地遵照做了，结果下一瞬间，便感觉自己整个人像是着了火一样，每一寸皮肤都在吱吱作响。

整个人烧着了会是什么样子？

我不知道。在那一刹那，我几乎以为自己已经死了，然而随后又感觉到了一丝清凉。这灼热的世界中，陡然间的一丝清凉就像溺水者所能够抓到的最后一根稻草，我用力抓住了它，将所有的心神都集中其上。接着我又终于重回了人间，感觉这一丝清凉瞬间扩大，将我整个人包裹成了一个茧。身体依旧灼热，肌肤仿若剥离，然而我却能够看到，希望还在头顶高悬着。

几乎是出于本能，我开始在经脉中运行起了麻衣老头教授给我的《种魔经注解》，当初所有让我觉得千奇百怪、不可思量的脉络，竟然在这一刻自动连接。

世界仿佛一层膜，一捅即破，接着我感觉自己的身体里仿佛孕育出来了一个小生命。

种魔，种魔，我身体里面，已经种上了一个"魔"。

百脉畅通，舒畅无比。

这感觉仅仅只是一刹那，接着无数的热意又要将我吞噬。不过那个小生命似乎源源不断地开始回馈出一种让人惊讶的力量，使得我没有被这滚烫的气息打败。我几乎忘记了呼吸，只是通畅地运行着《种魔经注解》，这种感觉好像是便秘之人突然一泄如注。我像个婴儿，在装着古怪药汁的偌大石釜中，静静地吸收着所有的药材精华，让自己的身体接受洗涤——后来我才知道，那种感觉叫做入定，是一种能够忘我、忘它和忘神的至高境界。后面的事情，便想不起来了。

一切的一切都化作了乌有，仿佛死一样的寂静，又如同得道了一般，静谧祥和。

我的意识再次恢复，居然又是因为腹中的一阵剧痛，这是婴灵在我体内最后的一点力量，纠缠不休。正当我即将要睁开眼睛的时候，却听到了旁边一声长叹。

这声长叹让我感觉自己被人注视着，有一种从里到外的透明感。

我听到杨小懒问麻衣老头："爹，他是不是扛不过去快要死了？"麻衣老头长叹一声，沉重地说道："不愧是它，竟然能够撑得住。小懒，爹问你一件事情，这小子是不是私自跑了，然后被你给逮回来的？"

杨小懒支支吾吾，不过麻衣老头人精一般，立刻晓得了事情的过程，语气变得更加严肃了："看来他应该是晓得了一些东西，那么，我们的计划要提前了啊！"

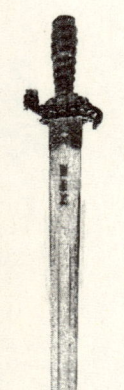

第三十六章 地包天

计划？是让我身死魂消、夺身而替的那个恶毒计划吗？

再一次被婴灵残怨给弄醒的我，先是恐惧于麻衣老头的老到毒辣，又听到这话儿，心中一阵发紧——不知道为什么，本来应该是报复我的那婴灵残怨竟然两次都在紧要关头发作，让我能够识破麻衣老头的阴谋，难道这里面还有什么纠葛不成？

我无心多想，只是听杨小懒有些吃惊地说道："爹，你不是说这小子还要一两年的修行，才能够达到你的期值吗？"

麻衣老头喘着粗气说道："我原本想着可以，然而现在不行了。我最近越来越感到身体崩溃了，随时都有可能不行。而这小子在经过洗髓伐经之后，修为却能够突飞猛进，他的身体跟常人不一样，他身体里有魔，即便是符阵也困不住，反而会触导那魔提前觉醒。而他如果真的意识到我在利用他，只要一年时间，无论是你还是我，都制不住他了。所以，我必须走捷径——上次我跟你讲的那个南明墓，凤凰王家在几十年前曾经有人去过，只不过没有真正进去，里面据说有一颗'护魂珠'，如果真的如此，我便可以完成聚魂神符，换魂成功了。"

"爹，如果换魂成功了，那你是不是就变成了他？"

"对的，到时候我就恢复了年轻，可以再来一次了——孩子，青春是这世界上最珍贵的宝物，只有失去了，才懂得它的可贵，所以你也要珍惜。他还有三天才会醒过来，一个星期恢复，趁这时间，我去一趟湘西，看一看能不能把那件事情敲定下来。小懒，我走的这些天里，你照顾好这小子，让他尽快恢复过来,但是不要让他再跑了,知道吗?"

两人嘀嘀咕咕好一会儿,杨小懒表示自己从来都不会照顾人,连饭都不会弄,而麻衣老头则说他临走时会蒸一大锅的馒头,不会让她饿着的。

他们的话音渐渐低沉,而我的意识也慢慢陷入到黑暗中去。

不知道过了多久,我再次醒过来的时候,发现自己被白色布条像裹尸体一般地包裹着,静置在一块暖石上面,浑身都痛,那皮肤像是被剥开了一般。睁开眼没多久,杨小懒就凑过来,打量了我好一会儿,展颜一笑,说:"二蛋,不错啊,眼睛变得漂亮了很多呢。"

我不想表现得通晓一切,一边喊痛一边哭,问到底怎么回事。杨小懒被我弄得有些烦了,直接甩了我一巴掌,然后扭着屁股离开。

整整两天,我躺在那暖石上面水米不进,饿得前胸贴后背,杨小懒仿佛忘记这里面还有我这么一个人一般。我没办法,只有默默地修行和观想,试图通过转移注意力来抵抗饥饿。不过不吃不喝,下面却还是会出来,这个东西是人的意志所控制不住的,结果到了第三日杨小懒进来的时候,整个石洞里面臭气熏天,杨小懒哪里受得了这个,扔给我一碗稀粥,捏着鼻子又跑了。

我是在意识苏醒后的第五日恢复了自理能力,艰难地爬起来,回望着这些噩梦般的日子,心头无端生出了许多的恨意。

这五天里,杨小懒就给我送了六次饭,一律稀粥,然后就不管不顾了。我就像蛆虫一样地生活着,身体僵硬,吃饭需要一点一点地舔舐。包裹在布条下面的皮肤像是钻进了无数的蚂蚁或者虫子,那种旧皮脱落、新皮复生的痛苦让我几乎要发疯,然而却不得不清醒地忍受着。所以可以想象得到,当我能够爬起来,将布条撕开,将那结痂的老皮一点一点地撕下来的时候,那种心情得有多么畅快。

将全身的老皮都扯下来的时候,我感觉自己好像是脱胎换骨了一般,整个人变得无比精神,而浮现在我脑海里面的第一件事情,竟然是将杨小懒这个恶女人给杀了。

这种感觉无比强烈,我像一个鬼怪一般跟跟跄跄地走出那个臭气熏天的洞子时,却瞧见我最憎恨的对象正抱着一个男人的胳膊撒娇。

麻衣老头杨二丑回来了，一切仿佛都是命运的指引。

瞧见我赤身裸体地出现在了大厅里，麻衣老头表现得无比高兴，他对我表示了祝贺，并且告诉我，说我现在才算是真正走上了修行之路，从此之后，只要不出意外，江湖之上一定会有"陈二蛋"这么一号人物。说完这些，他另外还告诉我一个好消息，等我养好身体之后，他会带着我以及我的小师姐杨小懒再次返回麻栗山，去一座古墓之中寻找一种丹药，如果成功了，不用几天我便能够出师，到了那个时候我便可以回家拜见爹娘了。

麻衣老头的脸上充满慈祥，仿佛一个桃李满天下的慈师，然而因为当时的我实在是太脏太臭了，所以他不得不与我保持一段距离。

我对麻衣老头表示了十二分的感谢，然后自己来到水缸前，大冷天的外面都在飘雪，我自己用冰水一点一点地冲洗。

我告诉自己，这是命，是劫，也许我陈二蛋扛不过去，但只要我还活一天，还能够呼吸，就要跟这操蛋的命运作抗争，至死不休。

我休养了三天，这三天几乎不用我干活，麻衣老头给予了我贵宾级的待遇，等到我终于恢复了正常，他也准备好了行装。出发之前，他把那把小宝剑从杨小懒那儿要来还给了我，并且郑重其事地告诉我："二蛋，这一次事关重大，关系到你一辈子的命运，所以你一定要重视起来。你现在已经有一定的力量了，剑给你，希望你能够用来保护好自己。"

我点头，接过剑，千恩万谢，却没有瞧见他将青衣老道留下的符袋还给我。

这说明符袋的价值要远远超出我的想象。

行路一如来时，不过这一次麻衣老头除了那个壮如猩猩的大个儿僵尸，其余只带了十二只，听说是要作为引路者的酬劳。我心想麻衣老头这一次还真的有点儿孤注一掷的意思，要知道，他或许曾经辉煌过，但是要维持现在的状态，其实都是靠了这些僵尸的死气，一下子将大半身家送人，可见他对此行下了多少重注。

我有的时候被逼急了就琢磨着，实在没办法我就将自个儿弄死算球，让你个龟儿子啥都得不到。嘿嘿，到时候看你傻眼不？

那段时间我感觉自己活得压抑极了，整个人都陷入了一种双重性格之中，这或许对我以后的行事产生了许多影响，不过当时的我也来不及深想。我们依旧是昼伏夜出，尽量避开人群密集的场所，在深山野林中窜遛。相比来时，我已经变了许多模样，人白了，眼锐了，整个人精神十分，活脱脱的小牛犊子。

走了十来天，山势更密，麻衣老头告诉我们，快到我的家乡麻栗山了，不过我却认不得这是哪儿。

一天夜里，我们走到了一个山口，麻衣老头看了山壁上的印记便没有再走，而是就地扎营。过了几个时辰，林中有身影晃动，一会儿，从那儿走来了一矮个汉子，脸白皙，有麻子，两撇小胡子，一双眼睛滴溜溜地转，像只老鼠。碰了头，寒暄过后，麻衣老头为我们介绍："这是我女儿小懒，这是我徒弟二蛋。嘿，这是地包天，姓王，叫王叔吧！"

我和杨小懒恭恭敬敬地喊道："王叔好。"

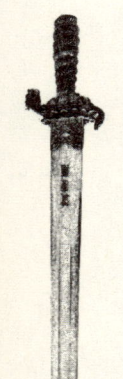

第三十七章 勾心斗角

杨小懒在我面前是霸道小魔女，然而在外人面前却乖巧得很，这甜甜的一声"王叔"，喊得面前这个精干矮小的男子喜笑颜开，忙不迭地摆手说道："别这么说呢，杨老前辈名满江湖的时候，我都还没出生呢。不敢当呢，不敢当。"

他说完，向麻衣老头拍胸脯："符王，您能够找到我，而且还这么慷慨，我地包天不胜感激。俗话说'士为知己者死'，下面的事情，一定会尽心尽力的，您放心。"

这个黑衣劲装打扮的矮个儿汉子倒是个知颜色的人物，虽说那落地凤凰不如鸡，走火入魔的邪符王虽然已经趋于平庸，但是江湖地位在那儿，高高抬起总比理所当然地接受要让人感觉愉快。果然麻衣老头的脸上露出了高手特有的那种风轻云淡的笑容："好汉不提当年勇，过去的事情都过去了，不提也罢。今天既然大家走到一起来了，就要把劲儿往一处使。我们刚来，什么事情都不了解，你坐，给我们讲一讲最近的情况。"

麻衣老头引导着地包天坐下，黑灯瞎火的也没有什么好讲究的，地包天随便找了一块石头，刚刚坐好，便告诉我们："前辈，上一次您和老鼠会的纠纷闹得有点大了，他们的人过来找了两次，后来还跟官面上的人有了冲突，这才消停一点。不过您在麻栗山炼尸的事情曝光了，上面查得严，据说虎门张晓涛都被调过来了。我建议您最好还是再过几个月，等风声小了，我们再行动，您觉得如何？"

麻衣老头连连摇头，说道："等到那个时候，黄花菜都凉了。富贵险中求，我们夜里行动，神不知鬼不觉，倒也不会有什么意外。只是那墓，你确定地方了没有？"

地包天摸了摸两撇胡须，然后看了一眼旁边那十来具僵尸，咽着口水说道："当年我爹能够进得那墓，也是机缘巧合，虽然得了些好处，但是惊惶而逃，十三个兄弟相继都因为各种意外而死，只有我爹行修鬼道，方才存世。为此，他从来保持缄默，不过我在他的箱底里倒是翻出了一些当年的记录，有心琢磨，倒也有些收获。后来接到了您的消息，方才用心寻找，大约能够确定了山头，只是……"

他低着头长吟不止，这是在坐地加价，麻衣老头的眼中闪过了一丝狠戾，随即收敛，脸上露出如和煦春风的微笑来："此行的确凶险，这样吧，除了这十二只僵尸，我还余一些放在了神农架，如果一切顺利，墓中财物皆归你不说，那些僵尸也都由你领走。重现你王家当年辉煌，皆在于此，你说可好？"

地包天脸上露出了欣喜的笑容，拱手说道："杨老前辈慷慨，那小的就却之不恭了，一会儿劳烦您将这控尸的手段给我交接一下，接着我们立刻出发，争取今天晚上就把事情给办成了。"

两人又是搂肩膀，又是笑嘻嘻，然而我却能够瞧得出这和煦春风背后的寒冷，想着这地包天的名号到底还是叫错了，他应该叫做胆大包天才对——胆敢勒索心黑如墨的麻衣老头，他到底是有真本事，还是不知死活啊？

这般勾心斗角的谈话结束之后，两人便走向了旁边的那十二只僵尸，开始交接起来。我和杨小懒在远处待着无聊，便小声地问起话来："小师姐，你说这地包天怎么这么大胆，尽然敢说出这样的话来？他就不怕师父他老人家翻脸啊？"

杨小懒一把扯住我，义正辞严地说道："拿人钱财，替人消灾。那墓中的物件，对你和我爹极为重要，特别是你——所以那些僵尸，即便是我爹养了十几年，也没有什么好吝惜的。"

她说得冠冕堂皇，一本正经，反倒让我生出了好多疑惑来，下意识地抬头瞧去，看见远处的地包天有意无意地朝着我们这儿瞟了一眼，笑容若有若无，心中不由得一阵惊讶，没想到这个地包天看着圆滑有礼，却也是个不好惹的高手啊？

我捏了捏拳头，不再说话，旁边的杨小懒狠狠地瞪了我一眼，脑袋转到了别的方向。

我默然不语，从神农架出来的这些天里，我已经感受到了《种魔经注解》在我身上的变化，也感受到了药浴对我的作用，无论是体格，还是精神，都有着质的提升，自觉有了一些反抗之力。然而在这一刻，我才晓得这天下之大，高手林立，修行的道路上，我还需要走很远、很久，方才能够跟我面前的这些敌人并立。

麻衣老头和地包天两人在山口转角处商量了好久，过了一会儿，麻衣老头过来告诉我们，说他和地包天先去把这些僵尸给存放起来，然后跟我们一起出发。

两人离开，留下了我和杨小懒，以及僵尸大个儿在附近的林子边等待。我心情郁闷，蹲在那儿不说话，而杨小懒却有了聊天的兴致，走过来踢我的屁股，招呼道："二蛋，知道刚才我为什么瞪你不？"

我摇头说不知道，杨小懒谨慎地朝四周打量一番，让大个儿挡在我们的前面，然后低声说道："像地包天这样的角色，若是以前，我爹连正眼都不会瞧他一下。不过虎落平阳被犬欺，不得不委曲求全。那个家伙身上带的小鬼能够耳听八方，所以你最好不要乱说话，小心隔墙有耳。"

带小鬼？我有些不明白，杨小懒瞧见我懵懂无知的模样也懒得解释，只是告诉我："就是他能够跟看不见、摸不着的鬼魂交流，而那些脏东西就在我们身旁，防不胜防，所以你自己小心些就是了。"

我点头，没有再多说话，杨小懒瞧见我闷不做声，气不打一处来，又踢了我一脚，狠狠地说道："你就知道'哦'，不会说些别的吗？"

我看了杨小懒一眼，心中想着："老子话可多了，要是有可能，我先把你吊起来，像撵山狗打罗大根一样，抽你一宿！"不过时机未到，我也只是在心中想一想而已，根本不敢付诸实践，杨小懒瞧见我像那粪坑里面的石头，又臭又硬，就没有了跟我闲扯的心情，跟大个儿玩去了。

我们并没有等待多久，麻衣老头和地包天两人携手而归，然后招呼了我们朝着前方的深山走去。

麻衣老头给出了足够的酬劳,而地包天也表现出了相应的价值来。他在此之前就已经进行了周密的勘测,带着我们一路疾行,几乎没有半点儿停留,翻过了几个山头之后,我们来到了一处长着茂密云杉的悬崖口。路到一半,中间折断,他蹲在悬崖峭壁间,将右手中指放在了舌尖,舔了舔,然后放在了风中。

没过一会儿,他回过头来,对麻衣老头说道:"杨老前辈,瞧这里,'龙过中折,莽原滔滔,巨石折转直下,下有深潭数口,岩口悬棺',差不多就在这里了。"

麻衣老头左右一看,眉间不由变得十分凝重,慎重地又问了一句话:"你确定?"

地包天拍着胸脯说道:"当然,不瞒您说,我之前就来瞧过,只是因为我这本事低微,所以才没有成行,这一回有了您,才有了那胆儿。"

麻衣老头深深吸了一口夜空的凉风,点了点头:"嗯,我闻到了,很浓的煞气啊,应该没错,走,我们下去。"他一挥手,地包天反倒有些诧异了,左右一看,犹豫地问道:"都去?墓中危险,不如留小姐或者这位小哥在外面,也好有一个照应啊。"

听到这话,我的心脏剧烈地跳了起来,想着倘若要是留下我,那这不就是我最后一次逃跑的机会?

第三十八章 南明古墓阴阳灯

就在我兴奋地以为我能够留守在崖顶之上，可以等所有人进入墓中之后趁机逃脱的时候，麻衣老头一挥手，果断地说道："走，都进去，同甘共苦，一个不留！"

这老头倒也是谁都不信任，我就罢了，因为他本来就已经察觉了我心中的想法，至于杨小懒，估计也是被他吩咐要紧盯着我，所以才会如此。

地包天虽然有些诧异，不过此行毕竟还是以麻衣老头为主，所以也没有多说什么，只是从腰间抽出一捆麻绳，在附近一棵结实的杉树上系好，然后开始往下放，接着整个人纵身下去，没一会儿，下面传来了声音，说："好了，下来吧。"

这话十分低沉，突然间我们身后的林子有一只夜枭飞出，扑腾的翅膀发出一股"呼啦啦"的风声，麻衣老头的眼睛瞬间变得十分地锐利，往后仔细地瞧了过去，良久不语。

气氛顿时变得十分紧张，杨小懒有些害怕了，拉着她爹的衣袖问道："爹，你咋了？"

麻衣老头的目光一直追随着那只飞鸟遁入夜空，这才回过神来，舔了舔嘴唇，摇头说没事，这时下面的地包天已经等得不耐烦了，扯了扯绳索，再次催促。麻衣老头便没有再理会，而是让我先下去。我不敢违抗，拉着这麻绳开始往下滑。这段距离很长，若说以前，我或许会心惊胆战，然而此刻却无比顺利，没一会儿就在横在半中间的敞口处停下，瞧见地包天在那儿拽着绳索，手中还举着一盏铜灯，散发着朦朦胧胧的灯光。

就是这灯光，指引着我下来的路，我有些好奇，问地包天："王叔，这东西叫做什么，看着好有意思啊？"

一路上，地包天都没有怎么跟我交流，听到我这般问起，疑惑地看了我一眼，大概是不太明白我和麻衣老头的关系，不过他也不好怠慢，而是仔细地给我解释道："这灯呢，是我们行当里面的老物件了，叫做阴阳灯。灯油是用产子母牛的子宫熬制，设计也巧，能够感知不认识的脏东西，一旦有脏东西，这灯火便闪烁不休，以作提示。"

说完，他将那盏铜灯往前一抛，这东西竟然没有掉下去，而是悠悠地飘浮起来，照亮了偌大的平台敞口。

瞧见他这一手，我估摸着刚才杨小懒所说的地包天养鬼，倒也不是虚言，心中敬畏，没有再问。地包天瞧见我面露惊讶，估摸着我也就是一个刚收不久的弟子，没有什么本事，于是就不再理我，而是开始接应杨小懒下来。

没人理我，我乐得清闲，借着这幽幽灯光打量里面，瞧见这外面就是一个风化的豁口，旁边还有一些灌木丛和野树遮挡，然而往里面走一点，便能够看到一个土洞子，很小，但是足以容纳一人爬入。而这崖间并不算高，往下十几米便是几个小水潭，都不大，夜里面往下瞅，有光亮晃荡。没一会儿杨小懒下来了，接着是麻衣老头带着大个儿一起下来，地包天将那麻绳晃荡一下，然后掩藏在了藤蔓中，跟麻衣老头解释道："往上是一条路，而且如果不行，从这儿跳到那边，顺着斜坡下山谷，也是可以的。"

麻衣老头点头，然后问道："明白了，你看过你父亲的笔记，应该知道如何进入吧？"

地包天一下子就激动起来，脸色突然变得有些红，一字一句地说道："我爹被这南明墓害惨了，我从懂事起便在四处打听，就是要揭开这座古墓神秘的面纱，让我爹能够像正常人一样生活。古墓危险，在进去之前，我先跟大家讲一下这里的情况——这墓是南明白莲教楚南分舵的舵主修建的，根据流传下来的秘录，总共分为三层，当年我爹他们进入了第二层，然后就折转了，而真正的秘密在第三层，只有进入那里，所有的谜团才能够揭开。"

我心想原来这人他爹就是个挖人家坟地的，难怪会受那罪，不过想一想，其实他还是蛮有孝心的，要不然这儿如此危险，连他爹都一直阻拦，他却义无反顾地来了，倒还真的是一条汉子，跟我一样。

地包天拿了一根树枝，在地上画起了里间的地形图，我努力地看着，琢磨着倘若要有什么不对劲，我铁定原路折转回来，然后赶紧溜号。

讲解完了这些之后，地包天站起来，深吸了一口气，然后说道："各位，清楚了没有？"

我们都点头，地包天又交代了一些进入里间的注意事项，然后一拍手，大声喊道："开山了，动土了，祖师爷保佑，各路土地神仙，咱也是没活路了，给口饭吃呢。"他这般自我安慰地说完，那盏铜灯便悠悠地朝着旁边的土洞子里飘去。麻衣老头回头瞅了我一眼，口中念了一句咒诀，大个儿便动了，补在了第二个位置，接着他跟了上去。我没动，结果杨小懒踢了我屁股一脚，喊道："走啊，待在这里干嘛呢？等死呢？"

杨小懒说得凶悍，我便知道自己的位置在第四个，而她的责任就是监视我。

我没有说话，跟在麻衣老头的身后，往那小洞子里面钻。那是一个人工挖出来的土洞子，足够大个儿那般的壮汉进出，两边的泥土都比较干燥，显然是有些时间了。我埋着头爬，足足爬了几十米都没有到尽头，心中不由得感慨，这洞子是地包天他老爹挖的吗？这得耗费多少工程量啊，田家坝那次修水坝要是能够请他们来，就不用那么费劲儿了。

思绪就这么飘忽着，我们到了土洞的尽头，前面突然出现了停顿，因为隔着三个人，所以我也没有瞧见，大概等了几分钟，又开始动了。于是我继续匍匐前进，前面突然一空，便瞧见我们钻到了一个还算是宽敞的空间里。

我来得晚，前面地包天已经在此处点燃了四根蜡烛，分别放置在东南西北四个角。

这蜡烛放得很有讲究，并不是房间的四角，而是用一个罗盘仔细计算，放在了正东、正西、正南、正北的四个方向，一丝偏移都没有。而我也瞧见了旁边有一堆尸骨，看头颅就有四个，不过骨头似乎更多，这才明白刚才为什么会被堵住。这东西看着怪吓人的，要搁以前我得叫出声来，然而给麻衣老头的一堆僵尸刷了小半年的尸油，我倒也能够免疫了。

我们所在的这个房间里啥东西都没有，就是个土房间，有些零碎估计也被前人给弄走了。旁边有个豁口，是条地道，地包天朝里面走，一边走一边说道："这地道很危险，处处陷阱，当年我爹他们填了四条人命才到达第二层，这么多年过去了，不知道会不会有什么变故或者遗漏，大家小心一点。"

没有人应声，这个狭长的甬道口，最前面是那盏阴阳灯，一晃一晃，而我们则在后面小心地走着，走了一会儿，又来到一个空间。这儿比外面的大一倍有余，出现了好多零碎的玩意，桌椅床榻，都是漆器，艳红的颜色并没有随着时间的推移而暗淡。

正中间有一座棺柩，厚重的黑曜石材质，像是从地上直接长出来的，足有两米多高。

除此之外，再无通道。

麻衣老头皱着眉头，问第三层在哪儿。地包天一边深呼吸，一边指着那黑曜石棺柩说道："如果记录没错，应该在这里。"

第三十九章 棺中有梯

听到地包天这般解释,我们不由得有些愣神。若说在这座棺椁之中躺着的是那名传闻已久的白莲教鬼道高手,这个倒也还可以理解。但是谁会把这么完整的黑曜石棺椁拿来做一个通道的出口呢?

这不是暴殄天物吗?黑曜石其实并不算贵,但是这样完整而纯正的黑曜石棺椁,还真的是世间少有呢。

墓地乃人临终的归宿,能够修得起如此大墓之人,定非凡人,为了防止自己身后被人摸了手脚,里面自然是机关重重。不过此处因为之前就有人来过,诸多设置差不多都被专业人士给破除了,而且我们这儿又是老马识途,故而才会如此顺利。瞧见这棺椁,麻衣老头突然想到了一点,问地包天:"既然如此,当初你父亲他们为何又折转而返,而且同伴还相继死去呢?"

这座奇怪的棺椁,地包天也是早有听闻,但从来没有见过,正睁大眼睛打量,听旁边问起,吞着口水说道:"当时,我爹他们按照秘录的指示到此,将此处的陪葬之物一扫而空之后,开始琢磨起这棺椁之中的东西——但凡墓葬,最值钱的就是陪在死人身边的东西,便如传说中的护魂珠,就是塞在那舵主的肛门里面。这棺椁盖子沉,用什么工具都打不开,后来有懂这个的,说要找童子先围着尿一圈,然后用中指血涂抹,方才能够打开。他们找了一个,结果真的开起来了,然后一阵大雾,大家慌乱,夺路而逃。"

麻衣老头沉吟半晌,然后出言道:"一阵大雾,众人惊慌——说明此处煞气浓重,一般人抵挡不住,直接被迷惑了心智。无妨,我这里有静神符一张,可以镇场。"

说完，他摸出一张血字黄符，然后转头瞧向地包天，地包天一边笑一边摆手说："之所以会与您一同来，就是瞧中了您的本事，不过要打开的话我可不行——我结婚了，孩子就比二蛋小一点儿。"我在旁边也算机灵，不用催促，直接把裤子脱下来，背着杨小懒，开始围着这黑曜石棺柩尿尿。

这些天赶路忙，火气大，这尿液都有些浊黄，不过不打紧，量倒也凑合。完了之后我还意犹未尽地抖了抖，结果麻衣老头直接抽出我腰间的小宝剑，随手一挥，我的中指就是一阵刺痛。

我被麻衣老头野蛮地举起来，手指在棺材盖上涂抹一番，完了之后连人带着小宝剑，被扔在了一旁。接着他开始作起法来，脚踏罡步，身形变换，三两下大袖一挥，整个空间的温度陡然间拔高了好几度。

在一阵飞速的舞动中，麻衣老头倏然静止，整个人停了下来，然后挥挥衣袖，手伸在了半空中。

他整个人宛如石佛，手缓慢地抬起来，一点一点向上推移。而让人诧异的事情发生了，原本重若千斤的棺材盖子。居然发出了"喀喀喀"的声音，然后朝着上方缓慢升起，仿佛无形之中有一双巨手将其托起一般。这场景十分离奇，显示出了麻衣老头厉害的手段。我在旁边瞧着，发现地包天小心地往后退开，那盏铜灯被他收起，脸上似乎显得有些害怕。我起初不知道他在害怕什么，然而当棺材盖子完全离开那黑曜石棺柩的时候，突然间就冒出了一股黑色如墨的浓雾，朝着我们这边席卷而来。

"疾！"

麻衣老头早有准备，手往袖子里一缩，再挥出来的时候，却是一道火光飞起，朝着那黑雾迎了上去。

两者皆是来势汹汹，一旦撞上，便如同那火星掉进了油桶，轰地一声，那符箓竟然化作了一道火墙，直接将所有的黑雾隔挡。接着在麻衣老头的诵念之下，那火墙摇曳，然后宛如江中巨石，稳稳地将所有的黑雾燃烧殆尽，最后自己也化在了一片虚无之中。

让人奇怪的是，虽然火烧连天，空气中的温度却反而变得更加地冰冷，我下意识地抱紧胳膊，瞧见地包天已经走上前去，对麻衣老头说着恭维的话。

麻衣老头无心聊天，草草说了两句，手上结了一个法印，然后向前。

这黑曜石棺椁十分高大，大个儿很自觉地跪在前面，让麻衣老头踩着自己上去。我在旁边瞧见攀上了棺椁的麻衣老头很明显地一愣，过了好一会儿，他才回头说道："果真是一个通道，走吧，我们继续下去，看看有什么幺蛾子。"麻衣老头率先翻身而下，地包天心中激动，也借着大个儿的身体翻了下去。我扭过头看到杨小懒在瞪我，不敢拖延，也乖乖地攀上大个儿的身体，趴在棺椁旁边一瞧，不由得吓了一跳。

这么大的棺椁里面，竟然没有放着什么尸体，而是生长着一堆墨绿色的苔藓，而在正中有一个口子，是向下的楼梯，我上来时正好瞧见地包天走下去的背影。

我还想仔细看，屁股那儿猛然一痛，愤愤地扭过头去，瞧见杨小懒正拿指尖戳我那儿呢。

这貌美如花、但心思狠厉的少女一点儿男女之防都没有，又或者说她根本不拿我当一男的，我咬着牙没有多说什么，只是翻身而下落在了那堆苔藓旁边，结果脚一滑，就直接滚落到了棺椁中间的台阶口处。我根本没想到那苔藓会这么滑，摔下来脑袋就磕到了旁边的台阶，额头处立刻有鲜血冒了出来。

血很快就从额头流到了眼眶，我赶紧用手捂住伤口，接着杨小懒也跳了下来，瞧见我这副衰样气不打一处来，又来踢我，口中狠狠骂道："你不能小心一点啊，咋咋呼呼地，准备去投胎啊？"

我不敢跟她斗嘴，想起了身后的背包中有鱼骨粉，连忙掏出来碾碎，然后求杨小懒给我洒在伤口处。

杨小懒嫌脏，忒埋汰，本来不愿意，然而这棺材虽大，但容不下几人，我挡在了口子里，也有些耽搁时间，于是帮我把这些鱼骨粉洒在了伤口处，一边洒一边笑，说："二蛋，嘿嘿，你这伤口好可爱，像那婴儿的小嘴巴一样。"我脑门火辣辣的，心里面却听得有些凉，这么大的伤口，会不会留疤啊？

好在杨小懒到底还是有些恻隐之心，她给我伤口洒好止血的鱼骨粉，然后从兜里掏出一个小瓶子，从里面挖了一点绿油油的膏药，涂在我的伤口处，然后接过我手上的纱布，在我脑袋上缠了一圈，笑着拍了我的伤口一下，说道：

"好了，一会儿就没事了。"

她说完，挤开我朝着下面的楼梯走去。我本来不愿走，然而抬头一看，却瞧见大个儿居然也要爬进来，我知道那东西看着像狗一样听话，一旦发起狂来没有几个人能够敌得过，于是咽了一口唾沫，跟在了杨小懒身后。

这棺柩里面的口子不大，走下去是一节一节的台阶，旋转而下，直着身子走也不费劲，我用手摸了摸旁边的墙壁，都是砖砌的，上面有好多苔藓，感觉这下面还是蛮潮湿的。

我们在口子那儿耽搁了一下，没想到刚刚还在前面的麻衣老头和地包天一转眼就不见了踪影，一开始我们还没觉得，以为就在前面，然而连着下了好几圈，还是没有看到，杨小懒急了，大声地喊着："爹，爹……"

没有回答，只有回音，整个楼梯通道回荡着杨小懒那惊慌失措的声音。

地包天用的是一盏铜灯，而我们手上都有手电筒，照着这黑黢黢的楼梯处，听到这回声，心中不由得越加惊慌起来。前面太黑，杨小懒不敢往前走了，回头看我，结果这手电筒一扫过来，她脸上立刻露出了极度惊恐的表情，张大嘴巴使劲儿地一声大喊："啊……"

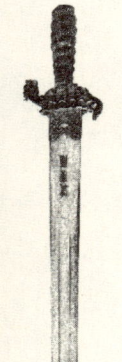

第四十章 呼啸迷魂梯

黑暗中的视线毕竟是有限的，这手电筒的强光一扫过来，我就感觉眼睛一阵刺痛，刚刚闭上眼，杨小懒这震撼莫名的声音就直接响了起来，在整个楼梯处回荡。

我不知道发生了什么事情，只是心脏一阵收缩，莫名地感觉身后凉风一阵，倏然就往我的后颈这儿钻，吓得我一屁股坐在地上，然后赶忙睁着眼往上面瞧去。这不瞧不要紧，一瞧却把我吓得够呛——原来我们刚才从上面下来的路在这儿竟然凭空消失了，空空如也，就剩一团漆黑。

我扶着墙，诧异地爬起来，还没有站稳，后面就飞来一道劲风。我下意识地伸手去抄，捞到了一条修长美腿，扭头一看，杨小懒气势汹汹地骂道："都怪你拖拖拉拉，搞得我爹不见了，回去的路都消失了！"

她还要伸手过来打我，我却灵敏地避开了她挥出的这一巴掌，反手抓住她的手腕，沉声说道："如果你还想活着走出去的话，就收起这小性子，跟我一起想办法！"

杨小懒十几年的修行，自然比我这刚刚入了门道的修为要高得多，不过瞧见我不再软弱，一时间竟然忘记了挣脱，而是有些发愣地看着我。

我甩开了杨小懒的胳膊，然后顺着她手中的手电筒光芒，开始往回走，一直走到了那楼梯的尽头，果然是突然就没有了，手往下摸，一点触感都没有。杨小懒回过神来，没有再对我打骂，而是蹲下身子，与我一同打量这突然消失了的台阶，摸了两回之后，她从墙壁上面抠出一点儿泥块碎屑，然后朝着下方扔去。

泥块跌落下方，在手电筒的光芒照耀下，很快就消失在了黑暗之中，一点儿动静都没有。

前方黑暗，后面无路，恐惧爬上了我和杨小懒的心头，那小娘们四处看了一下，然后小心翼翼地问我："我们下了多少级台阶？"我哪里能够记得，回忆了一下，说大概三十多级吧。杨小懒又丢了几回石子，都是空落落的，然后与我商量道："我们刚才下来的时候，这台阶都还在，如果我没有猜错的话，可能是我们中了幻觉，我们所看到的一切都是假的，眼前没路，实际上是有路的，只要往回走，我们就够得到。"

杨小懒自小就跟随她爹杨二丑闯荡江湖，见多识广，而我是山村农家娃，啥都不晓得，所以她这般说，我也就点头，然后问："那么我们接下来怎么做？"

杨小懒的眼珠子骨碌一转，然后轻轻推了我一把，指着上方的回路说道："这样子，你不管别的，直接往回走，相信我，你一定能够脚踏实地的。"

她尽量让自己的语气变得平和，然而我却还是能够感受到她的紧张，脑子一转，就知道她是准备让我去试水，心中立刻变得反感起来，往后退了一步，表示不同意："不，掉下去的话，一定会死的。我不去，要去你去。"

杨小懒瞧见平日里百依百顺的我竟然频频违背她的意志，不由气得火冒三丈，一声大叫，伸手过来捞我，想要给我两个大耳刮子。我虽然打不赢杨小懒，却还是能够避开她的手，后退两步，将小宝剑拔出来，一字一句地说道："杨小懒，狗急了跳墙，兔子急了咬人，你别逼我，不然的话，我也不知道自己会做出什么事情来。"

杨小懒听了我的警告，更是生气，抬起手来，一根牛筋和人筋编织在一起、浸过尸油的皮鞭子就抖落出来，接着她那张秀美的脸上露出了冷冷的笑容："陈二蛋，长本事了啊，你以为我现在制服不了你了对吧？"

狗咬狗，一嘴毛，在这种生死未卜的情况下，跟杨小懒贸然发生冲突并不是一个很好的选择，于是我摇了摇头，冷静地说道："迷魂梯，升天路，这个是种魔经里面讲到的一种法阵，我不是不知道，即便那前路真的就是实打实的台阶，但是依我的修为和意志，恐怕抵受不住心魔的侵袭，便以为自己真的死了。这种蠢事，你不愿干，我也不愿干。我们还是谈一谈如何找到师父，这才

是正理。"

杨小懒将鞭子甩了一个响，像不认识我一般，仔细打量我，半天才悠悠地说了一句："陈二蛋，这才是真正的你，对不对？"

旁边有点儿杂音，我没有听清楚，问她说了什么。而杨小懒直接厉声喊道："小小年纪，如此深的城府，以前那个勤劳憨厚的陈二蛋是骗我们的，对不对？我爹告诉我，你什么都知道，但是却闷着不说，对不对？"

鞭子是长兵器，而我手中的小宝剑却只能近身搏斗，瞧见杨小懒这般咄咄逼人的气势，我还是忍不住往后退了一步，平静地说道："我不知道你在说什么，杨小懒，我只是对你让我去送死不满而已。"

杨小懒见我死不承认，不由得怒意勃发，又甩了一鞭子，大声喊道："你这个狗日的，欺骗老娘感情，我今天先弄死你再说。"

这小娘们当真就是个神经病，无缘无故地就露出了獠牙来。我心中一紧，想着在这楼梯中跟她交战，一来我不敌她，二来麻衣老头不知道什么时候回返，我也不敢拼命。然而正在我不知道如何是好的时候，突然整个台阶一震，我们刚才站立的那几节台阶突然垮了，朝着下方跌落而去，而这种垮落的趋势，正在朝着我们这儿蔓延过来。

生死关头，我们也顾不得刚刚生出的仇怨，脑子一热，当下也是转过身朝着下方开始奔跑。

我和杨小懒一起跑，在手电筒的微光照耀下，大跨步地往下冲。身后轰隆隆的声音响起，那看似坚实的台阶不断地垮落，速度越来越快，几乎就是追在我们的屁股后面，好像我们只要稍微有一点儿懈怠，就可能掉落下去。

那种迸发潜力的极限狂奔，普通人坚持不了几分钟，即便是进入了修行养气的门道，也持续不了多久，跑了十多分钟，我终于有些扛不住了。

瞧着前方仿佛永无止境的道路，我也有一点儿觉悟了，一个古墓无论耗费了多少的精力去修，都不应该弄这么一个几里长的台阶，更大的可能，应是杨小懒所说的，我们中了迷阵，陷入了幻觉而已。想到这儿，我再也没有了跑下去的心思，而是直接盘腿坐下来，下意识地念起了《种魔经注解》之中的经文，安定心神。这些日子以来，我几乎是被逼着将此经熟记，下意识地念着，根本没有一点儿犹豫。

我当时心中在想，这是假的，如果我当真了，那我就死了；如果没当真，那么一切都应该消解了吧？

台阶垮落的速度太快了，我几乎一坐下就感觉整个人都在往下坠落，无尽的黑暗把我整个人的精神都给拉扯到了下方，而灵魂则在往上飘散。然而就在这个时候，我感觉体内一阵气息狂涌，猛地睁开眼睛，发现我并没有跌落深渊，而是出现在了一个环形的甬道口，四下环望，瞧见旁边有一个出口。还没有等我明白过来，就看见杨小懒从我身边呼啸而过，却仿佛看不见我一般。

一圈，两圈，三圈……

我愣愣地看着杨小懒疲惫欲死地绕着圈儿跑，正想上前将她唤醒，突然凭空伸出一只手来，将我直接拖拽到了一边去。

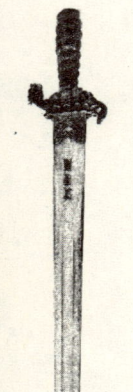

第四十一章 我弄死你

那人的力气十分大，我根本来不及防备，整个人就被直接拽了过去，下意识地要反抗，却瞧见拉我的这个人，竟然是先前下来的地包天。不过更让人惊讶的是，此刻他上身的衣服竟然浸满了鲜血，脸色都变得格外苍白，如纸一般。

我没有再反抗，地包天将我一路拽到了旁边的出口处，低声说道："如果你不想她死，就不要贸然把她叫醒，要不然后果会很严重的。"

我有些不明其意，瞧见地包天没有再拉我，而是从身后的背包中掏出了一卷白纱布，直接塞在了自己的胸口处，然后又抓出一把药丸吞进了嘴里。这些药丸拇指大，他又没有喝水，噎得直撑脖子。

曾经有好几次，我都想让那个总是欺负我的漂亮少女死去，然而事到临头，我却又没有那么狠厉的决心。瞧见这儿只有地包天一个人，不由觉得惊讶，问道："王叔，我师父呢，他到哪儿去了？"我刚刚从幻境中挣脱出来，一时间有些摸不清方向，地包天一脸惨白，指着里间说道："你进去看看就知道咯。"

地包天这副模样让我感到奇怪，总感觉他哪里不对劲，不过也没有多想，抬腿往那出口走，结果没走几步，脚下一滑，一屁股坐在了地上。这通道有些向下倾斜，我便滑溜着朝前方掉去。

我用背部靠着地面，顺着惯性溜出了好几米远才终于停下。瞧见这是另外一个大房间，方方正正，比第二层的还要大上许多，布置跟上面的差不多，不过多了许多古怪的旗幡和铜铁器皿，最中间什么都没有，而四周的墙壁之上都有一团暖黄色的火焰，不知道是刚刚点燃，还是一直都存在。在中间，我瞧见了两个人，一个是麻衣老头，而另外一个竟然是——地包天？

对，是地包天，这个留着两撇小胡子的矮个汉子，手中多了一根甩棍，而先前的那盏铜灯则围绕在他的身旁，不断地旋转着，灯里面的火焰不停地闪烁着，简直就如信号弹一般。

阴阳灯能够感受脏东西，越是阴气十足，闪烁得便越厉害。

地包天身手矫健，然而最吸引人眼球的却是麻衣老头。我原先只见过他和老鼠会的刘领导、马领导交锋，伸伸腿脚而已，并不算精彩。然而在此刻，我瞧见他果真不负"邪符王"之名，手上不断有符箓飞出来，"唰唰唰"地，那软软的纸片飞在空中，就如同硬刮纸或画片一般，戳到空处立刻无火自燃起来，将整个房间点亮，接着黑雾缭绕，某些无形、却能够让人感应到的气息不断地上下游动，我甚至还能够听到尖厉的哭叫声。

整个空间充斥在一种莫名的诡异当中。

这场面十分精彩，让人目不暇接，大气不敢喘。然而麻衣老头和地包天都在这里间跟不知名的东西拼斗，那么刚才指引我来到这儿的那个地包天又是谁呢？

我下意识地扭头去看，就瞧见一张苍白的侧脸，嘴角含着诡异阴森的笑容，隐没在了转角。

他不是地包天，转眼之间，就变成了另外一个人。

我下意识地看了一下我刚才被拽的胳膊，只见那衣服上面竟然有一个诡异的黑手印。我心中震撼，一骨碌想爬起来，然而双手撑在地上，却感觉身下又滑又黏，将手掌抬起来，放在眼前一看，竟然是黏稠的黄色液体，有过经验的我自然晓得，这种液体一般都是尸体腐烂或者分解的时候变质产生的尸液。

见得多了我也顾不得脏和臭，翻身爬起，仰头看去，瞧见上方有一个小洞口，一滴一滴的液体正滑落下来，晓得这些东西来自于上面的某一处。

我的心思还在震惊于刚才那个假的地包天，不过要是让我独自返回，却又不敢，于是朝着场中叫喊道："师父，师父……"

麻衣老头燃符镇阴，颇有些焦头烂额，听到我叫他，抽空瞥了一眼过来，朝着我大声喊道："二蛋，你小师姐呢，快让她过来，我需要她符袋里面的东西。"杨小懒贴身而放的符袋出于青衣老道之手，麻衣老头虽然被人叫做邪符王，然而事到临头想要摆脱困境，却还是需要别人的符箓，说起来实在讽刺。不过现在他也没有太多的忌讳，朝我大声地喊，然而我却没有办法，回喊道："师姐中了幻觉，我弄不醒她啊！"

正在奋力拼杀的麻衣老头听到这话，手里面的活计倏然一顿，错愕地望着我问道："那你怎么没事？"

麻衣老头此人虽然凶戾无比，又心黑手狠，然而对于杨小懒这个小女儿却最是疼爱，听到消息便有些慌了。我多的也不跟他说，简单讲了两句话，心中还在疑惑，这两人对着空气这般舞动，那敌人到底在哪儿呢？

听完了我的讲述，麻衣老头下意识地看了旁边的地包天一眼，然后身形开始前移。然而他一动，旁边的地包天脸色就变得一阵苍白，朝着麻衣老头大声喊道："杨老前辈，你可别走啊！你走了我怎么办？"

地包天苦苦哀求，麻衣老头却丝毫没有动容，一步跨前直接冲出了房间的中央，朝着我这边大步而来。

就在他将要走出的时候，空中突然出现了一道黑色的网线，无形又有形，直接勒在了麻衣老头的身上。眼看着麻衣老头就要被这些丝网勒死，但见他左脚一踏，一口精血喷出来，那些网便仿佛被火灼烧一般烟消云散了。不过他这般硬闯，却也是受到了许多冲击，脸色变得更加红艳，而在他身后的地包天也想跟着冲出来，却没想到无形之中又生出一道墙壁，将他挡住。我置身事外，并不知道其中的凶险，只瞧见地包天的脸上露出了极度惊恐的表情，接着整个人像是被什么东西重重一锤，向后面跌飞而去。

我还想看地包天的结局，却不想麻衣老头一阵风地冲到了我的面前，问我："哪儿呢？"我回头指向那通道，然后问："王叔怎么办？"

"让他先扛着吧。"

麻衣老头轻飘飘地说了这句话，拉着我就往回跑。我没敢再问，跟着他折返回去，却发现刚才还在狂奔的杨小懒不见了踪影。麻衣老头心中发紧，问我到底怎么一回事。我只有把刚才遇到那个跟地包天几乎一模一样的人，说给麻衣老头听，我刚刚讲完，便瞧见麻衣老头的手"呼"地一声就扬了起来，几乎还没做反应，脸上就被重重地扇了一巴掌，眼前一黑，整个人就腾空飞了起来。

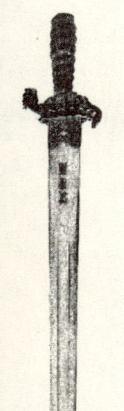

  我被麻衣老头一巴掌扇得晕晕乎乎,眼前金星直冒,感觉脑子成了一摊糨糊,嘴里、鼻子里全部都是血。接着我又被麻衣老头揪着脖子提起来,只看到他朝我大声说些什么,然而我的耳朵里一直都在嗡嗡响动,什么也听不到。

  麻衣老头瞧见我被他盛怒之下扇懵了,也有些后悔了,从怀里掏出一颗黑色的珠子,先是按在我的脑门上,然后一路下滑,最后塞进我胸口的兜里,紧紧一顶,这时我才隐约听到:"……好凶的家伙,不愧是修炼了几百年鬼道的家伙,不过被我击中了凶魄,开始耍阴谋了,对吧?"

  我不知道麻衣老头到底在说些什么,眨了眨有些模糊的眼,瞧见地包天正从我们刚才出来的那个房间缓慢地走了过来,于是使劲地拍了拍麻衣老头以作提醒。麻衣老头这才反应过来,刚刚将我放下,一转身,却被地包天直接扑倒在地。

  "啊!"地包天撕破喉咙一般地叫喊着,然后死死掐住麻衣老头的脖子,大声骂道,"你这恶鬼,我弄死你,我弄死你!"

第四十二章 斩草除根

地包天形如厉鬼,满脸狰狞,变得无比疯狂。我不知道他这是因为麻衣老头抛下他的缘故,还是别的什么原因,想着麻衣老头若是挂了,我必然是活不成的,于是上前去拉。

然而地包天的劲儿可远比我强,我刚一凑上前去,他便是一甩手,我感觉一阵大力袭来,整个人直接跌飞而去。我以为自己就要撞墙而死了,结果竟然碰到了一个柔软的东西,还没有反应过来,直接跟其滚作了一团。

我猜想自己是撞到人了,一阵急剧的翻滚之后,左手无意识地往下一撑,却没想到摸到一坨又绵又挺的软肉,赶紧一瞧,却发现刚才挡住我的竟然是失踪不见的杨小懒。

而我的手,正好放在了杨小懒的胸前。

那一年我十三岁,杨小懒大我几岁,虽然发育了,但是平日里穿衣打扮的缘故,反倒感觉不出来,这回一摸倒是有许多异样的感觉。那个时候的我已经开始有了男女之别的意识,下意识地捏了捏,不过很快反应过来,爬起身来低头一看,却瞧见杨小懒双目紧闭,呼吸急促,竟是昏迷了过去。地包天诡异非常,我肯定是打不过他的,在这个时候,反而是麻衣老头活着,对我更加有利,于是我再次冲了上去,并且大声喊道:"师父,我找到小师姐了!"

麻衣老头当年何等辉煌,按理说并不会怕地包天这末学后辈,然而他自从走火入魔之后,生命完全靠蓁养僵尸的死气维持,身体每况愈下,一时之间竟然跟地包天形成僵持。不过听到了我的喊话,却是斗志横生,整个人又来了一股劲儿,继续去掰脖子上面的一双铁钳。

两人僵持，任何一个小小的因素都有可能变成决断胜负的关键，我深吸一口气，将体内的那一股气在足尖飞速运行一遍，然后飞身而起，朝着地包天踹去。

我陈二蛋苦修道经三载复两年，学无所成，而后修魔，洗髓伐经，方才成就气感、脱胎换骨，这一脚若是依旧踢不上，算我蠢笨。

我心中憋气，一脚飞出，那地包天依旧甩手而来，却被我避开了，一脚踹在了他的屁股上。往常都是别人踹我的屁股，这一回踹到了别人的身上，我并没有感觉到想象之中的柔软，而是仿佛踢到了墙上一般，足背生疼。然而就是这一下，天平终于向麻衣老头这边倾斜了，他将双脚回缩到了胸口，一蹬，地包天整个人便直接朝着空中飞起。麻衣老头并没有追击，而是就地一滚，拉着我朝杨小懒那儿跑去。

我不知道发生了什么事情，一边跑一边问道："师父，这人没有你厉害，我们跑什么？"

麻衣老头头也不回，另一只手便往怀里一摸，接着朝着后方甩出了一张符箓，将地包天定在当场，然后大声说道："我们刚才翻找东西的时候惊动了此间的鬼灵，那东西与我们纠缠，不过被我符箓吓止，又另外想了办法附身其上，准备一网打尽。所以那个人已经不是地包天了，而是一个有年头的老鬼——它的主体意识虽然已经消弭，但是修为仍在，仅凭着本能，也能够将我们所有人都给料理了。"

我听麻衣老头说得慎重，心中不由得一阵发苦，说："既然如此，那我们还能够做些什么呢？"

说话间，麻衣老头已经来到了自己女儿的身边，从她的怀里翻了一下，直接掏出了那个装着剩余五张符箓的符袋，挑出那张破地狱符，用右手中指和食指夹住，口中默念了一遍，脸色突然一变，大声喊道："天啊，李道子这狗东西，竟然加了道法印记！"

他这边刚刚说完，地包天便携着一阵阴风扑来，麻衣老头咬着牙，一脚将这个凶恶的家伙给踹了回去，眼珠子一转，然后瞧向了我，大声喊道："二蛋，这符箓你会用？"

我跟老鬼学了三年道经，熟读《太上三洞神卷》，当日一点儿修为都没有便能够驱动落幡神符，此刻我已经踏进了修行者的门槛，这符箓自然是用得的。见我点头，麻衣老头犹豫了一会儿，接着在抽身上前与那地包天搏斗之前，一咬牙，将这黄色的符袋直接塞进了我的怀里，然后将那张破地狱符递到了我的手上，大喊道："你赶紧将这符箓给用了，要不然就得给我们几个收尸了。"

落地的凤凰不如鸡，麻衣老头说得有些悲壮，毕竟这七老八十的家伙与一个中了邪的壮年汉子贴身相搏，实在不是一件有把握的事情。

我接过麻衣老头塞过来的符袋，有些发愣，没想到青衣老道竟然能够在这符箓之上动手脚，除了我之外，就算是号称"邪符王"的麻衣老头杨二丑都用不上，而从来都是被人视若无物的我，在此时此刻才是那个真正掌控全场的人。心头一瞬间涌起的那种快意，让我几乎想要和这对父女同归于尽，然而下一刻，我终究还是意识到了生命的可贵，深吸一口气，一步踏前，口中喝念道："茫茫酆都中，重重金刚山，灵宝无量光，洞照炎池烦……"

此言一出，我感觉到一股磅礴的力量从那符纸上面流动到了我的身体里，接着直接打了一个弯儿，又将我身体里面的力量抽取到了那符纸之上。

若知书符穷，惹得鬼神惊。不知书符穷，惹得鬼神笑。

此咒文一经加持，立刻风云变幻。正在跟麻衣老头缠斗的地包天脸上，突然露出了一股扭曲到了极点的愤怒，口中一阵狂吼，然后朝着我这边奋力扑来。

他凶煞莫名，然而麻衣老头却是铁了心地要将其拦住，这位爷虽然走火入魔之后修为陡转直下，但是烂船也有几斤钉，铁了心地拦截，中邪的地包天也还是冲不过来。然而就在我即将把这破地狱符给甩出的时候，身后突然有一个人动了，朝着我扑了过来。

若是往日，我或许就被逮了个正着，然而符箓在手，我所有的感知都在瞬间放大，身形微微一闪避开了那人，接着口中如雷一般暴喝道："……定慧青莲花，上生神永安——急急如律令！"

辞令消解，那张符箓飘于空中，微微一晃便消弭于无形，然而在视线之外、肉眼所看不到的炁场之中，却是惊涛骇浪，八方风起、四面云动，巨大的动荡冲击着在场中的所有人——轰！

我当时就感觉浑身一阵绵软，直接瘫到了地上。而就在我屁股落地的那一刻，瞧见刚才从后面冲过来的人，竟然是一直昏迷着的杨小懒——到底是怎么回事？

当然，此刻的杨小懒一个踉跄，竟然又倒在了地上，昏迷过去。

破地狱符一出，场中一切阴物鬼魅皆化作一空，中邪的地包天也瘫软倒地。麻衣老头与之纠缠许久，自己也是汗出如浆极为勉力，地包天一倒，他也一屁股坐了下来，喘了两口粗气之后，朝着我竖起了大拇指，赞扬道："好孩子，干得漂亮。"

他一脸的欢欣，浑然忘记了刚才一巴掌打得我差一点就双耳失聪。我爬起来走到他的旁边，瞧见地包天又动了，吓了一大跳，指着他大喊。麻衣老头迅速地就地一滚，直接将地包天控制住，然而被他压在下面的地包天哇哇大叫，瞧那动静倒不似中邪的样子。地包天恢复了清醒，但是麻衣老头却一点儿也不放松，抽出了一把匕首抵在地包天的脖子上，缓声说道："破地狱符只能伤害到游离的厉鬼，若是附在体内，只有将其逼出来，方才能够奏效啊。"

地包天刚刚恢复清醒，却瞧见麻衣老头往自己的脖子上比划，顿时吓得魂飞魄散，大声叫道："哎，杨老前辈，您别开玩笑，我没事的！"

麻衣老头哪里管这些，匕首的锋刃上面已经开始见血了，地包天瞧见他动了真格，立刻吓坏了，大声喊道："别、别，邪符王，可别杀我啊，我家里面还有一个半死人的老父亲呢，膝下还有几个娃儿，一大家子人都要养活呢。大不了，你的东西我不要了……啊，不，你不能，我死都不会放过你……"

这求饶和咒骂声断然而止，接着被鲜血从气管中喷射而出的"嗤嗤"声代替，麻衣老头若无其事地从地包天的脖子里将匕首抽出来，瞧见旁边目瞪口呆的我，沉声解释道："斩草不除根，春风吹又生，为了大家的安全，我不能冒险。"

他这话刚一说完，躺在地上一动不动的杨小懒突然就睁开了眼睛，用一种极为怨毒的眼神，死死盯着他。

第四十三章 黄雀在后

杨小懒目露凶光，里面充斥着满满的恨意，瞧见她这状态，我便估计她跟之前的地包天一样，也是中邪了。

凡事都有一个过程，杨小懒此刻并不是一下子就能够变得无比厉害，而是只能够停留到在表面，唯有用那一副宛如尖刀的眼神来剐麻衣老头和我。麻衣老头刚刚杀完人，一身的杀气，能够镇住很多生魂。他杀地包天，神情淡然无比，仿佛就跟出门买菜一般轻松平淡，但是面对自家女儿，他却没有了那种"宁杀错、不放过"的磅礴气势，反而脸上一阵发冷，开始掏起怀里的各种物件来。

他的心情复杂至极，反倒是给了杨小懒一点儿机会，我瞧见地上的那个漂亮少女一骨碌爬起来，一声厉叫竟然朝着我这边扑来。

刚才的破地狱符，虽然动到深处静寂无声，然而到底还是将此间最猖狂的鬼气给镇压封锁住了，这对于鬼物来说是最大的威胁，谁知道这符袋里面还有没有另一张相同的符箓？她这么一动，我赶忙将符袋收入怀中，忙不迭地退后，而旁边的麻衣老头也反应过来了，与我错身而过，一把将杨小懒抓住，死死地按在了地上，然后不顾杨小懒疯狂的挣扎，直接将中指咬破，在其额头之上画了一个古里古怪的符文。

这符文有点儿像小孩子的胡乱涂鸦，然而却代表着麻衣老头毕生的精血修为和经验，杨小懒稍微一挣扎，接着双脚又是一软，再次陷入了昏迷之中。

我知道杨小懒这是中了邪，心中暗爽，然而表面上却装出十二分的焦急模样，大声喊道："师父，小师姐她到底怎么了？"

麻衣老头一脸严肃地将杨小懒的身子放平了，沉声说道："那脏东西并没有除干净，反而进入了小懒的身体里面，试图抢夺控制权。不过小懒自小与我学道，又岂是那么容易就范的？我暂且用中指血将其封住，出了此间后再想办法就是了。对了，大个儿怎么没有跟你们一起进来？"

麻衣老头问起，我这才将我们两个坠入迷魂梯之事完整说明，他点了点头，赞扬我道："这么说起来，你倒是个机灵的好孩子。"

我把手上的尸液抹在地上，瞧了里间一眼，然后问麻衣老头："师父，东西你找到了吗？我们要不要再进去找一下？"麻衣老头沉思了一番，四处一望，然后说道："东西倒是找到了，不过刚才匆忙，瞧见里面好东西倒也是蛮多的，只是来不及整理，你照顾好你小师姐，我再回去看一看。"

里间的诱惑貌似有些大，即便这会儿如此诡异，他还是忍不住再返回去。我走到杨小懒的身旁，居高临下看了一眼这个额头上画着古怪血痕的少女，总算是找到了一点儿安慰。

任你刁蛮任性，这个时候还不是要求你二蛋哥？

我又瞧向了旁边还在哗哗流血的地包天，心中又不由得多了几分悲凉，想着有朝一日，如果我承载不了麻衣老头的计划和期待，说不定也会像地包天一样，如杀小鸡一般被弄死。

就在我陷入了那种莫名恐惧的时候，突然瞧见地包天尸体的上方，开始有一滴一滴的液体洒落在他的身上，接着有黑色的烟雾腾然而生，并且散发着强烈的恶臭。

也就是在这个时候，我听到里间突然传来一声巨大的震响，"轰隆隆"，整个空间都有一股震荡不休的响声在轰鸣，我感觉脚下的地砖都抖了三抖，一时站不住，直接跌倒下来。我还没从这莫名的震荡中清醒过来，便瞧见麻衣老头一身鲜血地从里面冲出来，跟跟跄跄地向我走来，脸上黑漆漆的，就像刚从煤窑里面摸出来一般。还没有走到跟前，麻衣老头便朝着我挥手，大声喊道："走，带上你小师姐，我们出去！"

我不知道发生了什么事情，只是感觉到整个墓穴都在抖动，像地震一般，随时都有可能坍塌下来。当时也是吓坏了，一把将地上昏迷不醒的杨小懒抄了

起来，然后背上她跟在麻衣老头身后跑。

杨小懒足足比我高出了一个头，不过身上的赘肉并不多，应该是很轻的，然而此刻不知道为何，我却感觉她的身体如灌了铅一般重。

但即便如此，在这生死关头我也顾不得许多，感觉身体里面的力量瞬间爆发了一般，三步并作两步就跟在了麻衣老头的身后。

我们原先下来的那个旋梯就在前方的左边，并没有我们之前下来的时候那般长，仅仅转了两个弯儿，便冲到了先前那座黑曜石棺柩的入口处。这个时候，我们身后的空间已经十分不稳定了，不断地有大块大块的石方垮塌下来，卷起烟尘无数。这种真实砸落下来的效果，已经远远地超过了刚才迷魂梯中的坍塌，我知道这一次倘若我们慢上一步，说不定就要葬身在这墓底了。

有着这样的威胁，我们很快就来到了第二层，翻过黑曜石棺柩，麻衣老头有些惊讶地四处望去，回过头来一把抓住了我的手腕，厉声问道："大个儿呢？"

我不知道麻衣老头是中了什么邪，整个脸上全是黑紫色，鲜血已经将他的衣服浸透，那一只独眼凶光毕露，我心中不由得一阵忐忑，一边后退一边摇头说道："我不知道啊，它好像没有跟着我们一起下来。"

这话说完，我们身后突然传来一声巨大的"轰"声，扭头过去，瞧见那黑曜石棺柩微微一晃，竟然直接沉入了地下。

整个陵墓眼看就要毁了。

事到临头，麻衣老头也晓得与其在这儿争论僵尸大个儿的下落，还不如早些逃出去，再论这些也不迟。于是一把推我向前，大声喊道："走，快走。"他着急，我更是焦急得很，三两下便冲到了先前进来的土洞子。然后我在前面拽，麻衣老头在后面推，三人便这般艰难地往外面逃去。那个时候，我的手电筒都不知道丢在哪儿了，直感觉前方一阵黑暗，那土洞子似乎随时都有可能垮塌下来，可谓命悬一线。

就在我几乎陷入绝望的时候，突然一丝凉风吹过我的眉间，我一阵激动，晓得马上就要来到刚才的那个崖间悬口处了。

希望就在前方，身体里便凭空又生出一股劲儿，连拉带拽，我终于将杨小懒拉出了土洞子。

这个时候，我终于没有再感到一丝震动，说明此处离那陵墓已远，震荡波及不到了。

我抱着杨小懒，一屁股坐在地上，深深地吸了一口夜间的凉气，还没有反应过来，突然瞧见这并不算宽敞的口子里，似乎多了些什么东西。我暗觉不对，抬起了头，瞧见这儿竟然站着四个人，正冷冷地看着刚刚爬出土洞子的我和麻衣老头。

黑暗中，他们的眼神锐利如刀。

麻衣老头久闯江湖，一出来就知道自己被伏击了，螳螂捕蝉，黄雀在后，想一想就憋气得很，所以几乎不问缘由，一声厉喝，便冲向了前方。

我看了一眼昏迷不醒的杨小懒，又看了一眼正在与伏击者恶战的麻衣老头，心脏不由得狂跳起来。

我，能跑吗？

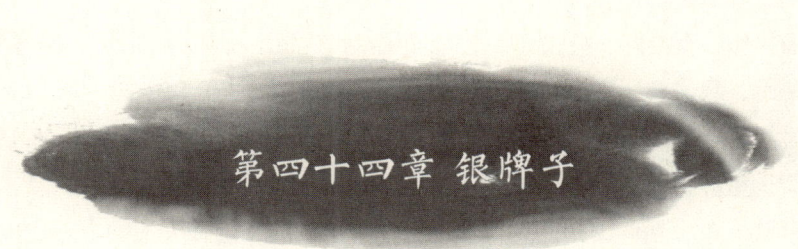

第四十四章 银牌子

这世界上的很多事情都是没有理由的，比如机会，它也许有且只有一次，如果错过了，也许这一辈子都不会再有。

先前在墓中，我之所以会去帮麻衣老头，是因为他暂时不会杀了我，而被恶鬼附身的地包天才是敌我矛盾。但是到了墓外，海阔天空，我若还是一直待在他的身边，这身体迟早都是他的。而想要脱离他的掌控，此时此刻是我唯一的机会。

什么是机会？那就是稍纵即逝，追之不及。

我几乎没有一点儿思考缓冲的时间，就在麻衣老头如旋风一般怒吼着向前冲的时候，我猫着身子，朝着旁边的角落溜了出去。

我记得地包天在此之前曾经介绍过，这儿离下面的谷底只有十几米的距离，跳过那个平台，斜坡往下，一路就可逃离。这条路我观察过，以我现在的身手有很大的机会逃脱，于是拔脚便逃。前面混战一团，那四个黑影子都是极厉害的角色，麻衣老头在他们的面前也算不上压倒性的优势，不过他眼观六路，一下就瞧出了我的目的，朝着我一声怒吼道："孽畜，你还敢跑？"

我是麻衣老头继续生存于世间的希望，相对而言，他最是在意我，所以十分焦急。围住他的那四人之中也有一人想要过来拦我，旁边的一个矮壮中年人却拉住了他，低声喝道："点子扎手，放过小鱼，先料理正事！"

两方一牵扯，我却已是逃过了一劫，整个人纵身一跳，直接冲出了这悬崖敞口，朝着旁边的一个土坡飞去。

夜风呼呼，我一下就跳到了对面，手抓到藤蔓上，几乎是出于惯性，根本

就没有停留，直接向下滑去，手上鲜血淋漓。然而还没有到地面上，那藤蔓就到了末端，我没有犹豫，眼睛一闭，人便再次往下跳去。

结果很快便落了地，巨大的冲力使我朝前一阵翻滚，整个人像滚地葫芦一般在泥地里翻腾。

冲势一止，我便一跃而起，顾不得浑身的伤痕，借着天边的一点儿星光，朝着前方的树林子撒丫子就跑。

就在我逃进林子里面的时候，我听到一声巨响，忍不住回过头去，瞧见一道黑光从那悬崖口子处飞逝，半空中传来一声凄厉的叫喊，似乎是麻衣老头的声音。我更加紧张，心想着这个老家伙这么厉害，居然能够在身受重伤的情况下，从那么一堆人的围困之中逃离，果然不愧是江湖上曾经鼎鼎有名的"邪符王"，不过他这般仓皇而走，肯定是顾不上杨小懒了。

伏击他的那些人到底是什么来头呢？

我来不及多想，那些在洞口伏击的人能够悄无声息地将大个儿搞定，并且逼迫麻衣老头远走，必然是强人一伙。而麻衣老头又逃遁了，倘若让他把我找到，又是一场血光之灾。这些人都不好惹，好在二蛋哥我已经暂且逃离，他们最好去追麻衣老头，狗咬狗，一嘴毛，而我则在山里面隐藏起来，等到风头过了，我再悄悄回家见我爹娘去。

马上要过年了，离家半年多，我还真的是想死我爹娘和我姐了。

此时的我脑门流淌着鲜血，头被麻衣老头扇了一巴掌，到现在还有些晕乎，不过浑身的鲜血却都在沸腾，自由和希望就像灯塔一般指引着我，朝着前方的林子处狂奔不已。

我不知道自己跑了多久，十分钟，或者半个小时。一开始林深幽黑，又是浑身热血，跑得那叫一个酣畅淋漓，然而到了后面，力有不逮，一双腿就像灌了铅一样的沉重，呼吸一声沉过一声。到了最后，万籁寂静，唯有虫吟，却突然听到一阵极有律动的脚步声在身后响了起来。这些脚步声轻灵，而且不止一人，我便晓得，这恐怕是刚才在洞口伏击麻衣老头的那些人，顺着我的痕迹追踪而来。

他们是什么人？老鼠会的人吗？若是如此，按着麻衣老头将他们的那些人熬成尸油的仇恨，我要是被逮到了，只怕也没有什么好果子吃啊。

以其之道还施我身，他们会不会被仇恨蒙蔽了双眼，也要把我给弄死才算是消解仇恨啊？

我若是对他们说，我也是受害者，他们会相信吗？

我的脑子里面乱糟糟的，无数的念头生出，感觉身后的脚步越来越近，几乎就要赶上我了，心中越发地惊慌起来，身体也乏累得很。

终于，在一个山弯子处，我跑不动了，身子一低，直接钻进了旁边的草丛里，还没有歇两分钟，那心脏都还在咚咚敲击我的胸膛时，身后的林子里突然就毫无预兆地窜出了几个身影，身姿矫健，朝着我的前方奔去。领头的是一个短发青年，口中低声照应道："大家快点，朝东边跑的这个应该是杨二丑的徒弟，也是个重要角色。杨二丑跑了，功劳亏了，小鱼小虾也要算上来！"

这几人从我身前呼啸而过，我屏着呼吸一动也不敢动，看着他们消失在了黑暗之中，紧张得一身冷汗出来，冷风一吹，直打哆嗦。

瞧瞧这身手，矫健如龙，跟我简直就是天差地别，我若是被他们逮到，哪里会有好果子吃？

我心中恐惧，便没有再作停留，转身朝着另外一个方向逃开。然而没走十几步，突然感觉脚下被什么一绊，整个人便腾空飞了起来，砰地一下，直接撞到了对面的一棵树上，疼得我眼冒金星，涕泗交流。我知道中了埋伏，手往怀里掏，想要摸出小宝剑与人搏斗，却不想三两个人就直接压到了我的身上，结果我的一对胳膊都被按得死死的，耳边传来好几个人的欢呼雀跃声："抓到了，抓到了！"

我奋力挣扎，结果后心被人饱搥了两拳，肚子里一股气被打到了嗓子眼，憋得慌，整个人就没了力气，然后被人翻转过来，七手八脚将我怀里的小宝剑和符袋抓了出来，之后强光手电照在了我的脸上，有人问道："是这小子？"

旁人点头，接着用绳子将我的手腕捆住，这人手法粗暴，而且一身臭气，熏得我直咳嗽，他反而更加用劲儿了，勒得我眼泪水直流。

领头的那个年轻人走过来，低头看了我一眼，拍了拍那个汉子，说："老江，轻一点，这个少年应该刚刚入门道，别把人家的手给弄断了。"那个臭气熏天的汉子应了一声，没有再用劲，只是将我抬起的脑袋死死压低，愤怒地说道："这小兔崽子跑得还挺快，搞得老子差点儿岔气了。"

我没逃开多远就被人制服，接着被那个叫做老江的汉子押着往回走。听几人交谈，我才晓得这个老江的名字蛮好听，叫江南，而为我讲好话的那个人叫做王朋，是这几个人的头。

时间有限，我听到的并不多，被拽着往回走没多久，前面突然就出现了几堆篝火，那儿人影幢幢，熏臭汉子老江将我提溜到了近前，朝着人群大声地邀功道："张队，杨二丑的那个徒弟找到了，就在这儿。"他将我往地上使劲儿一扔，我滚了几圈，差一点儿掉进了篝火里去，瞧见中间有一个满脸愁容的中年汉子正蹲在昏迷的杨小懒旁边，回过头来冷冷地瞥了我一眼，然后吩咐道："哦，审一下，问他知不知道杨二丑的落脚点在哪里。"

我被人拖到了一边，接着先前抓到我的那个年轻人王朋走了过来，上下打量了我一番，突然伸手从我的脖子里拽出了一块银牌子，仔细一看，脸色不由变得凝重，蹲下身，将牌子举到我面前，沉声说道："这东西是你的？"

第四十五章 归根溯源

王朋手上拿着的这块银牌子，表面有些黑垢，上面文着一个硕大的牛头，并没有什么值得说道的地方，所以麻衣老头当初也没有收走。

不过它虽然普通，但是对于我来说却代表着一份最纯真的友谊，象征着我和一个哑巴少年最深的情感。这会儿被人拽走了，我脑子就是一股热血往上冲，朝着他大声喊道："那是我的东西，还给我！"我大声地喊着，脖子上的青筋直露，结果还没有伸出手，旁边就飞来一脚，那个臭烘烘的大汉老江将我踹倒在地，哼了一声："嘿，这小兔崽子倒还挺横，不知道自己现在是什么境况吗？"

这家伙好像看我不爽，话没说两句直接上来就踹，我挨了两下打，也知道自己斗不过这一伙人，于是蔫了，蹲在那里不说话。

我沉默，那人显得更暴躁了，又要过来踹，结果主审我的那年轻人王朋过来拦住了他，好言相劝道："好了，好了，老江，杨二丑是杨二丑，他是他，你瞧他才十三四岁，未必能做什么恶事，先审一审再说，你看好不？"

老江脾气火暴，但是却挺信服王朋，摆了摆手，到旁边喝水去了，留下了王朋蹲在我的面前，仔细地打量我。

他打量我，我也打量他——这个做事沉稳的年轻人并不大，恐怕也就只有二十岁，眉毛往上扬，眼睛黑亮，显得很英气，嘴唇含着笑，轻声问我道："你好，我叫王朋，你应该听他们叫过我了，能自我介绍一下吗？"

我盯了他一会儿，被他嘴角的微笑感染了，心情舒展一点，从喉咙里面迸出话来："我叫……陈二蛋——你们是做什么的？"

"很好，不错的开始。"王朋点了点头，然后直接忽略掉了我后面的问题，而是再次问道，"这个牌子是我一个朋友的，却不知道怎么落到了你的手上，能告诉我它怎么来的吗？"

或许是有了先前那熏臭汉子老江的对比，我感觉面前的这个年轻人真的很不错，于是也放下了浓重的戒心，闷声闷气地说道："这不是抢的，是我一个朋友给的。"

"朋友？"王朋的脸上有了一丝紧张，一把抓住我的手，问道，"什么朋友？"

我瞧见他好像认识这银牌子一样，心中一动，直接说道："努尔，梁努尔，我的一个好朋友，是他给我的。"这话说完，果然不出我所料，王朋激动得直接站了起来，然后又坐下，拉着我的手说道："你居然认识努尔，哈哈，这天底下的事儿未免也太巧了吧？能告诉我，你是怎么认识他的吗？"

瞧见他那灿烂的笑容，我也咧开了嘴，把我当初与努尔相遇之事一五一十地跟他讲了起来——债多了不愁，虱子多了不痒，瞧他这模样，好像跟努尔是朋友一般，那么我把事情一摆清楚，他们说不定就会把我给放了。

听完我和努尔交往的经过，王朋有点儿没有反应过来，愣了好一会儿，才好像是突然醒悟过来，问我："这么说，你其实就是这附近的村民？"

我点了点头，说："对，我家住在麻栗山龙家岭，我爹是……"

我说到一半打住了，然后跟他确认道："你们是……"我大概猜到了对方的身份，然而还是有些心虚。对面的王朋笑了，从兜里面掏出一个黑色的本本来，封面印着国徽，翻开第一页是他的黑白标准像。我还打算瞧仔细，他却宝贝地收了起来，然后笑着跟我说道："我们呢，是国家的人，之所以会出现在这里，是要抓那穷凶极恶的歹徒杨二丑，你若有什么消息，尽管告诉我。"

他这话说完，我激动得几乎跳了起来，瞧见旁边的老江又要走过来踢我，立刻蹲下，大声喊道："太好了，你们终于来了。我叫陈二蛋，是麻栗山龙家岭的人，我爹是陈知礼，村子里面的赤脚医生，我半年前被杨二丑掳到了神农架，一直想逃走，这回可算是得救了！"

我激动得不行，拉着王朋就说了一大堆，他摸着手上努尔送给我的银牌子，又问了我几句，然后回头喊那个矮个中年人："张队，这里有点情况。"

张队长正在篝火旁查看昏迷的杨小懒，听到王朋的喊声走过来，听王朋说了几句，他皱着眉头，偏头喊道："叶凡！"

一个戴着啤酒瓶底般厚的眼镜的男人走了过来，双腿并拢，立正道："张队，什么事？"

"半年前龙家岭报案的那个赤脚医生，叫什么来着？案子是你跟的，你来说说看。"张队长平淡地说着，那个眼镜男扶了扶镜框，郑重其事地说道："案子的确是龙家岭的赤脚医生和一个老猎手报的，赤脚医生叫做陈知礼，老猎手叫做罗曲奇，当时的确是失踪了一个小孩儿，疑似被杀害了，叫做陈……二蛋！"

我举着手，大声叫道："我就是陈二蛋！我就是那个失踪的少年，我没有死，而是被他们带到了神农架的一个山洞里，凭着给他们打杂才活到现在。我一直都想跑，跑了两次，被打得下不了床才罢休。"

我开始哭诉起了痛苦的往事，张队长皱着眉头，听了一会儿，然后把目光投向了旁边的王朋，想听取一下这个手下的意见。

王朋看了我一眼，脸上依旧挂着淡淡的笑容，指着东边说道："反正这儿也靠近西熊寨，不如我们歇息一晚，明天找人问问不就清楚了吗？"

这个年轻人说话的声音不高，但是却能一锤定音，张队长点了点头，说："行，就这样吧。"说完他又转到了杨小懒那边，离开之前，轻飘飘地说了一句："看他也没有什么威胁，先把绳子给解了吧，免得勒坏那孩子的手。"

他这话说得漫不经心，然而我却感受到了其中的关心，瞧着王朋拔出一把刀来给我解绳子，眼泪水不知不觉地就流了下来。

当夜篝火很旺，我躺在王朋给我归拢的干草丛中，那是我这么久来，睡得最踏实的一觉。

早上我被一阵鸟叫吵醒，伸了一个懒腰，感觉碰到了谁，扭过头去，瞧见那个对我很不爽的老江恶狠狠地瞪了我一眼，咕哝道："嘿，这死小子居然没跑啊，害我昨天没睡好觉……"他爬起来走向别的地方，我站起身来，瞧见那几堆篝火余烟袅袅，周围的人都起身了，收拾起东西，活力十足，仿佛美好的一天即将到来。

王朋走过来拍了拍我的肩膀，跟我问好，然后说道："老江他家人受过杨二丑的荼毒，所以脾气难免有些暴躁，不是针对你的，别放在心上。"

尽管我还没有证实身份，但是这个年轻人的友好还是让我感到特别地惬意。十三岁的我长得跟个小大人一样了，特别需要认同感，所以也故作沉稳地点了点头，说："没事的，我理解。"王朋瞧见我这副模样，哈哈一笑，转过身去张罗了。没多久，这些人都差不多收拾妥当了，然后开始往东行走，我虽然没有被捆着，不过还是有人专门负责监视我，而杨小懒则被一个五大三粗的妇女背着。

往东行走了两个多小时，前面突然出现了一个河湾子，在朝阳照耀下，银色带子一般。派出去打尖的人这会儿回来了，还带来几个穿着苗家土布的男子，双方见礼，颇有些乱。

我走在后面瞧不见，努力探着脖子往前瞧，结果前面冲出一个身影来，一把将我给紧紧抱住了。

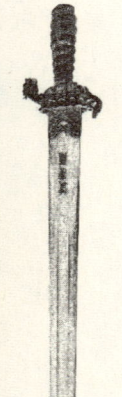

第四十六章 老友重逢

抱着我的这个人，是不能说话的努尔。

这是一个久违的拥抱，包含着最真挚的友谊和浓浓的关心，是我在麻衣老头手下低声下气、苦苦挣扎的时候，所不能够感受到的。

这就是所谓的"尊严"。

在此之前，很多人都以为我命丧麻衣老头之手，努尔也得到了消息，如今瞧见我死而复生，十分地激动，我们两个紧紧搂着，热泪直流。旁人都瞧出了我们之间的感情，并不打扰，任我们将情感宣泄出来之后，王朋走了过来，将那块银牌子递给了我，笑着说道："既然有努尔证明你的身份，那么就没有什么好说的了，二蛋，欢迎回来！"

我握着那块银牌子，看着王朋宽厚的笑容，心中无限温暖，而旁边的人也都过来拍我的肩膀，无论是那个领头的张队，还是先前对我横竖看不顺眼的老江，脸上都露出了笑容。

在那一刻，我感觉自己的心里面欢喜得都快要炸开了，然而更加让我惊喜的事情接踵而来。

一个瘦小的身影从树上跳了下来，冲入了我的怀中。

我摸着又肥了一些的小猴子胖妞，高兴得几乎都要跳起来。旁边的哑巴给我比划了一番，我才晓得，当日胖妞被麻衣老头父女甩脱了之后，找回了我爹，但是它不愿在我家待着，又重新进了山里。后来它遇到了哑巴，因为相互之间也有些渊源，所以就暂时留在了这西熊寨里，却没想到我竟然会出现，于是便欢喜地跑了过来。

第一卷 饥饿年代

人生四大喜之一是他乡遇故知，这死里逃生、久别重逢，自然是让人欢喜得心都要炸了。不过总在这田坝前待着也不算是个事，于是苗寨的人领着我们往寨子里面走。通过旁边的王朋介绍，我才晓得虽然有很多苗寨子与世隔绝，但跟很多修行中人有着千丝万缕的联系，所以倒也没有我们想象的那般冷淡。当年的蛇婆婆一人尽灭日本勘探队，名声大震，后来有人慕名而来，彼此相交，倒也成了朋友。

王朋的师父便是其中一位，他和哑巴自小就认识，所以认得我的这银牌子，昨天才没有让我吃苦头。

西熊寨是一个藏在山窝窝里面的寨子，放眼一看全是梯田，阳光洒落在水田上，金灿灿的光芒连着半边的天。进了寨子，和外面的村子差不多，不过建筑似乎陈旧一些，而且时新的东西几乎都没有。随着众人的脚步，我一直来到了寨子的宗堂鼓楼前，早前有人联系了，这边也有人接待，桌子一排摆开，大碗的苞谷酒、大块的肥肉，载歌载舞，热闹得很。

我在这一群身穿苗族服饰的寨民里面，开始寻找传奇人物蛇婆婆的身影，结果愣没有看到能够对应得上的，后来一问，才晓得蛇婆婆这些年生病了，一般都不会露面。

在宗堂鼓楼旁边安排了一顿饭，全部都是油光饱满的黑糯米，然后是大块的肥猪肉，有些人吃不惯，尝几口便停住了，然而我却是好久没有吃到这种饭菜了，一连吃了三大碗，最后噎得直打嗝，这才罢休。

王朋他们这队伍，对外统称工作队，是国家的人，而哑巴他们寨子出面的也是头面人物，双方在一起有很多事情要谈，哑巴和王朋作为牵线搭桥的人物必须在场。而我就被安排在了旁边的一个小房间里，因为确定了我只是受害者而不是杨二丑的同党，所以没有再受到特别的"关照"，也没有人过来监视我。

没人管我，我倒乐得清闲，跟胖妞在一起，像个小孩子一般玩儿。

瞧着胖妞那憨态可掬的模样，我的情绪便从先前在麻衣老头那儿的阴霾中走了出来，不由得想起了当初青衣老道说过的一句话："有时候，动物比人还可爱。"

我跟胖妞玩了好久，哑巴进来了，还没有谈几句，王朋也过来了，说张队长找我。

我没有拒绝的权利，于是跟着他一起到了旁边的一个房间，瞧见里面只有张队长一个人，而旁边的木床上面则平躺着杨小懒。瞧见我进来，他一本正经的脸上勉强挤出了一丝笑容，然后闷声说道："昨天一战，众人埋伏，严防死守，结果还是让杨二丑给逃了。这家伙是个极度邪恶的人物，你估计也知道，所以有一些事情，我想向你了解一下。"

了解案情，我自然是知无不言、言无不尽，当然，为了保护自己，我也没有说关于杨二丑留我是因为换魂之事。

当我把这前因后果讲清楚之后，张队长的眉毛又皱了起来，问我道："你是说，杨二丑带了十二头僵尸，还留了十来头放在神农架老巢？"我点头称是，并说只晓得大概区域，不晓得具体位置。他问了一下当时的情况，之后就没有再追问，而是将从我身上搜出来的三件物品，一把小宝剑、一个符袋以及一颗黑黝黝的珠子摊出来，问起了来历，前两者是别人相赠，而后者则是麻衣老头自墓中所得，我坦然说起，张队长倒也爽利，直接将小宝剑和符袋交还给我，然后把那黑珠子收起来。

做完这些，他拍了拍我的肩膀，说："小同志，目前基本上已经确定了，这儿没有你什么事，不过以后有需要，还是希望你能够配合。"

这是自然，我忙不迭答应，郑重其事地跟张队长握手。离开的时候，我瞥了一眼旁边昏迷不醒的杨小懒，下意识地问道："张领导，她怎么了？"

张队长虽然有些意外，不过还是认真地给我解答："她啊，我找队内的专家问了一下，说她是有些失魂了，不过不要紧，等出去了，我们会有专门的人员来对她进行处理的。"他挥了挥手，有些心不在焉，我虽然还想提醒他一句，后来想人家是领导、是专家，哪里会容我一个小孩子胡乱插嘴，就闷了下来，然后离开。

下午的时候，我瞧见工作队只留下了王朋和老江，其余人再次出发，应该是去找我所说的僵尸去了。

然而晚上的时候，他们回来却是一脸扫兴，张队长又找我确认了一下，然后没有再多说什么。我回来的时候听到王朋跟哑巴讲，说他们去的时候扑了个空，不知道是麻衣老头给转移了，还是那个地包天做的手脚。十二头僵尸是一个隐忧，让人实在放心不下来，所以工作队暂时决定不走了，先在这麻栗山附近盘查一下，免得让人民群众的财产和生命安全受到威胁。

西熊寨有吃有喝，还有我的朋友——哑巴和新交的朋友王朋，以及小猴子胖妞，我倒也没有太多的抱怨，只不过有一些想念家人，归心似箭。

哑巴让我放心，他已经找族人传信到龙家岭去了，应该很快就会有消息回来的。

他这么说，我就没有什么好说的了，当晚被哑巴找去，和王朋一起去他家喝酒。凛冽的苞谷酒喝到喉咙里面，火辣辣的，到肚子里，整个人像烧起来了一般，不过没一会儿，浑身暖洋洋，人直打飘，我没喝几口便有些上头，不知不觉人就醉眼蒙眬起来。然而正在这个时候，突然有人从后面冲过来，一把将我给拉了起来。

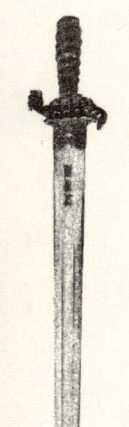

第四十七章 胖妞出事了

我喝得正酣,突然来这么一下,酒顿时就醒了三分,不过还没有等我反应过来,就被人给紧紧抱住,大声喊道:"哎哟,二蛋,真的啊,你娃还活着呢!"这话还没有落,旁边又想起了更大的一声嗓门:"二蛋,你真的没死啊,太好了!"

抱着我的这个人劲儿十分地大,我努力了好一会儿才将其推开,抬头一看,却是撵山狗,而旁边的那个,正是我儿时的小伙伴罗大根。

哑巴说他已经叫族人去龙家岭报信了,我没有想到居然这么快就回来了,而且撵山狗和罗大根是一起来的。在外面这半年,我担惊受怕,只有思念家人才是我唯一的寄托。此刻瞧见他们,就好像看见了我的父母亲人一般,流着泪水放声大喊,宣泄自己的情绪。过了好久,王朋和哑巴请这父子俩落座,我才想到问起我家里的情况。

撵山狗有些激动,满脸通红,说上次离别之后,他们跑回去报了案,国家也来了人,调查的结果很不乐观,村子的人都以为我已经死在了那儿,当时都准备办丧事了,不过我爹不答应,说活要见人死要见尸,这才拖下来。这次得了消息,我爹本来也想过来确认的,只可惜他走不动山路,于是撵山狗便带着自家儿子先过来探路了。

撵山狗擅长翻山越岭,却拙于言语,不过他稍微讲了这几句话,我却能够想象得到当初以为我死去的时候,我家里面的情形。

当时的他们,应该是生活在悔恨和绝望之中吧?一想到这儿,我心中对麻衣老头和杨小懒本来还有些香火之情,此刻全部都消弭于无形之中了——这世间，无论是谁，做什么事，都不能够以伤害我的父母为代价。

撵山狗他们深夜来访，走了一天的路，也是精疲力竭，哑巴弄了点儿饭菜，他们随便吃了一点之后，便去歇着了。王朋瞧见我听到了家里的消息之后，又是亢奋又是激动，恨不得立马回家，于是站起来拉我坐下，又给我倒了一杯凉水逼我喝下，瞧见我的眼神开始凝聚之后，这才说道："二蛋，我长你几岁，算是兄长，有些话呢，不知道该不该说？"

当时我们是围着哑巴家的灶房一起吃饭喝酒的，就三个人，苗寨子的灶房是中间挖一土坑，里面燃着柴火，烟熏火燎，环境并不好，然而我却至今难忘——王朋在那儿，对我说出了一番几乎影响我人生的话来："二蛋，张队他们今天去找那十二头僵尸，结果没有发现，这说明杨二丑逃走了，你知道这意味着什么吗？"

我摇头，而王朋却居高临下地看着我，一双眼睛认真地与我对视，平淡地说道："二蛋，你其实也并没有说实话，对吗？"

瞧见他这般笃定的模样，我莫名就是一阵心慌，正要辩解，他却不容我质疑一般地挥了挥手，满不在乎地说道："你不用告诉我，每一个人都有自己的秘密，这个不要紧。我只是想告诉你，你应该被杨二丑盯上了，这个时候的你就是个炸弹，如果没有足够的能力，那么就会延祸家人——所以，我只想问你一件事情，从此之后，你将何去何从？"

王朋的话语一石激起千层浪，在我本来还有些懵懂无知的心中掀起了波澜。

对啊，我是麻衣老头生存下去的希望，如果没死的话，那么他一定会卷土重来的。他虽然畏惧国家的工作队，但是对我却是随意拿捏，对我的家人也是。如果我回了家，被他撞到，以他那残暴狠戾的性子，百分百会拿我父母做文章。所以我一回家，虽然解了思念之苦，但是却会牵连家人，要是如此，我又何必回去呢？

然而我如果不回去的话，又能去哪儿？远走他乡，隐姓埋名，还是待在这个苗寨子里面，跟哑巴搭伙过日子？

王朋瞧见我茫然无措，便问我道："二蛋，努尔告诉我，说你年少时遇过

异人，学过道法，这事情是不是真的？"我点头，也不相瞒，将我所学的东西讲给他听，王朋没有深究，而是哈哈一笑，指着哑巴说道："你知道我们这一次来西熊寨，除了落脚之外，还有别的事情吗？"

我愣住了，指着自己的鼻子说道："不是说要查实一下我的身份吗？"

王朋善意地笑了一下，说："要核实你的身份其实非常简单，去龙家岭问一下就知道了。这次我们过来，是想让这一片寨子能够走出大山，和外界一起交流，帮助寨民们过上更好的日子，同时，也会邀请一些人加入我们，为了和平、为了人民安康而共同奋斗。所以呢，努尔这一次也会跟我们一起出山。"

我看了努尔一眼，他笑着点了点头，然后用手比划，说王朋讲的没错，他会加入工作组所属的相关部门，以后会为国效力。

"为国效力"，这是一句神圣的话语，让人听了热血沸腾，我不由得露出了羡慕的目光。然而这个时候，王朋却把手搭在了我的肩上，沉声说道："二蛋，你的事情，我找张队长谈过了，他觉得你现在的情况很特殊，一来是有家不能回，二来呢有着一定的技能，所以我和他愿意成为你加入组织的介绍人，不知道你愿不愿意呢？"

王朋说得很认真，我的心中却是波澜四起，一时之间不知道该如何是好，所以瞠目结舌，没了话语。

王朋瞧见我没有欢呼雀跃，也没有立刻表态，倒也不再多说什么，拍了拍我的肩膀，说道："不急，这几天工作组得搜寻那些僵尸的下落，不会离开，之后估计还会让你带路前往杨二丑在神农架的藏身之处，完毕之后，你会获得自由。所以这些日子里，你好好地考虑一下，不要有心理负担，即使不加入也没关系，放下包袱，轻装前进。"

对于他的开明，我再一次表示了感谢。我们又喝了一会儿酒，这时外面有人叫王朋，他也没有停留，跟我说了一声便离开了。

这个温和的年轻人离开之后，我又问起哑巴的意见，他笑了笑，跟我做手势，希望能够与我一起并肩而战。

我依旧还是没有决断，总想着先见过我爹娘，再决定后面的事情。

哑巴并没有劝我，而是拉着我的手开始劝酒。我们两兄弟好久没有见面，此刻也无人打扰，几乎不用怎么讲话，气氛就很不错。这苞谷酒都是自己酿的，熏香扑鼻，一开始喝不惯，几口之后，感觉喝下的不是酒，而是琼浆玉液，肚子里很暖。我喝得有些多，扭头去找胖妞，想要给这小猴子也尝一尝这好酒，然而找了两圈都没有瞧见那小家伙的身影，于是作罢。

胖妞在西熊寨待了小半年的时间，应该不会出什么岔子的，我当时是这么想的。

那天夜里喝得有点高，我都不知道自己是怎么睡着的，依稀记得哑巴将我奋力抬上了床，两人挤在一起，那床下铺着厚厚的稻草，闻着有阳光的气息，眼睛一闭，连梦都没有。然而第二天，我还没有从酒后的状态中完全清醒过来，就感觉有人推我，爬起来，瞧见哑巴朝我比划，说胖妞出事了。

这话吓得我半死，忙问怎么了。

哑巴也说不清楚，拉着我往外走，我连鞋都没顾上穿，便匆匆赶了出去。一路跑到了宗堂鼓楼那儿，瞧见张队长正在对几个手下大发脾气："你们到底怎么看的夜？半夜里这么大一猴子跑进去了，你们都不晓得？现在出了事，到底谁负责？"

第一卷 饥饿年代

第四十八章 大闹天宫

张队长大发脾气，模样还真有点儿吓人，旁边的这些手下都低着头，一句话都不敢说，乖乖地挨着训。我有点弄不清状况，虽然有些怵那个大发雷霆的领导，但是终究还是太关心胖妞的安危了，挤上前去，大声问道："胖妞怎么了，它怎么了？"

正在训人的张队长猛然扭过头来，狠狠地瞪了我一眼，低声问道："那只猴子是你的？"

这个张队长的一双眼睛宛如利剑，瞧我这一眼，感觉好像一双大锤打在了我的脑仁上，轰然作响。我下意识地后退一步，整个人的气势就矮了几分，低声说道："对，是我的。"张队长凝视了我的脸几秒钟，然后冷哼一声，竟然什么也没有说，便拂袖而去了。他一走，整个场面就缓和多了，刚才那几个低眉顺眼的工作队同志都直起了腰杆子来，其中有一个是老江，他瞧见了我，三两步走到我面前，愤然说道："二蛋，你老实说，那猴子是不是你指使的？"

我茫然不知，焦急地拉着他的衣袖问道："老江大哥，我家胖妞到底怎么了？我不知道发生了什么事情，昨天晚上和王朋、努尔一直在喝酒，后来就醉了——它到底怎么了？"

"二蛋，唉，这件事儿也不知道是好事还是坏事，你自己进来看吧。"王朋不知道从哪儿钻了出来，引着我来到了旁边的侧房之前。这儿是砖石结构，被工作队做了监牢，用来关押杨小懒。我跟着进去，发现杨小懒被转移了房间，而在角落处有一个巨大的身影，是大个儿，杨二丑的僵尸中最厉害的一个。我昨天没有瞧见工作队的人带它回来，却没想到竟然被偷偷地运到了这里。

而在那大家伙前面的草堆上，四脚朝天地躺着一只小猴子，可不就是胖妞吗？

瞧见那小家伙，我顾不得旁边有人，直接跑了过去，一把将其抱起来，身体温热，而鼻息……嗯，似乎也在——哎呀，它没有事情啊，难道是它闯祸了吗？

我紧紧抱着胖妞，不愿意放开，没有人能够理解我对这只又胖又机灵的猴子的情感。也不知道怎么回事，这猴儿的额头之上突然出现了一个黑色印记，竖立而生，微微发光，很难形容，仿佛是二郎神一般，额头上多出了一只眼睛。

昨天我最后一次瞧见胖妞，还没有这样的情况。

王朋走到了我的旁边，指着我怀里的小猴子说道："这个小家伙昨天趁我们不注意，把你上交的那颗黑色珠子吞了。然后又跑到这儿来，将这头被我们制服的僵尸额头上的符箓撕开，简直就是大闹天宫啊，差一点闹成事故。"

是护魂珠吗？我抚着额头轻叹了一声，然后问后面的事情，王朋叹息道："也是巧了，这小猴子穿堂过户竟然无人知晓，它揭开了那僵尸符箓之后，也不晓得用了什么办法，没有让它发疯。我们的人也不知道发生了什么事情，早上起来巡查的时候，才发现这小猴子躺在了僵尸的旁边。一检查，小猴子没事，僵尸却是恶魄消亡，已经是真正意义的死去了。杨小懒被转移到了别的地方，刚才张队长查了一下，说这猴子的品种不对，有点异种，说不出来的古怪。"

王朋这般说着，我也算是明白了事情的前因后果，不由得感叹，这胖妞倒也挺能闹腾的，竟然整出了这么多幺蛾子，不过，它到底是怎么回事呢？

我拎着这肥货脖子上的赘肉抖了两抖，这货方才醒过来。瞧见我，伸出手，吱吱叫了两声，似乎想要爬到我的肩膀上来。

我本来倒也没啥事，不过为了做给旁人看，大声地呵斥了它几句，胖妞却装出一副无辜的表情，一双水汪汪的大眼睛看着我，好像听不懂我的话一样。我装模作样地训完了，回过头来对王朋说道："王大哥，这家伙油盐不进，我也没有办法，它既然坏了工作队的事情，我就把它交给你们，要杀要剐，悉听尊便。"

我这话说出来也只是做做样子，他们若真的蹬鼻子上脸，我大不了找准机

会带着胖妞溜走。不过好在王朋并不在意，摆了摆手，看了外面一眼，然后压低声音说道："这小猴儿总共没有几斤肉，我们拿它做啥？那黑珠子根本没有鉴定，用途不明，既然是你从墓中带来的，你家猴子吞了也就算了。主要还是这僵尸，我们本来是打算拿回去交差立功的，结果被它弄没了，张队长心里有火也属正常。你呢，也别急，我去跟张队长说说好话，说不定也就没你的事儿了，你看好这小猴子就好……它叫胖妞对吧？"

王朋温和的态度让我十分感动，一边点头，一边催促胖妞道："听到没有，给你王大爷磕头，多谢不杀之恩。"

胖妞这会儿倒是听懂人话了，知道自己闯了大祸，连忙有模有样地拜倒在地，又是鞠躬，又是磕头，模样滑稽得很。王朋笑了，摸了摸胖妞的小脑袋，走出了门。

瞧见胖妞没事，哑巴也十分高兴，跟着乐呵了一会儿，自觉跟张队长说得上话，又是东道主，于是也跟在王朋后面去说好话了。我这个时候插不上嘴，也没有办法，带着这"小偷"出了房间，去找撵山狗、罗大根父子。我去的时候，这两人正起床，老友见面，久别重逢，昨日没说几句话，现在倒是聊得热闹。罗大根告诉我，说村子里现在复课了，孩子们都去田家坝上小学，不过他没有，一读书就脑仁儿疼，于是在家里帮着干点活计，然后跟着他爹开始跑山打猎。

我跟他聊了一会儿，忍不住低头瞧胖妞，总觉着它额头的裂纹随时都有可能睁开，露出第三只眼睛来。

我这边担心得很，不过张队长没多久又带着人出去了，没有人再理会此事。如此早出晚归，又忙碌了两天，还是没有收获。在此之前，撵山狗和罗大根已经带着我给我爹娘写的信折回了龙家岭。

我不敢回家，诸多思念全数寄托于信纸之上，一如我当初在五姑娘山顶学艺的时候。到了第三天早上，张队长他们点齐了人马，准备离开此处。

王朋告诉我，说虽然尽了力，但还是没有找到那十二头僵尸，所以张队长准备让我带着他们，前往神农架找到麻衣老头的藏身之处。

这事儿有点儿突然，当所有人收拾好行李的时候，我才发现哑巴也赫然在此行列。这次出行势在必行,也由不得我,所以我老老实实地跟在大部队后面离开,瞧那路线,倒是一点也不靠龙家岭。队伍出发了,没有大个儿,听说残骸被埋了,只有先前那个壮妇背着昏迷的杨小懒,一步一个脚印。我跟在后面,无精打采地走到了中午,突然瞧见前面山口处有些人影,起初还没觉得,然而当我瞧清楚的时候,不知不觉间眼泪便已经流了下来。

爹、娘,好久不见。

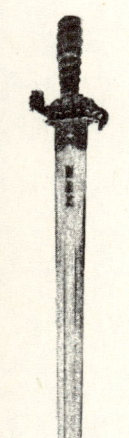

第一卷 饥饿年代

第四十九章 重返观音洞

时隔半年，我再一次瞧见我爹，发现他平添出了许多的白发，使得人到中年的他显得分外老相，我母亲也是，泪水涟涟，不住地擦着眼泪，让我的心都碎了。这一次会面是工作队的领导安排的，把路线提前告诉了撵山狗，让他带着我爹娘过来见上一面，一来解了我亡故的谣传，二来也是让我安心，免得去神农架那边出工不出力。

不管他们是出于什么目的，反正我还是挺感激的，跟父母见上一面之后，虽然还没有说什么便匆匆离开了，但是那心里面却是十分地温暖。

家是最温暖的港湾，这话从来都不假。在接下来行路的过程中，我虽然还是有些伤感，但没有了一开始的那种惆怅，因为我想着等我帮助工作队解决完剩下的事情，就有机会再见到他们了。

离别，只是为了更好地相聚，如此想来，便没有了太多的不舍。

哑巴是个很敏感的人，他瞧见了我情绪上的兴奋，也替我开心，陪在我身边，不时还逗一下我肩膀上面的胖妞，完全没有以前那种沉闷之感。看得出来，他对于这一次出远门还是蛮期待的，甚至希望有着一个不一样的生活开端。不过这情绪感染不了胖妞，这小猴子自知闯了祸，没脸见人，于是一开始就蹲在我的肩膀上面，低着头悄不作声，眼睛滴溜溜地四处打量人。

不过工作队倒是没有太追究此事，王朋不时过来与我们说话，并且还逗一下胖妞。

对于这个为自己说话的"王大爷"，胖妞倒是知道好歹的，瞧见他就用手作揖，这副可爱的模样逗得王朋哈哈大笑，摸了摸小小的猴头，还给它挠痒痒。

王朋的鼓励让胖妞终于有了一些活力,开始琢磨着将功补过,献宝一般地弄了些野果和白乎乎、蚕蛹一般的肥虫子来给工作队的人吃,又在休息时间屁颠屁颠地跑到张队长身旁,给他敲背揉肩,虽然力都错用了方向,但是这热情却感染了所有的人,没多久,大家都喜欢上了这只机灵又勤快的小猴儿。

爱屋及乌,他们又顺带着喜欢上了我,我几乎不用很努力,便融入了这些人。

一聊天,才发现大家都来自天南海北、五湖四海,有的是退伍军人,有的是家学渊源,还有的则没有讲明来历。不过我却了解到,他们所在的部门其实是一个比较神秘的所在,就像一个专案组,一旦有类似事情发生,他们总是第一时间站出来处理妥当。而因为面对的都是一些穷凶极恶的人物,有时牺牲的可能性比较大,经常会有朋友在任务中失去性命,所以让工作队的气氛通常比较紧张和压抑,算起来,属于一种比军人还要危险的职业。

第一卷 饥饿年代

不过这种工作,在我的生命中已经是非常地神秘和神圣了,想到能够像电影里面的英雄一样,为人民群众和国家奉献自己的生命,我就忍不住热血沸腾,心动不已。

不过王朋先前虽然还提出让我加入他们部门,但出了胖妞偷吃的那件事情之后,他便没有再提起,我也不好问,只有憋在心里。

从神农架而来,麻衣老头几乎是昼伏夜出,走的也都是偏离人群聚居地的山路、丛林,这是因为我们一路上都带着十三头僵尸,生怕引起惊慌,造成不必要的麻烦。然而工作队却不用,直接翻出了麻栗山,沿路而下,然后到了我们县城,工作队从武装部联系了一辆解放卡车,将我们直接拉到了鄂南。

这是我第一次坐汽车,在此之前,麻栗山根本没有通车,我只能在去乡场赶集时,蹲在路边看那些钢铁怪物鸣着喇叭远去,羡慕得紧。这回坐在车上,听着那车轱辘在马路上面转以及发动机的轰鸣声,闻着飘散的汽油味儿,一切都是那么地新鲜。

有了车,所有的节奏都变得无比地快,第二天我们就到了鄂南的一个小镇。张队长他们根据我的描述,特别是我那次私自逃出观音洞,在溪边不远处遇到的那个凶宅子打听到的地名,大概确定了几个地点,而我们所到的第一处便是最有可能的地方。

不愧是专业的工作队，再次进山的时候，我便瞧出了那路十分熟，往山里面再深入一些，我便对上了号，连忙拉着王朋，告诉他当日我和麻衣老头、杨小懒，就是从这一边翻过那片山的。他很激动，拉着我的手，问我这儿离杨二丑的老巢到底还有多远。

我低头想了一会儿，说如果脚程快一些，估计不出三四个小时。

这消息传回去，大伙儿都不由发出了一阵欢呼。工作队跟这件案子也有一段时间了，别的不说，光是领头的张队长就小半年都没有回家了，如果这一回能够将麻衣老头的老巢找到，把那些剩余的僵尸给铲除了，也算是能够结案了。

此番前来，为了双保险，工作队还带上了杨小懒。

这小娘们昏迷了三天，在车上的时候苏醒了过来，神志还在，但就是不愿说话。时间匆忙，工作队也没有怎么审她，更没有把她留在地方上，而是由一个身高体壮的健妇带着她。这小娘们瞧见我没有被逮住，反而领着工作队前往观音洞，便晓得我背叛了她爹，于是有事没事就拿那种恶毒的眼神死死盯着我，让我总感觉有一条毒蛇在脖子后面爬。

这种情况大家都知道，但是没有人提起，我当时虽然不知道什么叫做"投名状"，但隐约也能感觉到这是工作队故意的。

不过既然想要重新获得自由，我就需要表现出跟杨二丑一点儿关系都没有的样子来。

我们进山一路找寻，很快就来到了溪边的那间烂房子，接着再往里走，其实就已经十分熟悉了，大概到太阳快要落山的时候，终于来到了观音洞的山崖前。山谷交错，林密树深，张队长瞧见我指的那处隐没在藤蔓之间的洞口，点了点头，说道："嗯，很不错的藏身之地，一般人即使路过，也不一定会发现那儿还住着人呢，不过不知道杨二丑是否回来过。"

他沉思了一番，然后回头喊道："江南，你带着陈冰、江霖，先摸上去看看。"

脾气很不好的汉子老江听令，立刻带着两个身型比较瘦弱的队友走了出来，大致瞧了一下离地十几米的洞口，然后开始往上爬。这三个人十分灵活，三两下便翻上了洞口，然后一人在外面等待，另外两人结伴而入，没多久便传来反馈："张队，没有人，上来吧！"

听到这话，下面的大队人马便只留下几个人照应，其余的人全部都攀爬上去，包括看着杨小懒的那个健壮妇人。

重回观音洞，一切都还是那么熟悉，我领着人一路往前，走到了最里面的石厅，却没有发现当初麻衣老头藏在这儿的那十几头僵尸。不过根据里面的布置，还有余下的那股浓重尸气，还是能够使工作队的一干人员相信了我说的话。看着石厅凹口处留下来的尸浆，王朋十分懊恼地说道："唉，到底还是来晚了，没想到那个家伙反应居然这么快，到底还是扑了一个空。"

众人纷纷表示遗憾，然而张队长在思索一番之后，却表示先不用着急，我们今天晚上先住在观音洞中，明天再想办法。

此刻天色已晚，出山不易，还不如就在这儿休息，我在这里生活半年，十分熟悉，然后开始劈材生火，准备众人的晚饭。不过虽然这儿食材都有，但是因为担心麻衣老头在里面做手脚，张队长还是制止了我，吩咐大家吃携带的干粮即可。

那天晚上，我没有跟哑巴、王朋以及老江一伙人挤在大厅，而是带着胖妞回到我以前住的那个小洞子里。临睡前还瞧见张队长找人对杨小懒进行突击审讯，我瞧着那小娘们看我时诡异的笑容，莫名就有些心慌，生怕她说出什么诬陷我的话语。虽说清者自清，但是被人泼了脏水，总是会有许多麻烦的，万一工作队的领导一个念头没有想好，我可是冤得慌。

我辗转反侧，好久才睡着。然而半夜里，迷迷糊糊间，总感觉有一丝凉气在身边徘徊，好似毒蛇吐信，猛然一睁开眼睛，竟有一张惨白的女人脸孔印入我的眼帘。

"啊……"

第五十章 危机进行时

我几乎是下意识地就大声叫喊起来，接着叫声戛然而止，我感觉到喉咙猛然被掐住，一股大力传来，仿佛想要我闭嘴一般。与此同时，我感觉脑袋好像被一块湿布罩上了，然后紧紧一勒，弄得我根本就无法呼吸、无法喊叫，整个世界都变成了一片黑暗。

这是怎么回事？

我心中大惊，下意识地从怀中掏出那把小宝剑，朝着头上猛地一戳。

吱——

小宝剑有着一种奇异的力量，被我这么使劲儿一戳，我便感到笼罩在我脑袋上的那东西好像被捅扎实了，奋力一动，我只感觉天旋地转，直接摔倒在了石床下面，接着我握着小宝剑的右手手腕就被一股冰凉的寒意抓住，想要把我的小宝剑夺走。

我自然不会让其得逞，紧紧抓着小宝剑，奋力地挣脱。而就在此时，有一阵风突然从石床的另一边传过来，扑到了我面前。

刹那间，我终于恢复了视线，瞧见我面前有一个胡乱舞动的黑影，而胖妞正死死地缠住它，一双爪子去抓那张苍白凄冷的脸。"来人，有鬼啊！"我几乎是从肺里面喊出了这么一句话来，接着也顾不得心中的惊恐，抬起剑又朝着那黑影戳去。这小宝剑能够辟邪，当初溪边的厉鬼便是被它逼走，此刻这突然生出的黑影子也是有些害怕，一边奋力甩开胖妞，一边朝着墙上飘去。

工作队全天都有人执勤，一听到我的叫喊，立刻有一阵脚步声从不远处传来，而那黑影子竟然硬生生地融进了墙壁里面。

第一个冲进来的是王朋,旁边还有我的好哥们哑巴,王朋瞧见一脸青紫的我,还有地上吱吱叫唤的胖妞,大声问怎么回事。我指着那黑影刚刚逃入的墙壁说道:"刚才有一个东西突然出现,然后掐着我的脖子,差一点弄死我,后来我反抗,加上胖妞帮忙,它就跑进里面去了——是一张脸,惨白惨白的,一双眼睛几乎就要凸出来!"

王朋瞧我这番焦急惊恐的模样,也晓得我没有在开玩笑,从身后抓来一人,喊道:"叶凡,拿出罗盘来看一看!"

被王朋拉住的那个带着黑框眼镜的男子从怀中掏出了一块红铜罗盘,朝着盘面吹了一口气,口中念念有词,然后紧紧盯着那根指针。只见这根尖细的金针竟然大幅度地摆动,同时剧烈抖动,给人感觉好像要跳出罗盘。旁人都齐声呼道:"好重的阴气,到底是谁?"

这话音还没有落下,外面突然传来一声厉喝:"什么人胆敢冒犯?"

这声音是张队长的,我们对视一眼,知道外面也出事了,众人都折转回去。我连忙跳下床来,朝胖妞吹了一个口哨,然后跟着人群往外跑。我们匆匆跑到了外面的石厅处,瞧见几个朝着崖间跃下的身影,其中一个好像是张队长。我跟着众人冲到了崖间,往下一看,借着暗淡的星光,瞧见一个矮瘦的身影正飞快地朝着林间飞奔,在其后面张队长正带着五个同伴一起追去。

王朋也想跟着去追,这时老江过来拦住了他:"张队长让我们不要妄动,待在这里,小心敌人的调虎离山计,他离开后,这里以你为主。"

此番进山,工作队一共来了十四个人,加上我和哑巴,共计十六人,张队长等六人去追凶,还有十人,个个身手都不错,其中三人身上配了手枪,但是没想到被张队长指定留下来负责的却是王朋。我瞧了那个年轻人一眼,感觉在他那温和平缓的性子背后,应该还有许多我所不知道的事情。

经过老江提醒,王朋打消了跟过去的念头,而是聚拢众人留在了石厅之中,往中间的篝火里面添了两把柴。

大家坐拢过来,王朋看了一下自己手腕上那块上海机械表,正是凌晨三点,阴气正盛之时,安排了两人在洞口放哨,然后问起了我刚才的事情。我如实回答,旁人都惊呼,而王朋则扭头看了一眼被捆在旁边的杨小懒,那小娘们从头

到尾都没有任何动作，脸上冷冷的，一双眼睛空洞无神。他咽了一下口水，然后走到杨小懒面前，沉声问道："刚才捣乱的，是你爹杨二丑吧？"

杨小懒依旧不回答，而是把头扭到了另外一边，王朋脸色一冷，从腰间抽出了一把小刀，伸到她的脖子前，冷声哼道："别给我们玩什么花样，一切牛鬼蛇神都哄骗不了我们的。你现在说，念你年纪小，我会给你说些好话；如果还是不说，到时候把你送到白城子去，这辈子都不得安生！"

杨小懒哼了一声，脸上露出了轻蔑的表情，继续看着别处。那个年代，男女之防是大问题，众目睽睽之下，王朋也不敢怎么着，将那小刀递给了旁边的健妇茂大姐，吩咐道："茂姐，一会儿她若是有任何异动，便直接将这刀子捅进她的脖子里去。"

茂姐接过刀子，嘴一咧，脸上油光直露，拍着胸脯说道："放心哩，俺会把这小浪蹄子给看好的。"

王朋吩咐完毕之后，又给大家布置警戒任务。虽然所有人都困得要死，不过在张队长还没有回来之前，需要轮岗值班，一半人醒一半人睡，门口随时都要保持有两人警戒，防止有人摸上来，被人端了窝。工作队的成员年龄有大有小，年纪最大的老江四十多了，王朋算是年纪比较轻的，不过他在这里威望大，所有人都没有异议，按着他的吩咐行事。

工作队围着篝火开会，我在旁边看着，瞧见王朋指挥威风凛凛，心中不由得生出许多羡慕，想着我若能够如此，不知道有多爽利。

开完会，为了明天赶路，一半人先睡，还有一半人则留下来值夜班。我没有被安排任务，可是睡不着，四处看，视线不由得瞧向了杨小懒。这时她也正好看向了我，我瞧见她那张娇艳的脸上一片冰冷，桃花眼眯得狭长，里面的光芒好像玻璃渣子一般，看着刺眼，浑身直打寒战。

时间一点一点过去，半个多小时了，张队长还没有回来。这时杨小懒一双腿开始不断地摩擦，脸有些红，茂姐问她干嘛，她回答说内急。茂姐起初叫她忍着，结果她脸憋得通红，露出了十分难受的样子，几乎就要哭了。

茂姐别看人壮实，嘴也厉害，但是心软，瞧着这小姑娘也不大，长得又好看，要不是有杨二丑这么一个老爹，其实也还算好，于心不忍，于是便说要带她去角落解决问题。我喊了一声,说小心点,茂姐露出了宽厚的笑容,挥挥手,说:"我晓得的,这么一个小姑娘,未必还能有啥子猫腻。再说了,你小看你茂姐了,我参加工作多少年,怕啥呢?"

王朋知道我最了解杨小懒,既然提出警告,便是有危险的,不过左右一看,也没有一个女同志,于是说了一句:"快去快回,不要久了,过五分钟还没回来,我就派人过去找你。"

我瞧见她们两人走进隔壁房间,心中越发觉得有些不对劲,站起来左右看了一下,去拉胖妞,让它跟着,别让杨小懒出什么岔子。然而就在这个时候,洞口处突然传来一声大喝:"谁在那儿,出来!"

话音还没有落,突然就听到几阵风声响起,接着我瞧见守在洞口的那两个人好像在与人搏斗。

在洞口站岗的那两人都是工作队中佩了枪的,然而没两下,竟然连手枪都没有来得及开,就直接栽到了崖下。

这儿离下方足有十几米,直接这般没有准备地摔下去,不死也重伤吧?睡着的人都被惊醒了,连着值班的人一起冲出石厅,只见在刚才人员执勤的平台口,一个佝偻着身子的黑影子正一步一步地走上前来。

第五十一章 杨二丑逞凶

"陈冰、韩九!"

众人纷纷呼喊在洞口执勤的那两位同伴的名字,然而却眼睁睁地瞧着他们跌落崖间。大家冲到前方来,瞧见一个佝偻的黑影子,此人个头不高,吊眉歪嘴,一脸狰狞,独目凶恶。王朋伸手拦住众人上前,而是沉声问道:"杨二丑?"

那人脸上露出了得意的笑容,抖抖肩,露出一双如鹰爪般枯瘦的手来,回答道:"正是我这老头子,怎么着,见到我很意外?"

王朋的肩膀在抖,声音却显得平淡无奇:"我有些意外,没想到你竟然蠢得会自投罗网。"

麻衣老头哈哈一笑,用鸟爪一般的指头指着我们,来回一圈,然后得意地笑道:"就凭你们这些小鬼,也能够号称这儿是'网',你说什么笑呢?"王朋的脸波澜不惊,只是瞥了旁边的老江一眼。留守观音洞的人里面,有三人佩枪,刚才守在门口的那两人连枪都没拔,人就栽落下去了,现在只有老江身上还有手枪在。

老江若无其事地往怀里摸去,而王朋则在拖时间:"我们都是江湖后辈,论辈分自然不如您老人家,但是你若想凭着一个人,便将我们这些人都给镇住了,这也不可能。时代在进步,一代新人换旧人,别的不说,只要张队长回来了,你还不是得屁颠屁颠地跑开?"

麻衣老头似乎没有瞧见老江的动作,平静地说道:"张晓涛嘛,这疯狗近年来名声渐大,我也怕他。不过没关系,自然有人拖着他,不让他赶回来,而在这段时间里，我并不用太担心。"

他这话还没有说完，老江便猛然掏出了手枪，一声大吼道："杨二丑你这王八蛋，老子打死你！"

他这把枪是警用五九，射速快，火力猛，可就在他胳膊抬起的那一刹那，麻衣老头竟然身形一动，直接退回了洞口的黑暗中去，老江射出的子弹落在了空处，弹头和石地擦出火花，跳弹飞射。而就在这个时候，突然外面一阵狂风生出，阴森森的，将石厅之中的篝火吹得一阵摇曳，几乎就要熄灭。

我以前听王朋说过，麻衣老头对老江的家人犯有血仇，虽然不知真伪，但是瞧见他几枪落空就要冲出石厅，便知道这事儿错不了。

仇人见面，分外眼红，老江这个人本来脾气就暴，脑子一热，直接就冲了出去。然而这时，旁边的王朋突然身子一动，一把将老江拉住，脚下一绊，将他压在了地上，凑在他耳朵边大声喊道："老江，冷静，要想报仇，就不要被他激怒——你出去干嘛，你弄得过他吗？"

老江一股热血直冲脑门，却被王朋一盆凉水浇灭，清醒过来，这才晓得麻衣老头是想让他冲到洞口，然后将他手上的枪卸下来。

人乃血肉之躯，无论再厉害，其实也罕有能够生扛枪弹的，这事儿早在百年前闹义和团的时候，就已经被无数的鲜血和亡魂证实了，所以麻衣老头若想冲进来拿人，那么这把枪便是他最大的威胁。想到这里，老江极力收敛起心头的怒火，朝王朋点了点头。见老江冷静下来，王朋立刻吩咐众人持械上前警戒，并且呼唤里面的茂姐拉着杨小懒出来，用麻衣老头女儿的性命来威胁他就范。

说实话，这点子有些过分了，不过工作队中最厉害的人都不在，能够防住麻衣老头的手段并不多，两把枪被麻衣老头弄没了，现在我们这边虽然人多，但是反而成了弱势。

然而就在王朋吩咐的时候，又是一阵寒风吹了进来，我感觉一片黑暗笼罩着石厅，接着老江手中的枪坚定地响了起来，"啪、啪、啪"，朝着一个冲进来的黑影子射去。打中了，血花四溅，可当我恢复视线的时候，却瞧见躺在地上流血的是先前跌下山崖的一个同伴，身上开出了巨大的血口子，血肉翻卷。而那麻衣老头则趁着这混乱，冲到了老江的身前。

老江抬手便射，但那麻衣老头速度更快，直接偏头避开了最后一发子弹，接着手一伸，直接抓住老江的手腕。

别看他的手瘦如鸟爪，却十分有力，用劲一捏，老江根本握不住枪，那坨铁直接掉落下来。

麻衣老头突进上前，速度简直可以称得上是鬼魅，而工作队长期与这些人打交道，个个都练就了一身的本事，几乎不用反应时间，立刻围攻而来。第一个上前的自然是离得最近的王朋，短兵相接，立刻显示出了十二分地强悍，朝前一掌直接印在了神威大发的麻衣老头背上。

麻衣老头已过巅峰时期，无论是力量，还是速度，都已经大大降低了，然而经验却依旧还在，大伙儿一拥而上，他反而是如鱼得水，旁人的拳脚倒也不用防备，只是避开王朋的那一记掌，便在众人之中翻腾起来。

几乎是一道身影闪动，三两下便有人吃了亏，"啊"地一声倒在地上，王朋在旁边看得仔细，不由得气炸了肺："亏你是个前辈，居然还用毒！"

麻衣老头嘿嘿笑，说："我老头子年纪大了，比不得你们这些小伙子，用点取巧的手段，倒也没有什么不好意思的。"

他正得意，旁边突然冲出一人来，却是哑巴，一根滑溜溜的榉木棍朝着麻衣老头的身后捅去。这棍子来势汹汹，麻衣老头一时间也有些心慌，往旁边移动，却不料这使棍的人也是个招式连绵的老手，那棍风几乎是擦着他的衣角而动，麻衣老头连踏了几个方位，步伐诡异，身形变换，却还是被捅了一棍，一个踉跄朝我旁边跌来。

我虽然对麻衣老头有着本能的畏惧感，但真正到了你死我活的这一刻，恶向胆边生，捏紧了小宝剑，便朝着麻衣老头刺去。

许是太过熟悉了，麻衣老头对别人防备，对我却多了一丝懈怠，结果闪避不及，右臂被我的小宝剑划拉了一下。

这小宝剑锋利无比，随便划一下便是一个大大的血口子，麻衣老头"啊"地一声大喊，腾身后撤，不管旁边围上来的众人，而是死死地盯着我，一字一句地质问道："陈二蛋，你居然胆敢弑师？"

"师父？"旁人纷纷疑惑地看着我，都没想到我跟这凶煞盛名的杨二丑居然还有这么一层关系。我没有理会旁人诧异的目光,而是死死盯着面前这个丑恶的老头子,胆子也肥了,一边摸着怀中的符袋,一边紧紧抓着小宝剑,大声喝道:"去你妈的师父,一个天天谋划夺我性命的老头子,有什么资格当我师父?我这半年来吃了无数的苦头,低声下气,装够了孙子,今天我倒是要告诉你杨二丑一句话——滚你妈的蛋!"

我骂得痛快,杨二丑却是真正发了怒,仰天一阵笑,那冰冷的声音在石厅中飘荡起来:"哈哈,难怪我心里面一直感觉不安,原来你什么都知道。陈二蛋,你才十三岁吧,居然会有这么深的城府,如此能忍,果然不愧是'特别之人'。如果让你长大了,这天下还了得?择日不如撞日,我今天就把你给度了吧!"

他这话一说完,那只独目突然就变成了血红色,身子一动,竟然直接冲到了我的面前。

他动了,我也能反应过来,闪身后跳,瞧见他诧异的目光,我充满恨意地大声骂道:"你这个老不死的,你以为我除了打杂,什么都没有学吗?"麻衣老头哈哈大笑,身上的衣服无风自动,无数的黑气散发,整个石厅里面充斥着浓烈的尸臭味,抵抗力稍微低一点儿的人直接就吐了起来,接着他像恶魔一般,朝着我这边一步一步地走了过来。

麻衣老头表现出了势不可挡的气概,而就在这个时候,从旁边冲出了一个身影,直接抱住了他的大腿。

误杀战友的老江,用生命拦住了麻衣老头。

第五十二章 恶枭殒命

"王朋，快点弄死这个老东西，我坚持不了多久，快！"

老江的手枪被麻衣老头给踢飞了，晓得自己如果上前搏斗，也和其他人一般无用，竟然趁着麻衣老头的精力被哑巴和我缠住的空当，一下子就将这老家伙的大腿给抱住了。他一两百斤的体重，此刻死死抱住麻衣老头，那家伙便再也腾挪不得了。

老江舍生取义，麻衣老头又气又恼，右手呈鹰爪状，指甲又尖又锐，直接掐住了他的脖子，一用劲儿，立刻有鲜血冒了出来。

然而就是这么一空当的工夫，最先反应过来的王朋、哑巴和被麻衣老头狂追的我都有了机会，王朋一身卦衣、一双肉掌，而哑巴则是一根滑溜溜的榉木棍，两人冲将上前。榉木棍长，当头便是一棍，敲在了麻衣老头的后脑勺，而王朋则从侧面而来，一双八卦掌舞动如飞，掌沿斜劈，一掌砍在了麻衣老头抓着老江脖子的右手上面。

而这个时候，脖子被抓得尽是鲜血的老江也是颇为硬气，不喊不叫，直接张开嘴巴，一口咬在了麻衣老头的大腿上。

他是恨极了这个老头子，舍命也要其亡，这恨意转化做了力量，这一口就咬得结实，麻衣老头的大腿立刻就被老江的牙齿深深嵌入。

场中的情况，随着洞口的两人栽落崖间而变得极其危险，而随着老江舍身而出又逆转过来。然而我们终究还是低估了麻衣老头的实力，哑巴这凌空一棍虽然打得结实，却像砸在了皮球上面一般，几乎没有多少受力时间，便被反弹了回去，而王朋这一掌也没有解救到老江，反而是被麻衣老头横甩过来的一掌

直接摔落到了另外一边。

恐怖！

麻衣老头自从身上开始有冉冉黑气冒出起，便完全像是变了一个人，强得让人心悸。

就在哑巴和王朋双双失利的那一刻，我的小宝剑也伸到了麻衣老头的胸口前。

那一刻我没有逃，因为我知道此刻的我与麻衣老头是不死不休的结局，这是从他准备在我这里夺舍重生的那个念头一起，便已经注定了的。我若是软弱了，退却了，让他逃去了，那么受到威胁的便不止我一人，连我的家人、我的朋友以及我们整个龙家岭，都会生活在这个恶魔的阴影下。一想到我那些淳朴的乡亲们，有可能会被炼成我在林间小屋里大锅子中看到的人肉块儿，我就不得不拼命。

我几乎是依着本能地刺出了这一剑，身处其中的我根本没有感觉到自己有多厉害，我只晓得，杀了他，不然我就得死。

"噗！"

小宝剑直入麻衣老头胸口，一切仿佛都是做梦一般，这么强悍的高手竟然被我再次伤了。然而幸运并没有一直伴随在我的身边，我用尽全力，但是剑尖也仅仅入了一寸，便有巨大的力量阻止其再往前。我憋着劲儿往里捅，然而瞧见那伤口处流出来的呈现出黑色，继而化作了一团又一团的气息，围绕在小宝剑上面，一路蔓延，竟然沿着我的手臂爬了过来。

这黑气如蛇，又滑又凉，我感觉胳膊肘都有些僵直，不过当时也是福至心灵，直接运转起了他教予的《种魔经注解》，竟然将其化于无形。

"你这个逆徒，没想到你竟然会这么做！"瞧见我用他教授的法门来化解，麻衣老头完全陷入了怒火之中，整个人好像吹气球一般，皮肤血肉一起鼓胀，继而收缩，那黑色气息便在这一张一缩之间往外喷涌而出。这劲儿很大，无论是王朋、哑巴，还是紧紧抱着他大腿的老江，又或者其他的人，都感觉仿佛有巨大的爆炸一般，踉跄着朝后面翻滚而去。

最惨的是老江，整个人直接飞了起来，然后撞到了石壁之上，滑下去之后就再也没有起来。

　　我当时只感觉眼前一花，再次睁开眼睛的时候，瞧见自己已经完全被麻衣老头死死地抵在了岩壁上，那只独眼死死地瞪着我，仿佛要将我吞下去一般。

　　当时的我如遭雷轰，举剑去刺，也被他轻易制住，此时方才晓得自己与麻衣老头之间的差距，远远比我所想象的还要远。

　　不过即便如此，人死气不倒，我也没有什么好害怕的，依旧破口大骂："你这死老头，有种弄死我啊——弄死我吧，我死都不愿给你做那替身的！"麻衣老头不顾我喷他一脸的口水，脸上挤出一丝诡异的笑容，桀桀笑道："小子，任你鬼精鬼精，也逃不脱我的手掌，我这就带你离开，今晚我们便换！"

　　他说着话，然后开始往我的怀里摸，摸索一阵，先是疑惑，然后陡然大怒起来："臭小子，我给你的护魂珠你放哪儿去了！"

　　果然，他当初塞在我怀里的珠子真的是护魂珠！

　　瞧见他惊怒的表情，我心中莫名一阵快意，大声喊道："没有护魂珠了，没有了！你百密一疏，竟然想着把那东西放我身上，你以为我会当做宝贝一样帮你给供奉起来吗？"我疯狂地喊着，麻衣老头却不再理会我，而是回过头去，打量旁边围上来的人，寒声说道："那珠子谁拿了？赶紧交出来，不然，所有的人都活不过今天！"

　　他说得阴寒，王朋、哑巴等人虽投鼠忌器，但也并不妥协，只是拖延道："你放了他，我们什么都好说。"

　　这话还没有说完，突然一道瘦小的黑影直接蹿到了麻衣老头的头上，一双爪子抓到了麻衣老头的那只独目。

　　这突如其来的攻击让麻衣老头陷入了完全的黑暗之中，出手的是胖妞，它出手很准，一抓便将那老头子唯一的眼珠子给挖了出来。麻衣老头眼睛一瞎，下意识地松开我，去抓胖妞，结果那小家伙屁股一扭，直接蹿到了另外一边。麻衣老头几乎是凭着气息去追，可他哪里有胖妞灵活，三两下居然被引到了人群的另外一边去。

　　我滚落地上，哑巴立刻冲上前来看我，麻衣老头方才清醒过来，返身来抓我，然而这个时候，却突然听到一声巨大的枪响："砰！"

我抬头看去，却见那个黑框眼镜男叶凡竟然捡起了甩落在角落的手枪，装上子弹，在这关键时刻，直接朝着麻衣老头开了一枪。麻衣老头身子一震，当时就感觉到了不妙，他眼睛被胖妞挖了下来，视线全无，却还能够凭着感应，纵身朝着洞外冲去。此人浑身诡异，黑雾萦绕，在场的所有人都不是他的对手，眼镜男后面的几枪也落到了空处，眼看着他就要逃走，这个时候洞口又出现了几个身影。

只见麻衣老头跟领头那人过了两手，一口气提不上来，便直接栽倒在了地上。我们冲上前一看，是折转而回的张队长，以及赶回来的其余几人。

再看地上，麻衣老头已经气息全无了，一代恶枭竟然就此终结。

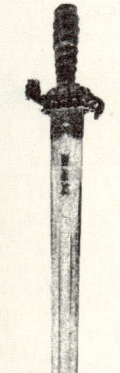

第五十三章 尘埃落定，各处离散

杨二丑死了，被张队长拎着脖子扔进来，瞧见地上死去的韩九，以及我们这边的一片狼藉，脸色十分不好看："这狗日的勾结了龙家寨的人，故意将我们引走，然后用僵尸将我们的大队人马缠住，声东击西，竟然又过来偷袭这里，实在是卑鄙啊。"

他解释完自己为何会来得如此之晚，然后走到了瘫倒在地上的老江身旁蹲下，柔声问道："老江，怎么样，你没事吧？"

老江刚才被麻衣老头一震，摔在岩壁上，滑落之后再没有起来，刚才我们所有人都把精力集中在麻衣老头身上，倒也没有注意他。张队长走进来，视线一扫，就瞧出了老江的不对，伸手扶了一下他，便感觉到老江浑身的骨骼都已经断了，一摸，口中的鲜血就溢了出来。我们围上前去，瞧见老江整个人出气多进气少，看着已经没救了，但是视线却不时地往中间移去。

张队长回头看了一眼，又扭过头，瞧见老江拼尽全力，从喉咙中间涌着血，问道："老九，他怎么样了？"

他在临死的时候，已经忘却了对麻衣老头的仇恨，连自己的生命安危也抛开了，唯一记挂的，就是那个被自己误伤的同伴。韩九已死，这一点毫无疑问。不过刚才的场面实在是太混乱了，老江也没有来得及查验，此刻拼尽最后的力气，只想得到一个确切的答案。张队长在犹豫了两秒钟之后，撒了一个谎："他啊，重伤，不过应该能够抢救过来的，你放心，我们也会尽力抢救你的……"

这话还没有说完，老江苍白的嘴唇上翘，不再说话了，而是安详地闭上了眼睛——张队长回来了，他知道自己的仇人杨二丑绝对会在黄泉路上陪他而行，那么也就没有什么遗憾了。

此身已死，却随家人而归。

老江闭上了眼睛，一条鲜活的生命又离我们而去，所有人的眼中都有泪光闪耀。张队长站起来，又来到了刚才那个被麻衣老头下毒的同伴旁边，查看了一下伤势，一边的叶凡是队医，告诉我们这是尸毒，他已经准备好了新鲜的糯米拔毒，问题不大，得到了这个回答，张队长那紧绷的脸色才好了一些，不过没停顿一会儿，又皱起了眉头："茂茂和嫌犯呢？"

这时我们才想起了一开始离开石厅的这两人来，王朋瞬间感觉不妙，拔腿就往里面跑，我紧跟其后，结果还没有走到另外一个石洞，那家伙突然停住了身子，我直接撞到了他的背上。王朋的身子绷得紧紧的，我后退一步，从间隙看过去，只见刚才还自信满满的茂姐面对我们跪着，脑袋后仰，像请求救赎一般。

在她的脖子处，有一个巨大的血口子，占据了她大半个脖颈，正嗤嗤地往外面喷着鲜血，至于旁边什么也没有。

没有杨小懒，也没有任何人，只有茂姐的尸体跪在这儿，仿佛在嘲笑着我们所有人。

到底是谁干的？这个巨大的疑问，瞬间就充满了我们的心头。

此番我们虽然将杨二丑这个恶名远扬的大贼人杀死，他剩余的十多头僵尸也全数被灭，但是工作队这边，老江身死，韩九被老江误杀，陈冰掉落崖间的时候头颈着地摔死，茂姐不知道被捆得结实的杨小懒用什么手段杀害，而杨小懒也不知所踪，留守之人身上几乎都有伤，跟着张队长出击的几名成员也各有损伤。经此一役，工作队折损小半，实力大打折扣，实在是有些让人窝火。

我虽然并不是工作队的成员，但是战友死去的那种沉重心情，却也能够感同身受，并没有因为麻衣老头的死而欢欣鼓舞，反而一起陷入了沉默，静静地听张队长分配任务。

烛火跳跃，空气如凝固了一般，每个人的脸都是僵直的，我想他们心中估计也和我一样，充满了懊悔。

今天晚上大伙儿的表现十分糟糕，如果能够再仔细、再谨慎一点儿，也不会是现在这样的结局。然而事实便是这样，无论有再多的后悔，都无法改变现在的结局。我拉着胖妞坐在旁边，心情沮丧无比，虽然这并不是我第一次见到死亡，然而老鼠会的人跟老江、茂姐他们根本就不能比，原来一起嬉笑亲密的队友此刻却成了一具又一具的尸体，实在是让人心中发堵。

我的眼中，无数次地浮现出了老江临死前的表现，虽然这个年纪比我大好几轮的男人并没有多么让我喜欢，甚至还一度让我讨厌，然而在他刚才舍身抱住杨二五的一刹那，我却觉得他就是一个英雄。

当时的他，心里面到底在想着什么呢？他又是为了什么，会连自己的性命都不要，明明知道实力差距这么大，还要舍命而为呢？

我陷入了深深的沉思，一直到第二天启程的时候，都还没有走出来。

昨夜损兵折将，死的死、伤的伤，大量减员，张队长也没有安排人员再次去搜寻神秘失踪的杨小懒，而是等到了天亮，然后背着同伴的尸体出山。这一路走得沉重，我落在后面，瞧见大伙儿都沉默不语，几乎没有人说话，偶尔因为路途的缘故而说两声，讨论完了之后再次息声。到中午时分，我们终于走到了下谷坪公社，张队长去公社里拨打了电话，然后没多久，区革委会便派了车子过来接我们。

坐上了解放牌卡车的后厢，昨天后半夜大家的精神都处于高度紧张状态，接着又赶了一上午的路，我虽然修炼《种魔经注解》有了些底子，但到底还是十三岁的少年，吃了点干粮之后扛不住困意，搂着胖妞就睡了过去。

再睁开眼睛的时候已经天黑了，车子到了目的地，我们被安排在一个附近没有民居的院落里。张队长和王朋，还有两个负责人被带走了，而我和哑巴，以及其他队员则被安排在一个小食堂里面就餐。没什么好菜，但是米饭管饱，而且汤里面也放够了味精，热乎乎的汤泡饭让疲累一天的我胃口大开。胖妞因为昨晚的表现，在旁边荣幸地分到一碗，我们两个狼吞虎咽，吃得像上战场一般。

不过我们在这儿吃，旁边的人却没有什么胃口，有个矮个儿叫做江霖的，在角落正跟旁边的人小声议论道："哎，你说这一次张队长会不会受到处分啊？"

旁边的人看了我们一眼，然后压低嗓子说道："有可能，他最近风头太盛了,邪符王不管现在实力如何,总归还是局里登记在册的要犯,如果办得漂亮,说不定就有可能扶摇直上了。但是张队没有后台,根基又不牢,这次的伤亡很有可能被一些人借题发挥,对他进行打压。黑白两边事,上下一片嘴,如果是这样,我们这个工作队就有可能解散了,大家以后各回各家,各找各妈了。"

江霖又问:"那王朋呢,这一次事故他也逃脱不了责任啊?"

他似乎不理解这事儿,然而旁边的人却是门儿清,也没有防备,接着说道:"王朋啊,他是青城山太清宫梦回真人的弟子。当下茅山封了山门,悬空寺避世不出,崂山、蜀山、百里窟都禁止门人下山行走,为国效力的就那么几家,还都以龙虎山为首,凡事皆需平衡,所以上面肯定希望青城山的人出来做事,自然不会为难他——不但不会为难,而且还会大肆提拔,千金买马骨,这个你应该晓得的。"

我是小孩子,两人对我也没有什么防范之心,低声说了一会儿,一直到有人过来安排住宿方才罢休。

第二天,果然如这两人所说,张队长不见了人影,听说是被叫去调查了。接着这些人也陆续接到一纸调令,各自返回了自己的驻地——他们是从各地抽调过来办理此案的,现在杨二丑死了,也算是归了案。

他们都有去处,而我和哑巴却只有待在这大院里面,几乎没有人理睬。哑巴性格安静,只要有吃有穿,他也不闹,盘腿修行。而我呢,到现在也没有人给我一个说法,心中忐忑得很,工作队里唯一能够说得上话的王朋也是找不到人,急也没用,于是便按捺下心中的不安,也和哑巴一样,修炼起了我的《种魔经注解》来。

如此过了一个星期,大院的工作队人员走尽,就剩我和哑巴,像两个被遗弃的人。不过终于在一天中午,王朋风尘仆仆地找了过来,告诉我们,这些天他都在忙着跑手续,现在政审通过,他已经帮忙联系好了,带我们到附近的一处提高班里集训。

第五十四章 巫山后备培训学校

王朋告诉我们,他们所在的部门叫做特勤局。

这是一个十分神秘的部门,处理的事情也带有神秘的色彩,一般来讲,基本上都用不到他们,但是一旦发生了类似于杨二丑这样的人物和事件,他们便会第一时间到场,维护国家以及人民群众的人身和财产安全。因为神秘,所以选员也十分慎重,除了必要的政审之外,还需要进行入岗之前的培训,然后再因材施教,分配工作,派遣任务。这是一个十分有必要的过程,即便是哑巴这种被点名出来的人物,或者像我这样托了关系、走了后门的家伙,都不可落下。

对于王朋的安排,哑巴并无异议,我知道自己也就是一个搭头,人家要不是看在哑巴的面上,说不定根本不会管我死活,于是也点头表示同意。

瞧见我们都没有什么别的想法,王朋笑了,让我们带上随身的行李,他送我们去报到。

我除了符袋和小宝剑,也没有什么好拿的,连换洗的衣服都没有,哑巴倒是有好多零碎,回房收拾去了。我带着胖妞出来,瞧见场院中有一辆绿色的吉普车,两排座,宽敞极了,王朋在那儿按喇叭,不由得兴奋极了,冲到他面前大声喊道:"王朋大哥,这车是你的吗?好厉害啊!"

王朋让我坐后面,等我关好车门,他笑呵呵地告诉我,说这车是军区的,他也是专门借过来开的。

我摸着吉普车里面的座椅和各种装饰,问东问西,好奇死了,实在没想到我竟然能够坐上小汽车,而且王朋这个年纪大不了我多少的年轻人居然还会开车,这简直是太神奇了。王朋在此之前,看见我小小年纪这么沉稳,总感觉有些疏离，现在瞧我露出了这般好奇的模样，心中也放松了许多，跟我讲起了开车的要领，离合、刹车和加油门，其实都不难，只要想学，一两个星期便能够掌握的。

我一边羡慕地看着坐在驾驶室的王朋，一边想着有朝一日我也能够开上这样的小车，然后载着我爹我娘，还有我姐，在宽敞的大马路上兜风。

嘿嘿，想一想就感觉幸福满满啊。

哑巴努尔没有让我们多等，不一会儿就带着行李出来了。他一坐好，王朋便油门一踩，车子就朝着远方驶去。

我来的时候坐在卡车车厢后面，什么也看不着，而后一直待在这院落里面，没有理由也不好出去。此刻坐在吉普车里，通过车窗往外面看，这才发现我们这儿真的好大，好多好多的房子，都是砖盖的，三四层高，林立在道路两旁。路上行人不断，也有人骑着单车，叮铃铃洒落一阵清脆的铃声。再往远处看，在东边靠河边的地方，竟然有好高好高的烟囱，上面有黄白色的烟雾吐出来，好像是巨人的手臂直指苍穹。

这是小妮的爹张知青跟我描述的世界，山外的世界，这儿虽然远处还是有山，但是平地却远比我的家乡多得多，到处都是房子和人，人们的脸上洋溢着灿烂的笑容，自行车、汽车、马车，还有好多大大的铁门，让我感觉自己眼睛都不够用。

瞧见我和哑巴东张西望，一副乡巴佬进城的样子，王朋就笑了，说："这个地方只是个小城市，你们是没有去过首都，那里可是祖国的心脏，人山人海，到处都是房子和工厂，气派极了。"我举手，说："我知道，我知道，那里有天安门，有人民纪念碑，有人民大会堂，有长城，还有毛主席。"

这话刚落，王朋原本喜气洋洋的脸变得有些低沉，车速都慢了一些，过了一会儿，他才低声说道："毛主席他老人家，已经故去了。"

他这么说，我才想起来，心情也十分沉重。

车子出了城市，开始朝着郊区行驶，道路两边的房子越来越少，而田地却越来越多，这会儿是冬天，地里面的土冻得硬邦邦的，田野里一片灰冷，前面的道路也开始变得曲折起来，转来转去，最后又进了山里面。继续往山腹走，接着就看到很多禁止标志，也看到了很多当兵的人，山谷中有绿色的岗哨和营房，也有哨卡拦在路上，不过在王朋出示了证件之后，打量了一会儿车，就放行了。

这山里面有军营，但是我们没有进，最后来到了一处紧挨着军营的地方，大铁门上面挂着一个破旧的牌子，写着"特勤局巫山后备培训学校"这么几个字。

铁门旁边有门卫室，王朋上前交涉，接着将车开了进去。到了里面，能够瞧见左边一排三两层的楼房，而在右手边则是一个大操场，五十多个汉子在那儿挥洒着汗水，有的在跑步，有的在蛙跳，有的则在两两捉对厮杀，这么冷的冬天，红背心蓝裤子，一副热火朝天的场景。我们开车进来的时候，好多人都往这边瞧过来，似乎还指点议论，不过立刻有穿着黑色中山装的教员呵斥，他们立刻低下头去。

这个培训学校的校长是一个戴着厚厚黑框眼镜的老头子，姓戴，个儿才一米六多一点儿，跟我差不多高。在接过王朋递过来的牛皮袋档案之后，点了点头，然后一丝不苟地审查起里面的内容来，差不多十多分钟之后，他才扶了扶眼镜，点头说道："好了，这两个学生我们收下了。"

他话语不多，表现得也很冷淡，王朋客气两句话之后，拍了拍我和哑巴的肩膀，又揉了揉胖妞的头，什么也没说就直接离开了办公室。

王朋一走，原本沉默不语的戴校长抬起头来，从厚玻璃镜片后面打量了我和哑巴一眼，然后拿起桌子上面的红色电话，吩咐教员过来领人。我和哑巴在旁边，瞧着戴校长冲着那个话筒叽里呱啦讲着话，感觉好神奇，不愧是神秘的部门，这么先进，居然有电话这种东西。

没多久便来了一个留着地中海发型的教员，进了办公室，先请我们在门口等一下，他和戴校长交接。

两人在里面说话，我本来也没打算仔细听，却不想那戴校长的声音竟然就这样飘进了我的耳朵里："这两个人，一个是哑巴，说不了话，另外一个还没有满十四岁，居然送进我们这儿来，摆明了是混饭吃，不知道是托了哪儿的关系。不过刚才开车来的那人也有点儿背景，那就先收着吧，别照顾，该怎么练就怎么练,别练废了就成。"

两人嘀嘀咕咕说了一会儿,结果那个地中海教员出来的时候,脸上就没有了多少笑容,带着我们往左边走。过了两栋建筑,来到一处红砖苏联楼里,一楼靠里的第四个房间就是我们的住处,里面两排大通铺,散发着一股浓烈的汗臭味,他指着靠角落的地方,说那便是你们的地方。

这儿的被褥用具都是军用品,一会让我们自己去库房领,地中海教员让我们先歇一会儿,他先去帮我们办理归档手续。

那人离开了,我和哑巴都松了一口气,放松下来,胖妞从我的肩头一纵而下,在房间里面四处窜,显然对这儿的环境并不满意,不时吱吱叫,捂着鼻子,让人发笑。新地方、新环境,哑巴十分坦然,然而我心中却是忐忑不已,坐立不安。我们等了好久,并没有等来地中海教员,而是迎来了我们的同屋,六个膀大腰圆的汉子。

这些人里面,其中有一个剃着短寸,左脸有疤,一脸的凶悍,打量了我们一会儿,沉声问道:"新来的?"

人在屋檐下,不得不低头,我们都是新来的,不敢贸然说话,点头哈腰地说是,那疤脸打量了我们一阵,然后目光落到了胖妞身上,眉毛一竖,大声喊道:"当这儿是动物园吧?这儿不准养猴,赶紧扔了!"

第五十五章 十天禁闭

我和哑巴刚才还在交流，不知道和我们同一个屋子的同学到底是个什么样子，没想到别人一回来，就给我们来了一个下马威。面对着这个疤脸男气势汹汹地指责，我将胖妞藏在身后，然后小声解释道："它很乖的，不会乱跑，而且它还会做家务，大家休息的时候也不会打扰到你们。"

"臭死了，宿舍里面养一只猴子，拉屎拉尿怎么办，这像话吗？走走走，赶紧扔出去，要不然连你们一起都给我滚蛋！"

疤脸十分不耐烦地挥手，一副嫌弃的模样，我无语地看着这两排大通铺，若说臭，好像没有什么能比得上这儿，关一只小猴子什么事情？

哑巴也看不下去了，走到前面来，开始做手势，试图跟疤脸解释，然而他这一出来，旁边所有人的脸上都露出了惊讶的神情，一脸诧异地看着哑巴。还没等哑巴比划完，旁边一个娃娃脸就大笑起来："天啊，我还以为我们这儿是培育精英的学校，没想到一个哑巴，还有一个养猴的小家伙，都能够混进来了，这到底是怎么回事，我出现幻觉了吗？"

他说着，旁边几个人哈哈大笑，疤脸和另外两个人也学着哑巴的样子，"阿巴、阿巴"地嬉笑起来。

面对着这些人的奚落，哑巴还没有怎么反应，但我瞧见这些人这样欺负我朋友，便感觉一阵邪火直接从心底里往头盖骨蹿，刚刚露出的赔笑瞬间收敛，脑袋一热，也顾不得什么前途或者别的，拳头一握就往那个最讨厌的疤脸汉子头上砸去。我之前只有一米五几，后来经过麻衣老头用药浴给我洗髓伐经之后，个子生生蹿了十公分，不过在这一伙个个都有一米七、一米八的汉子面前，还是显得瘦小——不过我小归小，却狠，一上来便用上了劲儿，右臂发热，砸在那家伙的脸上，一拳就将他的鼻子打歪了。

打斗在一瞬间就爆发了，这六个汉子膘肥体壮，又受训已久，从来都不畏惧事儿，我一动手，他们立刻一拥而上，拳头雨点一般地砸落下来。

我虽然半边身子入了行内，但是却没有系统的训练，就是力气大些、反应快些，然而这些对于群架的帮助并不大，于是很快我就挨了几捶，一阵酸疼。就在这时，哑巴也终于放弃了和平共处，"啊"地一声闷喝，也冲了上来。相对于我，哑巴可是从小就受过巫门训练的人，面对着这六个人，虽然不能说一下就占了上风，拳脚之间倒也并不吃亏。

胖妞也加入了战团，这小猴子见过血，麻衣老头的死便跟它有着直接关系，所以一出手，便有人叫了。我在拳风腿影的间隙瞧过去，但见那娃娃脸的后背被它挠了一记，整块衣服都被抓烂了，一道口子就血淋淋地显露出来。

胖妞出手没轻没重，这些人也来了火气，宿舍里面乱成了一团。

"别打了，都给我住手！"

这场混战最终由于地中海教员的介入而中止。在一片混乱中，他推门而入，一声大喝，那六个学员竟然顾不得与我们的厮打，挺直着身子，一动也不动，那个疤脸就连我不甘罢休地一拳也没有去避，硬生生地挨了一下，也咬着牙忍着。哑巴瞧见气氛不对，冲上来把我抱住，而抓得指甲缝里面全部都是血的胖妞见势不对，竟然跳出了窗户，朝着外面跑开。

这小家伙机灵得很，我倒也不太担心它，而是被那地中海教员冰冷的目光给吓到了，哑巴一拉，我就顺势停了下来，低着头不敢说话。

地中海教员抱着两床绿色被面的被子站在门口，目光扫视了一圈这乱成一团的房间，狠狠地将被子扔在地上，冷笑道："造反吗？我才离开没一会儿就闹成这样了，你们是都想关禁闭，对吧？"

他的眼神如刀，锐利得吓人，一瞪过来，所有人都低下了头，不敢与他对视。我心中委屈，明明都是这些家伙率先挑事，并且侮辱我们的，可不能让他们占了便宜，哑巴说不了话，我便来辩解。这么想着，我抬起了头，看旁人都不敢作声，便朝着地中海教员辩驳道："老师，是他们……"

我的话刚刚说出口,那脸冷得几乎都要凝出冰的地中海教员便是一句暴喝:"闭嘴!"

我的两耳如有雷鸣一般,所有的话语都堵在了喉咙口,看着那半秃男人冲到我面前来,指着我的眉心,大声喝骂道:"刚刚入校你就敢殴打同学,制造斗殴事件,目无法纪,为所欲为——我不管你走了谁的门路,只想告诉你一点,进了我们巫山后备培训学校,是龙你得给我盘着,是虎你得给我卧着,这一次关你十天禁闭,而再有下一次,学校会直接开除你,以后你有多远给我滚多远,知道吗?"

我被这家伙的口水喷了一脸,余光瞧见疤脸和娃娃脸几个人嘴角那若有若无的笑容,以及哑巴担忧的眼神。

我没有再争辩,而是低下了头,紧紧握着拳头,将自己所有的愤怒都收敛起来。

这个世界,没有实力,那就好好装孙子,不然就得被收拾。

当我表现出了屈服的态度之后,事情就变得简单多了,他将我随身携带的所有东西,包括我的小宝剑和符袋都收走,给我换了一身冬训服,然后领着我出了宿舍,朝着后面走去。过了一片小树林,来到了一处钢筋混凝土结构的两层建筑前。门口有守卫,是荷枪实弹的士兵,地中海教员上前与其交涉一番之后,领我进了屋子里。

这儿是一栋潮湿阴森的建筑,散发着一股霉味,穿过长长的走廊,我被带到了一个铁门前,地中海教员跟看守说了几声,然后离开了,而看守打开了铁门,又带着我进去。

我瞧见里面是一个又一个格子般的小房间,铁门紧锁,偌大的走廊上面只有一盏昏黄的灯,黑影幢幢。

我被带到了角落的一间格子里,铁门打开,然后被推了进去,接着门被重重地摔上。

我进了这格子里,才发现这哪里是房间,根本就是一个"笼子",又窄又小,黑乎乎的,在这儿只能坐着、站着,就连我这般的小个子躺下都很困难,里面除了一个散发着霉味的草席子和一个尿桶之外,别无他物。瞧见这些,我才晓得为什么刚才暴跳如雷的学员们都乖得像小猫一般，原来关禁闭这件事情，还真的是很可怕。

一入学就受到这种待遇，实在是让人沮丧，然而这情况总比随时都受到生命威胁要好一些。我安慰着自己，刚一坐下，突然听到有声音从隔壁传来，一开始还听不仔细，过了一会儿，我听到旁边有人一边敲着墙壁，一边跟我打招呼道："嘿，新来的，没见过你啊，怎么称呼？"

我左右看了一下，才晓得应该是同样被关了禁闭的学员，而且在隔壁。别人跟我打招呼，我不应也不礼貌，毕竟以后还要在这儿待很久呢，于是便自我介绍了一番。听到我的名字，那人哈哈笑，说："不错，你的名字够霸气的，刚来就被关了禁闭，二蛋，你可真厉害啊，比我强——欺负你的是脸上有疤的那货吧，我认得，贱男春和谢毅他们几个对吧，三十八军转过来的，浑身军痞气，最不是东西了，你等着，哥哥我还有两天出去，完了收拾他们！"

这人大包大揽，豪气十足，引得我一阵好奇，小心地问道："大哥，你怎么称呼呢？"

那人哈哈一笑，似乎还拍了一下胸膛，朗声说道："我啊，行不更名坐不改姓，句容萧应忠，日他奶奶个腿，这名字没你娃霸气！"

第五十六章 静室修行

禁闭室里，站也不是，躺也不是，本来就是一个十分难受的去处，然而有了隔壁这个怪人，倒也没有那么难过了。

通过交谈，我才晓得在这个学校里面，最厉害的惩罚便是关禁闭，总共有十五天、十天、五天和三天四档。在这黑咕隆咚、睡都不能睡的鬼地方待着，一天都难受，别说这么久，所以学校里所有的学员最害怕的便是这里。然而这位姓萧的大哥却是禁闭室的常客，短则三五天，长则十五天，连铁门前的看守都熟了。

这一次，他把学校领导家属养的鸡给偷了，结果被发现后，领导家属闹得不行——妈咧，那可是能下蛋的母鸡，领导家属宝贝得不行，结果一扭头就剩一堆鸡架子了，能不愤怒？

于是这一回他便受了最重的惩罚——十五天禁闭，闷得整个人的骨头都发霉了，至于为什么没有被开除，他跟我解释说学校领导不敢。

为何不敢？那是因为他有本事，真闹起来，学校的教员都弄不过他，他就是过来修身养性的，没多久就要派出去卖命了，像他这样的人，学校一般是不会为难他的——当年燕太子买凶刺杀秦始皇的时候，招了一汉子叫荆轲，好酒好肉伺候着，要钱给钱，要女人给女人，恨不得将自己老婆给人睡了，这才叫做诚意，他吃学校领导家的几只鸡，这也算是个事儿？

我在此以前从来没有和这样的人打过交道，他粗豪，脏话随口就来，但是却让人倍感亲切。聊着天，天文地理、古今轶事，啥都能掰扯一通，而且还好像很有道理，越琢磨越有劲。最重要的是他三言两语便能够让你心生好感，觉得这朋友好像认识了很久一样。

我听我爹说过,有的人天生就让你感觉亲切,一般这种人都是做大事的,遇到了就要好好学着——我想,他便是这样的人。

当时的我并不晓得,这不过是他在禁闭室待太久了,闲得蛋疼,反而是觉得人家看得起我,才会跟我说这么多。

说到后来,我叫他"忠哥",他叫我二蛋,说:"以后在这个学校好好待着,要是碰到被人欺负的事情,直接报上我的名字,那些人还敢猖狂,就来告诉我,日他奶奶个腿,一个破地方还那么多的事儿,弄不死他们,我就不姓萧了。"

我们一直聊到了晚饭时间,看守用勺子敲门,把铁门下面的一个小窗户打开,递进来一个碗,不是什么好吃的,红薯糊糊玉米粒。这玩意不吃还好,越吃越饿,还容易打屁,噗噗噗地,没一会儿我自己都不敢坐着了,生怕被这屁给熏到。

饭后时间,忠哥跟我讲了一下这个学校的情况,说:"前些年闹得厉害,什么都废止了。后来风云变幻,总局的几个大佬也出山了,百废待兴,这儿其实也是才开不久,从教员到校长都是扯淡的,啥经验也没有。学员也大多都是从部队里面调过来的,这样培训出来的人,有个屁用处?真正厉害的,其实还是那些隐藏在山林中的高门大派,那才算牛逼,知道我为什么这么横吗?那是我祖上曾经出了一个茅山的长老,知道什么是长老吗?全国轮下来,能够称得上对手的没多少,要不是后来……"

他大肆说了一通,我有些不知真假,且听他吹着,脑子里蒙蒙眬眬地有了些概念。结果没多久,他口渴了,喊看守弄点水来喝,人家一开始没理他,后来实在闹腾了,就嘲笑道:"你说你茅山厉害对吧,那你来一个穿墙术,我这水就摆在外面,你穿出来,就有得喝了。"

被人这般直接打脸,忠哥便没有了吹牛的兴致,大声争辩一句:"穿墙术是崂山的旁枝末术好不好,老子才懒得理你。"

这话说完,他倒也没有再说话,没一会儿,我便听到有轰隆隆的鼾声从隔壁传了过来。

听到忠哥并没有理会那看守的挑衅,反而是选择了睡觉,我不由得大失所望，也不知道他刚才跟我说的，到底是真的，还是在吹牛皮。不过这些并不重要了，我得在这儿生活十天，然而不到两个小时，我就有一种强烈的出去的想法——不知道哑巴有没有受罚，不知道胖妞跑到哪儿去了，在这个又闷又窄的格子间里面，坐着难受，躺着不能，我到底要怎么熬过去呢？

没想多久，我感觉腹中一阵膨胀，结果又打起了屁来。

噗、噗、噗……好吧，这样子可就真的没有办法玩儿了。

我只用了一个晚上就明白了那些家伙为什么那么恐惧禁闭了，在一个连躺着都很勉强的方格子里面，除了吃饭睡觉，大部分时间里都是一片死一样的寂静。忠哥呼呼睡去之后，黑暗中又冷又饿，我只有听着自己的心跳声，辗转难眠，感觉每一秒都是那么地漫长，向往自由的心像野草一般生长，然而希望永远被那冷冰冰的墙壁阻挡。

希望变成失望，失望变成绝望，然后有的人就会变得疯狂，至于我，却突然好像找到了一些事情做。

那是在我被关禁闭的第二天晚上，而这件事情，其实就是修行。

我八岁起便跟着老鬼学习道经，知道所谓的修行，其实就是让人变成一个容器，然后可以容纳充斥在这世间所有的"炁"。

常人感受不到这构成世间一切的最基本元素，所以只能刺激潜能，强壮身体。然而入了修道门中，便能够用自己的皮肤、毛孔甚至意志去感应它、了解它，甚至引以为己用。过程很简单，却极为困难，这世间有潜能和根骨的人万中无一，而且即便是有，无法门、无师长，也不能成事——我曾经就是熟读道经，通晓法门，却根本进不了这个行当，因为我的血脉曾经被青衣老头封印过。

成也李道子，败也李道子，当初谋害我性命的水鬼已经超度，然而我却一直都没有入得门中。

还好后来我碰到了麻衣老头，这个被许多人视为十恶不赦的恶魔，却是一举把我引到修行门中的推手，无论是传我《种魔经注解》，还是为我洗髓伐经，都让我陈二蛋比之以前有了质的变化。不过我药浴过后一路奔忙，几乎没有心思真正地沉浸下来，好好地体会一下其中的好处。

道门之法走不通，那么我只有另辟蹊径，从种魔经之中走一走，让这奇经八脉强行地推动一下,看看我到底能不能成事。

这般想着,我盘坐双腿,双手自然垂落于腿上,作那菩萨状,开始行起气来。

我的心中一片空明,万事皆忘,不记得自己的来历和过往,不记得身处何方。心海之上,陡然浮现出一尊大神,背生双翅,人身牛蹄,四目六手,耳鬓如剑戟,面如牛首,头有角,手持刀、斧、戈三般利器,环目而望,凶煞莫名。它仿佛在时间和空间的尽头,俯视整个世界,每瞧向我一眼,我便感觉一阵寒流在身体里肆意洗刷,凭空又多出一股力量。

如此来回震荡,时间不知过了多久,我觉得自己每一分钟都比上一分钟变得强大,恨不能永远沉浸其中,不愿醒来。

然而就在这时,我的耳边响起了一阵又一阵的震响,接着那种玄妙的境界就像脱手的风筝,朝着天际飞去。当我睁开眼睛来的时候,只听到隔壁的忠哥大喘气地喊道:"二蛋,你娃搞什么鬼,老子要被你吓死了!"

第五十七章 李道子的威名

在醒过来的一刹那，我心中凭空生出了一股凶戾之气，恨不能把这个将我吵醒的家伙生生撕碎。

然而当我想到他就是我隔壁的忠哥，而且这两天人家对我其实很不错之后，这才将那股莫名而生的戾气压下去。摸摸自己的身子，一身的冷汗，几乎将我身下的草席都浸透了。我的心跳十分剧烈，砰砰砰地不停歇，我一边深呼吸，一边自责：到底怎么回事，我怎么会生出刚才的那种想法，难道这就是我的本性吗？还是修炼《种魔经注解》所产生的副作用？

隔壁的忠哥还在敲墙，问我道："二蛋，你到底怎么回事？快告诉我啊！你别吓我啊，日你奶奶个腿，快回话！"

我抹了一把额头的汗水，然后跟他说道："忠哥，没事，我刚才在练功，一不小心就入定了，有什么问题吗？"

听到了我的回答，隔壁的忠哥长长舒了一口气，说："你吓死老子了，我还以为发了魔怔呢。刚才我在睡觉，突然梦到有一个怪物冲出来，带着八十一个兄弟在战场上厮杀，它的兄弟铜头铁额，八条胳膊，九只脚趾，个个本领非凡，杀得那叫一个惨哦，放眼望去，到处都是死人，那脑袋啊、残肢断手啥的，多得看都看不完，结果后来我感觉它好像就在隔壁，以为你被鬼捉了去呢。"

我大吃一惊，怎么感觉忠哥说的那人，跟我刚才入定观想的那尊魔神，竟然有几分相似？

不过我心中虽然惊疑，却不敢跟他讲实话，呵呵应付几句，就劝他睡觉了，这才抬起手来，看着自己的一双手掌，心中波澜四起——麻衣老头给我修行的《种魔经注解》，一听名字就知道不是什么正经东西，难道说我这样练下去就真的变成一个大魔头了？不对啊，他杨二丑是杨二丑，我二蛋可是纯洁善良的小哥，别人不惹我，我就不会欺负人，而要想不被人欺负，我必须有足够的实力。

而《种魔经注解》则是保证我以后不被人欺负最重要的东西，所以，我是绝对不会放弃的。

当夜我没有再继续打坐修行，而是靠着墙壁闭目假寐。第二天一早，忠哥的禁闭期结束了，欢天喜地地离开了这儿，并且跟我约定说外面见。送走了他，我感觉分外地孤独，不过闲着没事，便更加用心地琢磨起了我这些年来所学的东西，加工整理，暗自下定决心，一定要混出一点儿样子来，到时候也能够衣锦还乡，让我爹娘和我姐脸上有光。

禁闭室的生活十分单调，吃饭、打坐、睡觉，我没有闹，也没有吵，安静地过活。反倒是那个看守有些不忍，偶尔还过来跟我闲聊几句，看到我一点儿暴躁的情绪都没有，啧啧称奇，说："你这个小子虽然看着年纪不大，但反倒比很多人要沉稳许多，不错啊，是个人才。"

这样的生活我本以为要持续十天，然而在第五天的中午，地中海教员突然出现在了铁门之外，吩咐看守之后，将我又带到了校长办公室。

我好多天没有见到阳光了，出来的时候总感觉有一些刺眼，往远处望去，瞧见哑巴跟着一众学员在草场上面蛙跳，十分认真。他很快便瞧见了我，朝着我奋力地挥手，露出了阳光灿烂的微笑，并且对我比划，说胖妞他帮我照顾着，一切都好。我朝他使劲儿挥手，心里面也高兴极了。

不知道为什么，原本十分严厉的地中海教员此刻却并没有对我做过多的限制，反而罕见地等待了我一下。

办公室里，戴校长依旧坐在桌子后面，翻看着我的档案袋。待我进来，而地中海教员离去之后，他才拿下了厚厚的眼镜，仔细地打量了我好一会儿，然后指着桌子上面的东西对我说道："这两样东西，是你的吗？"我踮脚看了一下，上面摆着两样物品，一件是牛皮鞘的小宝剑，一件是黄色的符袋，都是先前地中海教员从我身上找出来的，于是点头，说："是的，是我自己的。"

戴校长右手放在木桌上面，轻轻叩动，发出一阵有节奏的响声，过了一会儿，他才慢条斯理地问道："怎么来的？"

"长辈送的。"

"你那长辈姓什么？"

"姓李。"

"嗯，姓李？"戴校长直接站了起来，绕过办公桌，走到了我的面前来，急促地问道，"你那长辈，全名叫做什么？"

我瞧他样子有些失态，心想难道他认识青衣老道吗？那他们到底是朋友，还是仇人呢？我琢磨了好一会儿，想着这戴校长是国家的人，而青衣老道跟杨二丑这种人又有着本质的区别，应该也是一个好人，两人结仇的概率应该不大，于是回答他道："他的名字我本来也不晓得，后来听别人谈起，说叫做李道子。"

"真的是他？"戴校长的脸色一会儿白一会儿红，不知道是受了什么刺激，接着他神经质地折回去，翻看王朋交给他的档案，确定完了之后，皱着眉头问我，"原来你们还有这样的关系，怎么没有瞧见这上面有提起？"

我也是十分单纯，直接将当初差点儿死去，然后我父母带着我进山寻道的事儿，对他一一讲来，有详有略，哪些该讲、哪些不该讲，这里面的门道我早就明白。一番讲述完成，戴校长才明白了我和青衣老道之间的关系，沉思了一会儿，又看了看桌子上面的东西，这才跟我说道："二蛋啊，这些东西目前来说对你还过于珍贵，学校暂时给你保管，等到你毕业之后再还给你，你觉得如何？"

小宝剑和符袋都是我的个人用品，按理说我可以自己保管的，不过这宿舍是大通铺，基本上没有什么可以放的地儿，我也不能总背着到处跑，戴校长既然是国家的人，总不能昧去，所以我也没有什么担心，点头说好。

戴校长显得有些激动，脸一下子变得通红，拍了拍我的肩膀，说："好样的，二蛋，你既然曾经受过李道子的启蒙，说明资质不错，我很看好你啊，希望你能够在以后的学习和生活中，获得更好的进步，为我们学校、为李道子、为茅山争光！"

他说得激动，而我则有些莫名其妙，不知道怎么回答。好在他也没有留我，而是把地中海教员喊了进来，当着那老师的面，一字一句地说道："陈二蛋同学呢，他是刚来的，年纪小，不懂事，所以犯了什么错误呢，我们主要是以批评教育为主，劝人向善，教育救人，这才是我们的真正目的嘛，所以这禁闭呢，就先别关了——哎，青虬老师，陈二蛋和梁努尔两位同学，跟那些当过兵的学员不一样，你看是不是能够给他们换一个房间，比如……二楼那儿？"

地中海教员有些为难，摸了一下光溜溜的前额，说道："校长，二楼那儿倒是有两张空床，不过是那个麻烦住着的。"

戴校长摆摆手，说："没关系，他们有共同的背景，住一块儿也没有什么问题的，反而能够让那个家伙学点儿好。嗯，就这么办吧，你带陈二蛋同学去宿舍。"地中海教员惊讶，小心地问道："那他还要不要关禁闭啊？"戴校长脸上浮现出一丝不满，声调也高了一点儿："刚才都说了嘛，面对这种年纪小的同学，要以说服教育为主，懂不懂？"

"懂、懂了！"地中海教员忙不迭地点头，然后带着我离开校长办公室，朝着宿舍楼那边走去，他大概想不通，一直皱着眉头，最后终于忍不住了，扭过头来问我，"你到底给校长吃了什么迷魂药，他怎么就放过你了呢？"我也不知道，无辜地说道："我哪里晓得？"

两人一路来到了宿舍楼，这儿是三层楼，一楼学员，二楼教员，三楼领导，他带着我到了二楼楼梯口左边的房间，推开看了一眼，然后说道："你先去里面等一下，我去找个人。"

说完他便离开了，我走进房间，看见这里面挺大的，就只有三铺床，而且只有靠窗边的床铺上才有被褥，不知道是何方人物能够一个人霸占这么一个房间。我没待多久，正四处看呢，结果门砰地一声被踢开，一个满脸络腮胡的汉子冲了进来，大声喊道："日他奶奶个腿的，还反了天呢，我看谁敢过来跟我挤房间？"

第五十八章 我要一直活着

听到这粗豪的声音，我不由惊喜地转过身来，大声喊道："忠哥？"

我面前的这个汉子个子倒是不高，但是人很壮，一身肌肉横着长，满脸的络腮胡子，眉毛粗、眼睛大，瞪起来像铜铃一样，十分威猛，妥妥的张飞式猛汉，至于年纪，看着二十多岁。他本来是怒气冲冲，然而听到我一说话，脸上的怒容立刻一转，嘴咧开了，右手搭在了我的肩膀上面，大声喊道："我去，你娃是二蛋？就是一来就进了禁闭室里面的那个陈二蛋？"

他下手没轻没重，这一拍，弄得我都有点儿散架了。不过我却很高兴，原本以为地中海教员口中的麻烦很难相处，没想到竟然就是忠哥，于是回身与他拥抱，说："嘿，就是我啊，校长说既然我跟那些当兵的不和，就另外安排去处，没想到竟然能够和忠哥您一起，真的是缘分啊。"

我们两人拉着手聊了一下，忠哥不敢相信地看着我的体格，说："二蛋，你说你才十三岁，还真的不能够信呢，说十七岁都信了。"

我嘿嘿笑，说过了年就十四了。

忠哥问我："不是要关十天禁闭吗？怎么这么早就出来了？"我想着有些事情也瞒不过，便把在校长办公室里面发生的事情告诉他，没想到忠哥一下就跳了起来，大声喊道："什么，你是李道子的徒弟？"我瞧他反应这么大，晓得青衣老道应该是个了不得的人物，有点懊恼地摇头说道："不是，人家看不上我，没收我当弟子——我就是帮着打了几年的杂，被启了蒙而已。"

老鬼是个存于石壁之上的神秘所在，青衣老道闭口不言，所以我也没有跟任何人说起，不过光青衣老道就已经够让人吃惊了。

忠哥惊诧过后，蹲下来跟我说起这人的传奇之处来——李道子是天下间顶级道门茅山宗的传功长老。什么是传功长老呢？就是一个宗门派别里面，为了防止镇派绝技失传，就得有一个双保险，基本上掌门会的他都会，所以掌教真人之下，就他最牛逼了。不过天下道门何其多也，无论是龙虎山天师道，还是青城山，都不逊于茅山，为何大家对他会如此高看呢？那是因为李道子有一个外号，叫做符王——也就是说，天下间会画符的，没有一个人玩得有他溜，见到他，要么绕着走，要么就低头规规矩矩地喊一声："符王！"

"哎呀，你想想，做人能够到这地步，还有什么可追求的？"说到兴高采烈之处，忠哥口沫四溅，手舞足蹈，然后拉着我说道，"说起来，我跟你也有缘——怎么讲，我祖上曾经也是茅山长老出身，后来虽然落叶归根，娶妻生子，但也算是茅山一脉，所以呢，咱们兄弟伙儿，真的是太有缘了！"

我和忠哥说着话，脑海里却想起了那个不苟言笑的老帅哥以及他那方沉重的石案。原来和我一起生活了三年的老道士竟然这么厉害啊，天下人都在称颂着他的名字呢，什么时候我也能够有这般成就，就算是死也甘愿了啊。

我们俩聊得热切，这时地中海教员走了进来，瞧见这房间里面的气氛，不由得笑了，说："好，好，瞧见你们两个相合，我也就放心了。二蛋，你的被褥我给你带过来了，一会儿你整理一下，然后萧应忠同学，你带二蛋熟悉一下环境啊。"

地中海教员仔细交代，忠哥却是不耐烦地摆手，说晓得了。我想起了哑巴和胖妞，赶忙站起来，问哑巴能不能搬过来一起住。两人都同意了，忠哥还说："胖妞那小猴子看着就机灵，连李道子他老人家都喜欢，那咱不得把它给供起来？赶紧地，我去帮你们搬家，我前两天看到那个哑巴小子了，脸阴沉沉的，一看就知道跟那伙当兵的不对付。"

当天晚上，哑巴结束了一天的课程，我便帮他搬了家，并且把忠哥介绍给他认识。哑巴这人随遇而安，为人也和善，虽然与忠哥性格迥异，但是相处起来也没有什么困难，所以大家都还算和谐。

第二天，我正式地加入了巫山后备培训学校，接受特勤局后备力量的正式培训。

学校目前为止的学员只有五十六个，三个班，但是固定教员却有二十多个。这些教员来自不同的地方，有部队上的，有机关和地方的；教授不同的领域，有基础文化课、纪律、体能、刑侦、格斗、射击、驾驶以及思想教育，还有许多高级课程。与此同时，还会请许多不同身份的人前来教学，不过好像都没有涉及我所了解的道学及诡异之事，想来我们这儿只不过是一个初级的提高培训机构而已。

只有真正对忠哥了解之后，我才晓得他说这些没有意思到底是什么意思——专门教授格斗的教员，体格雄壮、八块腹肌，结果被忠哥三两下就撂倒在地，轻轻松松，不费力气。

不过那只是对于忠哥而言，学校里所有的课程对于我来说都是充满诱惑的事物。要知道，一个来自山里农村的小孩，连上学都是一种奢望，能够有这么丰富的课程学习，那真的是像老鼠掉进了米缸里，有一种前所未有的幸福感。在单独上完了一堂保密培训课之后，我便和哑巴一起加入了初级班的课程，与我们一批的有二十来个同学，其中也包括上次与我和哑巴打架的那六个兵痞子。

巫山后备培训学校总共就分三个班，高级班里面只有忠哥等几个屈指可数的学员，他们都是自己有着一身本事的人，在经过短暂培训之后，将直接前往最需要的地方；中级班则有十几个，他们在结业之后，有的会继续进修，有的则进入对口单位；至于我们这些初级班的人，前途暗淡，成绩优异的进修，不行的便直接下基层，或者滚蛋，哪儿来的滚回哪儿去。

哑巴有对口单位，而我则没有地方可以滚，只能灰溜溜地回龙家岭去，这也不是我所愿意的，于是学习起来格外地用心。

或许正因为我有着这样的危机意识，所以我在初级班里面的表现十分出众。无论是文化课，还是技能课，都能够排到前三，即便是体能，我也不比那些从军队大熔炉里面出来的人差多少——正如之前疤脸说过的，能够来这里的，无论来自部队还是地方，都是精英人物。能够在这些人里面脱颖而出，必须要有一定的本事，以及绝对的耐力和恒心。

那段时间，我简直就是疯了，如海绵吸水般疯狂地学习着，直到有一天，学校突然放了一天假，我才晓得过年了。

大年三十的那天晚上,学校食堂杀了猪,做了饺子,我记得有两种馅,一种是猪肉韭菜馅,一种是鸡蛋玉米馅,还不限量,管够。而且还每人发了半斤酒,是二锅头,清冽的酒液散发着浓浓的香气,比我老家那浑浊的米酒香一百倍——那天我第一次喝得有些高了。我、哑巴和忠哥三人在宿舍吃完饺子,忠哥突然拍着我的肩膀,问我这辈子有什么理想。

理想这玩意,还真的是一个崇高的事物,我的脚有点儿飘,口齿不清,一时间想不起来,一边喂胖妞吃饺子,一边反问他:"你呢?"

忠哥一口吃了三个饺子,有些噎着,想了想才说道:"他奶奶个腿的,我爹太能生了,我是老大,下面还有三个弟弟、两个妹妹,饭都不够吃,我就想着赶紧工作,当大官,帮我爹把后面这一堆鼻涕娃儿都弄大了。"我拉着他的胳膊,说还有吗。这个粗豪的汉子在那一刻,眼神有些犹豫了,然后抬起头来,坚定地说道:"我祖上也兴盛过,要是有可能,我要挑起我句容萧家的大梁来,让别人以后提到俺们家,都要竖起大拇指!"

家族责任啊,好厉害的样子——我又问哑巴,说你呢。哑巴也有点儿醉了,眉眼都在笑,跟我比划道,说要是有可能,让他们全寨子过年的时候都有大肥猪杀,都有饺子吃。

这话都朴实,我们又喝了几杯,辣得我不行,忠哥再次问我,我看着窗外的一弯月牙,不由得想起了我爹娘、我姐,还有龙家岭的乡亲,以及青衣老道、老鬼和杨小懒……我嘛,若说有什么理想,那就是活下去呵,一直活下去,管它什么十八劫,管它什么命运多舛,一直活到老,活到白发苍苍、儿孙满堂。

是夜大醉,不知所云。

第五十九章 跪与不跪，事关尊严

好日子匆匆而过，正月十五一过，便来了三辆绿色吉普车，把忠哥和几位高级班的学员接走了，一点儿预兆都没有。忠哥临走的时候找到了我和哑巴，说他这次有可能会先去首都，然后折转西北，但都还没有定，不过没关系，等他稳定下来，会给我们来信的，能够住在一个寝室是缘分，以后常联系。

时间紧迫，来不及说太多，虽然依依不舍，但忠哥终究还是离开了。他走了之后，学校进行了一次统一考试，结果哑巴因为底蕴深厚，直接升入了中级班。而我虽然各项成绩优异，但因为入学的时间还不长，很多都没有了解，于是还留在了初级班里面。

铁打的营盘流水的兵，考试之后，有的人结业离开，又有人来到学校。

这一次来的人很多，大部分都是从部队直接过来的，使得学校的人数达到了一百多人。人多了，宿舍就不够了，我们寝室又住进来了六个人，形成了标准的十人大通铺。胖妞不喜欢人多，于是每天便往山上跑，自个儿玩去了。它性子野，胆儿大，倒也没有谁能够欺负它，我并不担心，而且之后的学习任务比较重，所以也没有太多的心思关注它。

我是学校最小的学员，同班的大都是十七岁到二十四岁的年纪，许是年龄的差异，让我跟这些同学们有一些疏运，跟哑巴的分开让我显得更加孤独。不过这些并没有让我太在意，因为当时的我满脑子都只想着变得更强，学习、学习、再学习，所以几乎也没有什么心思放在别的地方。

与我不同的是先前与我们打架的疤脸等人，新来的学员大部分都是部队出身，因为共同的背景，他们很快就能够玩儿到一起。

经过这一段时间的接触,我知道了那个疤脸叫做刘春,外号贱男春,娃娃脸叫做谢毅。这两人是部队大院出身,家里面的长辈都是在职的领导干部,所以性格多少也有些强势,在学校和教员面前还能够收敛,但是在学员之中却拉帮结派,以这两人为首,形成了一股很强大的势力,总是欺负不听话的学员,十分嚣张。然而学校似乎为了鼓励竞争,也不怎么管。

我和哑巴进校的第一天就把他们打了,后来又有忠哥罩着,倒也无事。只不过忠哥走了之后,那两个家伙就开始蠢蠢欲动起来,先是在学员之中疏离我们,然后不断地挑衅,变着法儿地欺负我们,不过这事儿也只是点到为止,不敢造次,因为他们到底还是畏惧哑巴的那一根榉木棍。

每一届学员里面都有一些"怪物"。先前是忠哥,一人轻轻松松单挑两名格斗教员,再之后便是哑巴。

第一卷 饥饿年代

哑巴师从麻栗山蛇婆婆门下,自小便是一身本事,受限于年纪,拳脚倒也不是最厉害的,但是一根榉木棍在手,整个巫山后备培训学校里面,无论是高级班,还是一般的格斗教员,都找不出一个能够与之抗衡的对手来。唯有学校从外面请来的一些在职干部,那些见过血、眼神犀利的高手,才能够驯服这个巫门棍郎。

很多人都在打听这个不能说话的哑巴,蠢蠢欲动,然而在得知这个人有级别很高的对口单位之后都丧了气。

哑巴的性子十分冷淡,他的文化课成绩不高,业余时间里,除了跟着我补习文化课,就是教胖妞耍棍子。

时间匆匆流逝,不知不觉就到了夏天,七月末的一天傍晚,我再一次见到了分离许久的王朋,并且得知了一个消息——哑巴要走了。时隔半年,王朋再一次回来,他的使命是将哑巴接走。他告诉我,他现在在西南局供职,哑巴的培训成绩已经获得了上面的认可,最近在西川与藏边的那一块儿,发生了骇人听闻的僵尸变异事件,需要大量的人手去排查。

这半年来,我跟哑巴除了上课的时间,几乎是形影不离,亲得跟兄弟一般,他突然的离去,让我饱受打击。望着两人离开之后学校那紧闭着的沉重铁门,我默然不语,心情低落到了谷底。然而我却不知道,哑巴的离去使得我再一次陷入了一次蓄谋已久的危机里面。

事件发生得毫无预兆，在哑巴离开的第三天晚上，我被一帮人堵在了楼道的厕所里。

那天正好是建军节，听说军区里有文艺汇演，毗邻军营的学校领导和教员都被邀请过去做嘉宾，就连学校表现得最出色的十名学员也获得了名额，不过我并不是其中的一个。领导和教员一走，学校就变得很空。宿舍楼的厕所和冲凉房是挨着的，我刚刚洗完澡，结果灯一黑，立刻有十来个人拥入，将我结结实实地堵在了厕所里，出都出不去。

在同伴们守好了门窗之后，疤脸贱男春和谢毅出现在了我的面前，冷冷地盯着我，贱男春冷笑着说道："君子报仇，十年不晚，我等了大半年，就是为了报一拳之仇，养猴的小子，现在你还有什么话好说吗？"

大半年吃喝不愁的校园生活，让正处于发育期的我像吃了化肥一样，个子又蹿了十来公分，此刻已经并不输他多少了。黑漆漆的楼道厕所里，面对着这么多人，我倒也没有太多的畏惧，而是死死地盯着面前这张疤脸说道："好一个君子报仇，十年不晚。忠哥在的时候，你们不敢出手，努尔在的时候，你也还是不敢出手。他们走了，就剩我一人落单，你们就觉得自己有机会了，对不对？"

瞧见我并没有惊慌失措，贱男春显得有些失望，不过这么多学员将我团团围住，想着一会儿就能够将我随意揉捏，他又笑了，并不理会我的讽刺，而是握了握拳头。

伴随着关节活动的响声，他居高临下地俯视我道："那两个人是怪物，他们的来头太大了，我是惹不起，这我承认。不过你不一样，我都已经了解清楚了，穷坷垃来的乡巴佬，除了能吃能睡，你还有啥本事？我比你大，欺负你，传出去也不好听，这样子，春哥我要的是面子，只要你肯跪下来，自己扇三耳刮子，跟我说对不起，那我就原谅你了，行不行？"

他说着话，旁人纷纷起哄，说："嘿，养猴儿的小孩，春哥大人有大量，你跪下认个错，这事儿就算过去了，没有人会为难你的。"

然而我却没有一点儿回应，而是小心地把手上的水桶放好，这里面有我刚刚洗好的衣服。做完这些，我转过身来，然后认真地问他道："那个，你刚才要我说什么啊，这儿闹，我没有听清楚，再说一遍。"

贱男春不疑有诈，抱着膀子，得意洋洋地说道："我是说，对不起，听清楚了吗？"

我点了点头，一字一句地回答："嗯，没关系，我原谅你这一次愚蠢的行为，不过不要有下一次了，你这样子真的让人很为难的。"听到我这认真的回答，所有准备嘲笑我的人都倏然止住了笑容，场中静寂无声，气氛凝重得几乎能够滴下水来。大家瞪起了眼，死死地看着我，都没想到这个乡下小子这么不识趣，竟然敢说这么一句话——他这是……不要命了吗？

第一个反应过来的是娃娃脸谢毅，他一个拳头就砸了过来："你他妈的是不见棺材不掉泪啊！兄弟们，弄死他！"

黑暗中，我往后退了一步，瞧见所有人都变得无比暴怒，勃然而来。而在这个时候，我口中默念着一句口诀："我欲成魔，身心皆奉，克心抑性，杜绝所有加诸于罪身的痛苦，痛乃存在，乃爱，乃无处不在的关怀……我欲成魔，奈何奈何！"

第六十章 坎坷毕业路

八月一日夜里的建军节厕所斗殴案，是巫山后备培训学校成立以来，第一件轰动全校、甚至整个军分区的大事。没有人会想到一个平日里沉默寡言、勤奋刻苦的小子，竟然在瞬间爆发，跟十三名学员在厕所里面疯狂斗殴，重伤三人，轻伤九人，然后狂追着一个学员十里地，吓得那人魂飞魄散，屎尿一裆，最后在一群教员和军分区稽查队的宪兵团团镇压下，才最终被制服。

在此之后，陈二蛋这个名字也成为了巫山后备培训学校所津津乐道的话题，很多人把他和萧应忠、梁努尔并放在一起，称作巫山三怪。

这个头衔听起来挺侮辱人的，不过在当时人们的心里，却是一种实力的象征。

当然，这都是后面的事情。当时爆发的我在被制服之后，稍微处理了一下伤口，然后就被再一次扔进了禁闭室里面，没有人告诉我需要在这里待上多少天，所有人看向我的目光都好像是瞧一头怪物一般，充满了陌生。我当时也没有任何惧怕，人死鸟朝天，不死万万年，他们忍我很久，我忍这些家伙更久。

我陈二蛋自生下来，除了杨小懒欺负我之外，就没有吃过啥亏，就连邪符王杨二丑这样的人都在我面前死了。我受够了白眼，受够了冷漠，到了今天，老子还会怕贱男春这样的小杂鱼吗？

人要是活着不痛快，那还活着干嘛？在禁闭室里面，我蜷缩着躺好，啥也不想，呼呼大睡。

我不知道我睡过去的时候，学校以及军分区里到底发生了怎样翻天覆地的争论，只知道在此之后的三天时间里，没有一个人来提问我，除了送饭的看守，我没有见到任何一个人,得不到任何的消息,也不知道后面到底发生了什么事情。三天的时间里,我不断地回忆起那天厕所里面发生的事情,想着当时的场面还真混乱,要不是我突然接通了《种魔经注解》中的功力,说不定就要被打死了。

贱男春和谢毅当时的计划其实十分妥当,十三个人里面,有中级班的,有初级班的,基本上都当过兵,而且还受训许久,一拥而上,把我弄成肉饼都有可能。然而他们终究没有想到,我除了跟他们受过一样的训练之外,暗地里还有着别样的修行。

当他们在睡觉的时候,我在打坐修行;当他们在玩闹的时候,我在行修动功。吃饭睡觉,拉屎拉尿,我无时无刻不在努力。

因为我要成为一个有力量的人,成为能够改变命运的人,所以我从来都没有放松过。

我跟他们不一样,我命中应有十八劫,是一个有可能活不过十八岁的家伙——别人不努力,可能只是一生默默无名,然而我若是不努力,便有可能活不下去。

我在禁闭室里面关了三天,第四天清早,负责学校后勤的地中海教员李青虬过来提我,将我带到了校长室。

一路上,他都显得小心翼翼,不时打量我的脸色,瞧见我一点儿攻击性都没有,这才舒了一口气。而在校长办公室里,我规规矩矩地站在了办公桌前,瞧见戴校长泡了一杯浓茶,雾气冉冉,他隔着雾气仔细地打量着我。而我则浑然无惧,笔直地站着。过了好久,戴校长才缓缓地说道:"陈二蛋,你知不知道自己闯了多大的祸事?"

这会儿我倒没有示弱,而是梗着脖子说道:"架是他们要打的,十几个人,黑灯瞎火地堵在厕所里面,我要是不反抗,岂不是要被打死?"

戴校长瞧我理直气壮,不由得被气笑了:"你啊你,我真的不知道说你什么好了。这半年来,你的表现我一直都看在眼里,聪明勤奋,好学刻苦。本来学校已经准备将你提到中级班,并且评选为十佳优秀学员的,结果闹出这么一档子事儿来。别人欺负你?他们能欺负到你吗?好嘛,一个揍十三个,还追着刘春同学十里地,疯起来十多个教员和宪兵都制不住你——你知道这些天来,别人都是怎么议论你的吗?"

我低着头,不答话,戴校长猛地一拍桌子,大声喝道:"能耐!别人说真能耐,巫山学校啥时候出了这么一个怪物!"

我不知道他这话是在夸奖我,还是在骂我,低头不语,接着听到戴校长后面又跟了一句:"你知道吗,学校方面现在的压力非常大,很多人给我提建议,说这样的学生太难管了,实在不行就开除得了——你说说,我该怎么办?"

开除我?这不就是说,我哪儿来的就要滚回哪儿去了?

我心中一惊,直接冲到了戴校长的办公桌前,双手按住台面,大声问道:"为什么?事情是他们挑起来的,为什么要惩罚我,而不惩罚他们?"戴校长也霍地站了起来,冲着我骂道:"你倒还好意思说这事儿?三个人重伤,九个人轻伤,还有一个人给你吓得到现在还没有恢复正常,都搁军分区医院里面躺着呢,不处理你,处理谁?"

戴校长这么一吼,我整个儿的心都往下面沉,颓然地蹲在了地上,抱着头,不知道说什么好。

说起来,学校的生活其实很不错,除了少数日子,大部分时间米饭管够,虽然缺盐少油,但是我却十分满意了。最重要的是在这儿我能够学习各种知识,听说到了中级班、高级班,他们还会组织真正有本事的人过来教学,什么画符啊、阵法啊,以及各种诡异事件的处理都会教,从这儿毕业了,以后工作对口,工龄直接从入学的那一天开始算起,成绩优异还能够提级。

然而所有美好的前途,都被我一瞬间的暴怒给毁了,这叫我怎么不懊恼?就这样回家去我还真的没有脸。

就在我万分懊恼的时候,严肃的戴校长却突然问了一个问题:"陈二蛋同学,你打伤刘春、谢毅这些同学的本事,是不是跟李道子学的?"他问得很突兀,我陡然醒转过来,麻衣老头曾经说过,《种魔经注解》是一门魔功,什么是魔功,那就是投机取巧、另辟蹊径,不为正统道学所容的手段,我要是让戴校长晓得我学的是这个,别说被开除出学校,只怕连自由都不能保证了。

在这千钧一发之际,我果断地说道:"是,不过他不准我在别人面前使,说是威力太大，容易误伤旁人。"

我说得欲言又止，戴校长立刻会意，他用食指叩了叩桌面，沉默了好久，这才说道："这件事情闹得很大，毕竟那些学员都在医院里面躺着呢，学校也受到了很大的压力，不得不处理你。不过怎么处理，这事儿还是有待商榷的——是开除你，还是给你安排一场考核，让你立刻毕业，主要还是看你自己的态度，以及选择……咳咳，你入学的时候，学校帮你保管了两件东西，那把宝剑可以护身，至于那四张符箓，很有科研价值，如果你肯贡献出来给学校作研究，我想对于你这样的学生，其实学校也是可以酌情处理的。"

青衣老道当初留下六张符箓，被我用了两张，剩下的甘露符、风符、斗母玄灵秘符以及雷符，都一直放在符袋里面小心收藏着，当初被戴校长收起来的时候，我并没有异议，而如今他突然说出了这么一个提议，我便陷入了沉默。

十分钟之后，我选择了妥协，同意了戴校长的提议。作为对我慷慨付出的回报，中午我就被安排了一场考核，而下午我便从巫山后备培训学校毕了业，带着胖妞和我的那把小宝剑，悄无声息地离开了这座大山。戴校长帮我联系了一家位于金陵的对口单位，而在此之前，我有十天的假期可以回家探望亲人，接着就要到新单位去报道了。

离开位于大山里面的培训学校，我归心似箭，几番周折，终于返回了三省交界的麻栗山，看到雾霭中的大山，恍如隔世。

第六十一章 逐梦少年

一年多以前，我是一个身材矮小、黑黢黢的乡下小孩儿，然而回来的时候，穿着绿色军衣，斜挎绿军包和扁铁水壶，腰杆儿笔直，个儿头跟正常的大人差不多，头发短而直，精神抖擞，回想当初，连我都不认识自己了。

我回家的那天，正好是麻栗场镇赶集的日子，我在乡集上面转悠了一圈儿，竟然瞧见了出山来卖野物的撵山狗和罗大根父子。

见面的时候十分戏剧性，我站在两人面前，搁那儿好一会儿，他们都没有反应。撵山狗蹲在地上抽着他的烟枪子，罗大根大概是看我站得久了，便小声地试问了一句："解放军叔叔，你看上了啥，尽管问，我算你便宜一点儿！"

他根本就认不得我，这让我止不住地发笑。罗大根瞧见我笑得古怪，一时有些愣了，上下一打量，突然瞧见我肩膀上蹿上来一只小猴子，整个人不由得跳了起来，一把将我给搂住："嘿哟，二蛋，你是二蛋？"

蹲在地上抽旱烟的撵山狗也霍地站了起来，看了我一眼，脸上立刻露出了笑容，哈哈大笑道："嘿哟，真是的咧，才一年多没有见，你娃居然长这么高了，比我都还高一点了呢，认不出来了！"

寒暄了一会儿，撵山狗也没有心思再卖野物了，拉着我到旁边的一家食店里，央求人家把他带来的野兔子杀了弄一锅兔子肉，然后配点小菜和米酒，三人围一桌，喝了起来。在培训学校里面，我给家里寄过几封信，大概讲了些状况，不过寥寥几百字，而且还要经过严格审核，也说不了什么。我十分迫切地想知道家里面的情况，这菜还没有上桌，我便焦急地问了起来。

撵山狗告诉我，说："你家里面的一切都好，现在政策宽松了，大环境好，

农村也好过了一点，你爹又是有手艺的人，生活倒也过得去，就是很想你，老是念叨你，有时候你娘一说起你来，眼泪水就掉了下来。"

撑山狗说得我又多了许多感伤，谈起我这一年多的过往，我便说自己跟国家的人走了之后，在一个学校里上学培训，然后毕业了。这次回来探亲之后，就要去金陵的新单位报到了。

罗大根羡慕极了，说："好咧，你这个可是铁饭碗，没想到你遭了一回劫，反倒是赚足了便宜。"

我不敢将自己在学校闯的祸事讲给他们听，心不在焉地给胖妞喂吃的。这顿饭没吃多久，撑山狗便让罗大根陪着我回村子，而他则留在这儿继续卖货。我没有拒绝，带着罗大根去镇子的供销社买了好多东西，盐、油、肉、饼干糖果，还有一些做衣服的布，满满一大堆，这些都是用我在学校时领的津贴买的，还剩下一些，我准备留给父母补贴家用。

麻栗山是一个很穷困的地方，不过我相信，以后的我绝对能够挑起这个家庭的重担。

从麻栗场镇到龙家岭还没有通车，我们只有走回去，一路上罗大根跟我无话不谈，说了很多我离开之后的趣事、家长里短。这些事儿对于曾经的我来说无比有趣，然而现在听在耳朵里，却发现一点儿吸引力都没有。

于是我跟罗大根说起了我的经历，说起了高高的楼房、长长的列车、拥挤的人群，以及位于深山的军营和学校，格斗、射击，还有好多学校里面的恩怨和朋友，这些都是罗大根的生命里所从来没有经历过的事情，他听得出了神。在一阵长时间的沉默过后，他小心翼翼地问道："二蛋，外面的世界真的有那么精彩吗？"

我点头，说："对，大根，你如果没有出去过，是不会发现这个世界上竟然会有这么多神奇的东西，如果眼里只有麻栗山这么小小的一片地界，那么人生还真的是非常遗憾。"

罗大根没有说话了，他似乎陷入了一种莫名的沉默之中。

三个小时之后，我回到了家，重新见到了爹娘和我姐，一切似乎都没有什么变化，但是一切又变得那么多，让我使劲儿看都看不够。对于我的回来，我

的家人充满了巨大的惊喜，我姐劈柴生火，给我做饭，而我爹我娘则围在我身边，拉着我的手不肯松开，眼眶红红的。除了我的家人之外，村里面很多人都跑来，要瞧一瞧老陈家那个去外地的老二。

我高了，也壮了，站在堂屋里，是相貌堂堂的一个大小伙子，很多看到我的邻居都纷纷竖起了大拇指，说老陈家的二小子，真的是一表人才。

开饭了，人群散去，我爹我娘才问起我这一年多来的经历，我净挑些好事儿说，我爹频频点头，说："瞧这样儿，竟然成了国家干部，真不愧是我老陈家的儿子。"我娘则流着眼泪，说："你这个崽，尽报喜不报忧，瞧你瘦的，也不知道吃了多少苦头。"我姐在旁边笑，眉眼儿弯弯说："我弟弟越长越秀气了，好一个后生仔，整个麻栗山都没有能够配你的妹子了呢，要是张叔他们家没走，说不定小妮还能够跟你凑成一对。"

张知青离开了麻栗山，回了老家，然后把一枝花娘俩儿接走了。这事我知道，想一想当初那个粉雕玉琢的小孩儿，也不知道现在怎么样了。不过这天南海北地隔着，大家也许这辈子都见不上面了，想也没有用。

我回来那天，家里面喜气洋洋，我爹破例喝了点酒，不知不觉就喝高了，拉着我的胳膊就哭，唠叨着说："娃啊，你命苦，爹帮不了你啥，也不牵绊你。以后的路你自己去闯，不管怎么样，能不能闯出名堂另说，活着就好。不用老是惦记着家里面，你放心，啥事儿都有你爹呢。"

家是心灵的港湾，不管如何，我都能够从这儿获得安宁以及力量。那一晚我睡得十分香甜，甚至都忘记了修行这一回事儿。

我在家里待了五天，帮着翻新了房顶和猪圈，然后又帮着干了些地里的农活，每天汗水滴落泥土，心中却是热火朝天。然而尽管十分眷恋家的温暖，但是我始终记得青衣老道给我的判词，"七尺留外，年不过旬"，我是一个灾难深重的人，留家久了，就容易给家人带来祸事。于是第六天我就离家了，先是去西熊寨那儿看了一下哑巴的家人，得知他在西川那边工作之后，然后步行折转，与家人告别。

我步行出山，带着胖妞翻过了两个山梁子，回头看向龙家岭，突然百感交集，直接跪在地上，郑重其事地磕了三个响头。

此去经年，不知何时返回。

然而就在我准备转身离开的时候，一个身影突然出现在了我的面前，我眯着眼睛看过去，瞧见罗大根背着行李朝着我这儿跑来，并且向我大力地挥手。我不知道怎么回事，等了他一会儿，瞧见这家伙冲到了我的面前，咬着牙，犹豫了一会儿，郑重其事地喊道："二蛋，我要跟你出去闯世界！"

我摸了摸下巴，笑着说道："我是去新单位报到的，你过去干嘛？"

罗大根的眼神在那一瞬间变得无比坚定起来："那天我回来之后，翻来覆去地想过了，我要出去，累死、饿死，我都要出去闯一闯。我如果一直待在这儿，连走出去的勇气都没有，那就会和我爹一样，眼里面就这巴掌大，心也只有这么宽。只有出去，我才有机会看看这个世界，世界那么大，我不想只知道麻栗山，只知道龙家岭，我要去拼搏，去奋斗，去改变自己的命运，去看看这个世界，到底有多美好！"

听到这个家伙说得这么慷慨激昂，我心中的血也不由得一热，拍了拍他的肩膀，说："好，我们出去！也许外面很残酷，但是我们就算是死，也要死在自己的梦里面。"

那一个夏天，我和罗大根一同走出了麻栗山，怀揣着梦想，怀揣着希望，两个少年并不知道自己的以后会是个什么模样。

但是，梦想就在远方，所谓少年，不就是应该流着汗水去追逐它，就如同追逐朝阳吗？

图书在版编目（CIP）数据

苗疆道事.1,饥饿年代/南无袈裟理科佛著.-上海：上海文艺出版社.2019.1
ISBN 978-7-5321-6721-0
Ⅰ.①苗… Ⅱ.①南… Ⅲ.①长篇小说—中国—当代
Ⅳ.①I247.5
中国版本图书馆CIP数据核字(2018)第101877号

发 行 人：陈　征
策划出品：牧神文化
策划监制：王晨曦
特约编审：赵南荣
责任编辑：李　霞
特约编辑：蔡　为
装帧设计：主语设计
版式设计：彭　彭

书　　名：苗疆道事.1,饥饿年代
作　　者：南无袈裟理科佛
出　　版：上海世纪出版集团　上海文艺出版社
地　　址：上海绍兴路7号　200020
发　　行：上海文艺出版社发行中心发行
　　　　　上海市绍兴路50号　200020　www.ewen.co
印　　刷：崇明裕安印刷厂
开　　本：710×1000　1/16
印　　张：15.75
插　　页：4
字　　数：238,000
印　　次：2019年1月第1版　2019年1月第1次印刷
I S B N：978-7-5321-6721-0/I · 5364
定　　价：45.00元
告读者：如发现本书有质量问题请与印刷厂质量科联系　T:021-59404766